GENE WOLFE

A ESPADA DO LICTOR

O LIVRO DO NOVO SOL VOLUME 3

GENE WOLFE

A ESPADA DO LICTOR

O LIVRO DO NOVO SOL VOLUME 3

Tradução
Fábio Fernandes

MORROBRANCO
EDITORA

A Espada do Lictor

MORRO BRANCO é uma editora do Grupo Editorial Alta Books (Starlin Alta Editora e Consultoria Ltda.)

ISBN: 978-65-6099-075-3

Impresso no Brasil — 1ª Edição, 2025 — Edição revisada conforme o Acordo Ortográfico da Língua Portuguesa de 2009.

Dados Internacionais de Catalogação na Publicação (CIP)

W853e
1.ed. Wolfe, Gene, 1931-2019
A Espada do Lictor / Gene Wolfe ; tradução Fábio Fernandes. - 1.ed. - Rio de Janeiro : Morro Branco, 2025.
368 p.; 13,5 x 21 cm. - (O livro do novo sol ; 3)

Título original: The sword of the Lictor.
ISBN: 978-65-6099-075-3

1. Ficção de fantasia. I. Fernandes, Fábio. I. Título. II. Série.

CDD 813.5

Índice para catálogo sistemático:
1. Ficção de fantasia : Literatura norte-americana 813.5

Produção Editorial: Grupo Editorial Alta Books
Diretor Editorial: Anderson Vieira
Vendas Governamentais: Cristiane Mutüs
Coordenadora Editorial: Illysabelle Trajano
Produtora Editorial: Luana Maura

Tradução & Paratexto: Fábio Fernandes
Copidesque: Rafael Surgek
Revisão: Andresa Vidal
Diagramação: Diego Santos

ALTA BOOKS
GRUPO EDITORIAL

Rua Viúva Cláudio, 291 — Bairro Industrial do Jacaré
CEP: 20.970-031 — Rio de Janeiro (RJ)
Tels.: (21) 3278-8069 / 3278-8419
www.altabooks.com.br — altabooks@altabooks.com.br
Ouvidoria: ouvidoria@altabooks.com.br

Editora **afiliada à:**

A ESPADA DO LICTOR

Ao longe desaparecem os montes de cabeças humanas.
Eu me apequeno — passo despercebido agora.
Mas nos livros afetuosos, nos folguedos de crianças,
Ressuscitarei dos mortos para dizer: o sol!

Osip Mandelstam

Sumário

A Espada do Lictor:

encontros com monstros notáveis

Fábio Fernandes

A história do jovem torturador Severian é, à primeira vista, um romance picaresco. Esse tipo de narrativa, que começou com o *Dom Quixote,* de Miguel de Cervantes, e *Lazarillo de Tormes*, ambos no século XVI, é um gênero literário satírico que costuma descrever, em detalhes realistas e muitas vezes humorísticos, as aventuras de um herói malandro de classe social baixa, que vive por sua inteligência em uma sociedade corrupta. Esse herói muitas vezes percorre o mundo, indo de um lugar a outro (ainda que o destino final nem sempre seja definido no começo da história) e vivendo inúmeras aventuras. Não há necessariamente uma moral da história nem um sentido mais profundo ao fim da narrativa.

Mas, com as histórias de Gene Wolfe, a coisa muda de figura. Wolfe nunca escreve uma história sem uma motivação mais profunda; mesmo que ela não seja facilmente descoberta de saída.

E não há nenhum problema nisso, porque ele sempre conta uma história. Não é preciso, em absoluto, ter um entendimento pleno de todos os aspectos da história para fruí-la. Em *A Espada do Lictor*, por exemplo, Severian aparentemente consegue chegar ao que deveria ser seu destino desde o começo: então em Thrax, ele se tornou um lictor, um servidor público que pode atuar como segurança ou guarda-costas de um magistrado… ou como carrasco, aliás, uma das funções primeiras de um torturador. Porém, diferente da volume anterior, *A Garra do Conciliador*, onde a história praticamente começa logo depois do fim do primeiro, *A Sombra do Torturador*, aqui algum tempo já se passou, e o jovem aprendiz de torturador agora é um lictor bem estabelecido, que caiu nas graças do arconte, o líder da cidade.

Mas, claro, como a esta altura vocês já devem ter imaginado, ele não vai ficar lá por muito tempo. Outras coisas acontecerão e o desviarão ainda mais de seu caminho inicial. E, com ele, sempre a sombra da Garra, o artefato misterioso das pelerinas que, sob seu comando (nem sempre consciente), cura e até ressuscita pessoas.

Como dissemos antes, Wolfe era católico praticante, mas suas narrativas, embora tenham uma certa ética cristã, apoiam-se mais em simbolismos do que em doutrina. Ele nunca tenta convencer ninguém de nada em termos religiosos; pelo contrário, em muitas passagens deste e dos outros volumes, o próprio Severian desconfia dos poderes da Garra e não se vê como uma figura mística, mas simplesmente como um homem bastante ignorante, que, por algum acaso (ainda) não explicado, é apanhado dentro de um turbilhão de forças além de sua compreensão.

E, em suas andanças, ele continua encontrando aventuras, seja com belas mulheres, seja com monstros horríveis. É em *A Espada do Lictor* que somos apresentados a uma das criaturas mais aterrorizantes da literatura: o alzabo.

Já havíamos sido apresentados à palavra, na cena de *A Garra do Conciliador* em que Severian, capturado por Vodalus, partilha da carne de Thecla e bebe a droga analéptica feita a partir das glândulas da criatura. A cena do banquete, embora grotesca, também nos remete a um certo aspecto da literatura de ficção científica, pois lida com os aspectos farmacológicos de uma substância fictícia, só que usada de forma ritualística pelo bando de

Vodalus. A razão nunca é especificada. Como muitas coisas na narrativa wolfeana, só podemos especular.

A ficção científica está repleta de drogas que provocam efeitos inusitados em seus usuários. Talvez o maior exemplo disso sejam as obras de Philip K. Dick. Ele, nascido em 1928, era contemporâneo de Wolfe (que nasceu em 1931) mas nos deixou cedo demais, em 1982. Muitas de suas obras, como *Os Três Estigmas de Palmer Eldritch*, apresentavam drogas capazes de alterar não só a percepção da realidade, mas a própria realidade objetiva.

Só que, ao invés de distorcer a realidade objetiva como faz Dick, a droga obtida do alzabo provoca um efeito mais próximo dos procedimentos da irmandade das Bene Gesserit, em *Duna*. No romance de Frank Herbert, as Reverendas Madres utilizam a Água da Vida (substância também extraída de um animal, no caso o verme de areia encontrado apenas em Arrakis, nome oficial do planeta Duna) para incorporar as mentes de suas antecessoras e, assim, obter um conhecimento de séculos ou mesmo de milênios. Contudo, isso ocorre em um ambiente mais asséptico do que o futuro neomedieval do *Livro do Novo Sol* — e sem o canibalismo que isso envolve na Urth habitada por Severian.

Entretanto, até agora não fazíamos ideia da imagem à qual pertencia o alzabo, ou seja, não tínhamos como ligar o nome à criatura. Wolfe nunca descreve o ser em sua totalidade, nem mesmo na cena em que Severian o enfrenta cara a cara; mas os poucos detalhes são suficientes para perturbar os leitores.

A parte do livro em que Severian encontra a fera entrou para a história não apenas da ficção fantástica, mas também da literatura em geral, pelo que tem de fabulístico: aqui nos aproximamos de narrativas do leste europeu;

como os contos russos e poloneses repletos de criaturas sobrenaturais, muitas das quais de natureza demoníaca.

Porém, embora esta série tenha um sutil subtom cristão, em momento nenhum as figuras dessa mitologia aparecem de forma direta. O alzabo seria uma das coisas mais próximas de um demônio — e talvez ainda mais assustador se imaginarmos (ainda que não tenhamos certeza) que o animal seja senciente ou não.

Senão, vejamos: de acordo com o *Lexicon Urthus,* de Michael Andre-Driussi, a etimologia do nome *alzabo* é árabe, "sendo uma transliteração arcaica de *al-dhi'b*, que significa lobo, chacal ou estrela em Canis". Ele também comenta que essa criatura pode muito bem ser o "urso-carniçal" de Sainte-Anne, do primeiro romance oficial de Wolfe, *The Fifth Head of Cerberus.*

Em um ensaio que escrevi para o site Reactor.com, alguns anos atrás apresentei outra interpretação — ainda que muito vaga, e possivelmente incorreta —, mas não pude deixar de relacionar o som da palavra "alzabo" com o nome "Belzebu", o Senhor das Moscas ou o Senhor do Lugar Alto, dependendo do texto religioso ou da etimologia que você consultar.

O fato de o alzabo ser vermelho não me passou despercebido: embora eu não tenha encontrado nenhuma cor específica associada a Belzebu nos textos-fonte que examinei na época, o diabo é comumente representado como vermelho pelo menos desde os tempos medievais. Por exemplo, no inferno criado por Dante em *A Divina Comédia*, Satã possuía três faces, e a do meio era vermelha). Claro, trata-se apenas de uma suposição, como quase tudo o que envolve as inúmeras análises da obra de Gene Wolfe.

Suas influências literárias são tantas que, às vezes, e difícil saber de onde elas vêm, mas podemos elencar algumas. Um autor a quem Wolfe presta tributo neste volume é o francês Villiers de L'Isle-Adam, de *A Eva Futura* e *Contos Cruéis*. Nesse romance, somos apresentados a uma espécie de autômato, ou ser artificial. Muito antes de criaturas como M3gan ou a acompanhante do filme *Companion*, algumas das figuras que povoam os filmes de terror deste primeiro quarto do século XXI, já havíamos criaturas como as de Wolfe. Como, por exemplo, Typhon: o estranho homem de duas cabeças que Severian aparentemente ressuscita durante sua viagem, e que se revela, na verdade, um antigo ditador do planeta — um dos Autarcas, talvez? Severian não sabe, mas percebe que esse homem é alguém que vem de um passado remoto e havia sido deixado para morrer ali por seus súditos. E agora, ao voltar à vida, quer recuperar seu antigo poder.

Até aí, nada (relativamente) fora do comum, não fosse o fato de que Typhon tem duas cabeças. A segunda cabeça não fala e parece ter perdido o intelecto; mas Severian descobre que, na verdade, essa a cabeça estranha é a do ditador, que ordenou ser transplantado para o corpo de Piaton, seu servo. E, se Piaton parece não ter nenhum poder de decisão, Thyphon tem de sobra — o que pode ser perigoso para Severian.

Mas nem toda criatura que aparece aqui é aterrorizante. O que Wolfe busca, acima de tudo, é o chamado *sense of wonder*: o sentimento do maravilhoso, o espanto diante do inesperado.

Se em *Garra*, por exemplo, encontramos o Homem Verde, um ser de um futuro ainda mais distante que o de Severian com relação a nós, aqui somos apresentados aos

Hieródulos, ou cacogênios: outro nome para alienígenas, ainda que isso nunca seja deixado totalmente claro.

Assim como a Urth da época de Severian — esse mundo de sol vermelho —, somos constantemente mantidos numa certa penumbra em termos de conhecimento ou informação, numa quase de sombra – do crepúsculo, talvez? Como na antiga série de TV *The Twilight Zone*? (no Brasil conhecida como *Além da Imaginação*)

E o que dizer do Dr. Talos e de Baldanders? Aqui, o caminho de Severian se cruza novamente com o desses dois seres, num confronto em que ele finalmente descobre a verdadeira natureza da relação entre ambos.

Mas se engana quem acha que descobrir todas essas coisas junto com Severian nos permite compreender inteiramente como é viver em Urth, tanto tempo no futuro. Parafraseando uma obra que nada tem a ver com esta série, o filme *Matrix*, ninguém pode lhe dizer o que é a Urth do Novo Sol; você precisa ver por si mesmo. Somente lendo o livro e imergindo nele conseguimos ter uma ideia razoável do que é estar ali, ao lado de Severian, vivendo essa aventura fantástica. Que, aliás, não termina aqui.

Fábio Fernandes é jornalista, escritor e pesquisador. Traduziu mais de 120 livros e HQs, entre os quais Salmo Para um Robô Peregrino *e* Herdeiros do Tempo, *ambos publicados pela Morro Branco. É líder do grupo de pesquisa Observatório do Futuro, da PUC-SP, onde investiga narrativas de ficção científica e seu impacto no mundo real. Seu livro mais recente é o romance steampunk* O Torneio de Sombras *(AVEC Editora).*

I

Senhor da Casa das Correntes

— Estava no meu cabelo, Severian — disse Dorcas. — Então eu estava parada em pé debaixo da cachoeira na sala de pedras quentes: não sei se o lado dos homens está disposto da mesma maneira. E toda vez que eu saía, podia ouvi-los falando de mim. Eles chamavam você de açougueiro negro e outras coisas que não quero lhe contar.

— Isso é bastante natural — eu disse. — Você provavelmente foi a primeira pessoa estranha a entrar no local em um mês, então é de se esperar que eles fofocassem sobre você, e que as poucas mulheres que sabiam quem você era ficariam orgulhosas disso e talvez até contassem alguns causos. Quanto a mim, estou acostumado, e você deve ter ouvido tais expressões no caminho para cá muitas vezes. Eu certamente ouvi.

— Sim — ela admitiu, e se sentou no parapeito da embrasura. Na cidade abaixo, os lampiões das lojas fervilhantes começavam a encher o vale do Acis com um brilho amarelo igual ao das pétalas de um junquilho, mas ela não parecia vê-los.

— Agora você entende por que os regulamentos da guilda me proíbem de tomar uma esposa, embora, como já lhe disse muitas vezes: posso quebrá-los para você sempre que desejar.

— Você quer dizer que seria melhor para mim morar em outro lugar e só vir vê-lo uma ou duas vezes por semana, ou esperar até que você venha me ver.

— É assim que se faz geralmente. E em algum momento as mulheres que conversaram sobre nós hoje perceberão que algum dia eles, ou seus filhos ou maridos, poderão se encontrar sob minha mão.

— Mas você não entende, nada disso vem ao caso. A questão é… — Aqui Dorcas ficou em silêncio, e então, quando nós dois já estávamos há algum tempo sem falar, ela se levantou e começou a andar pela sala, um braço segurando o outro. Era algo que eu nunca a vi fazer antes, e achei perturbador.

— Qual é a questão, então? — perguntei.

— Que naquela época não era verdade. Mas agora é.

— Eu praticava a Arte sempre que havia trabalho disponível. Aluguei-me para cidades e juízes do interior. Várias vezes você me assistia de uma janela, embora nunca tenha gostado de ficar no meio da multidão; razão pela qual não posso culpá-la.

— Eu não assistia — disse ela.

— Lembro de ter visto você.

— Eu não assistia. Não quando a coisa estava realmente acontecendo. Você estava atento ao que fazia e não me via quando eu entrava ou cobria meus olhos. Eu costumava assistir e acenar para você quando você pulava no cadafalso pela primeira vez. Você estava tão orgulhoso então, e se punha em pé ali, tão ereto quanto sua espada, com uma aparência tão bonita. Você era honesto. Lembro-me de assistir uma vez quando havia um funcionário de algum tipo lá com você, o homem condenado e um hieromonge. E o seu rosto era o único honesto.

— Você não poderia ter visto isso. Eu certamente devia estar usando minha máscara.

— Severian, eu não precisava ver seu rosto. Eu sei como você é.

— Não tenho o mesmo rosto agora?

— Sim — disse ela, com relutância. — Mas eu estive lá embaixo. Eu vi as pessoas acorrentadas nos túneis. Quando dormirmos esta noite, você e eu em nossa cama macia, estaremos dormindo em cima deles. Quantos você disse que havia quando me levou para baixo?

— Cerca de mil e seiscentos. Você honestamente acredita que aqueles mil e seiscentos estariam livres se eu não estivesse mais presente para protegê-los? Eles já estavam aqui, lembre-se, quando chegamos.

Dorcas não quis olhar para mim.

— É como uma vala comum — disse ela. Pude ver seus ombros sacudirem.

— Deveria ser — eu disse a ela. — O arconte poderia libertá-los, mas quem poderia ressuscitar aqueles que eles mataram? Você nunca perdeu ninguém, perdeu?

Ela não respondeu.

— Pergunte às esposas, às mães e às irmãs dos homens que nossos prisioneiros deixaram apodrecendo nas terras altas, se Abdiesus deveria deixá-los partir.

— Só a mim mesma — disse Dorcas, e apagou a vela com um sopro.

†

Thrax é uma adaga torta que penetra no coração das montanhas. Ela fica em um desfiladeiro estreito do vale do Acis, e se estende até o Castelo de Acies. A harena, o panteão e os outros edifícios públicos ocupam todo o terreno plano entre o castelo e a muralha (chamado Capulus) que fecha a extremidade inferior da seção estreita do vale. Os edifícios privados da cidade sobem os penhascos de ambos os lados, e muitos são, em grande parte, escavados na própria rocha, prática a partir da qual Thrax ganha uma de suas alcunhas: a Cidade das Salas sem Janelas.

A sua prosperidade deve-se à sua posição à frente da parte navegável do rio. Em Thrax, todas as mercadorias enviadas para o norte através do Acis (muitas das quais atravessaram nove décimos do comprimento do Gyoll antes de entrar na foz do rio menor, que pode de fato ser a verdadeira nascente do Gyoll) devem ser descarregadas e transportadas nas costas de animais para viagens mais longas. Por outro lado, os hetmans das tribos da montanha e proprietários de terras da região que desejam enviar sua lã e milho para as cidades do sul os trazem para embarcar em Thrax, abaixo da catarata que ruge pelo vertedouro em arco do Castelo de Acies.

Como sempre deve acontecer quando uma fortaleza impõe o estado de direito sobre uma região turbulenta, a administração da justiça era a principal preocupação do arconte da cidade. Para impor sua vontade àqueles do lado de fora dos muros e que poderiam de outro modo se opor, ele poderia convocar sete esquadrões de dimarchi, cada qual com seu próprio comandante. Uma corte se reunia todo mês, desde o primeiro aparecimento da lua nova até a cheia, começando na segunda vigília da manhã e continuando pelo tempo que fosse necessário para esvaziar a pauta do dia. Como executor-chefe das sentenças do arconte, eu era obrigado a comparecer a essas sessões, para que ele pudesse ter certeza de que as punições que decretou não fossem tornadas nem mais suaves nem mais severas por aqueles que de outra forma pudessem ter sido encarregados de transmiti-las a mim; e supervisionar o funcionamento da Víncula, onde os presos ficavam detidos, em todos os seus detalhes. Era uma responsabilidade equivalente, em menor escala, à de Mestre Gurloes em nossa Cidadela, e durante as primeiras semanas que passei em Thrax ela teve um peso muito grande sobre mim.

O Mestre Gurloes tinha uma máxima, a de que nenhuma prisão tem uma localização ideal. Como a maioria dos sábios ditados proferidos para a edificação dos jovens, ela era indiscutível e inútil. Todas as fugas se enquadram em três categorias: isto é, elas são efetuadas pela furtividade, pela violência ou pela traição daqueles colocados como guardas. Um lugar remoto contribui muito para dificultar a fuga furtiva, e por esse motivo era favorecido pela maioria daqueles que pensaram por muito tempo no assunto.

Infelizmente, desertos, topos de montanhas e ilhas isoladas oferecem os campos mais férteis para fugas violentas: se forem sitiados pelos amigos dos prisioneiros, é difícil tomar conhecimento do fato antes que seja tarde demais, e quase impossível reforçar suas guarnições; e da mesma forma, se os prisioneiros se rebelarem em um levante, é altamente improvável que as tropas possam ser enviadas às pressas para o local antes que a questão seja decidida.

Uma instalação em um distrito muito povoado e bem defendido evita essas dificuldades, mas incorre em dificuldades ainda mais graves. Nesses lugares um prisioneiro precisa não de mil amigos, mas de um ou dois; e estes não precisam ser lutadores, uma faxineira e um vendedor ambulante servirão, se possuírem inteligência e determinação. Além disso, uma vez que o prisioneiro tenha escapado das muralhas, ele se mistura imediatamente à multidão sem rosto, para que a sua recaptura não seja um trabalho para caçadores e cães, mas para agentes e informantes.

No nosso caso, uma prisão isolada em um local remoto estaria fora de questão. Ainda que tivesse sido fornecido um número suficiente de soldados, além de seus clavígeros, para rechaçar os ataques dos autóctones, zoantropos e cultellarii que vagavam pelo interior, sem mencionar as comitivas armadas dos pequenos exultantes (em quem nunca se poderia confiar), ainda teria sido impossível fornecer com provisões sem os serviços de um exército para escoltar os trens de abastecimento. A Víncula de Thrax está, portanto, localizada por necessidade dentro da cidade; especificamente a meio caminho da encosta do penhasco na margem ocidental, e a cerca de meia légua do Capulus.

É de design antigo, e sempre me pareceu ter sido concebida como uma prisão desde o início, embora haja uma lenda segundo a qual ela era originalmente uma tumba, e, há apenas algumas centenas de anos, ampliada e convertida para seu novo propósito. Para um observador na margem oriental mais confortável, ela parece uma guarita retangular projetando-se da rocha, uma guarita com quatro andares de altura do lado que ele vê, cujo telhado plano e merlonado termina contra o penhasco. Essa parte visível da estrutura — que muitos visitantes na cidade supõem ser um todo — é, na verdade, a parte menor e menos importante. Na época em que eu era lictor, ocupava apenas nossos escritórios administrativos, um quartel para os clavígeros e meus próprios alojamentos.

Os prisioneiros eram alojados em um poço inclinado escavado na rocha. A disposição usada não era nem a das células individuais, como a que tínhamos para nossos clientes no ergástulo de casa, nem na sala comunal que encontrei enquanto eu mesmo estava confinado na Casa Absoluta. Em vez disso, os prisioneiros eram acorrentados ao longo das paredes do poço, cada um com um robusto colar de ferro em volta do pescoço, de modo a deixar um caminho no centro, largo o suficiente para que dois clavígeros pudessem andar lado a lado sem o risco de que suas chaves pudessem ser arrebatadas.

Esse poço tinha cerca de quinhentos passos de comprimento e mais de mil lugares para prisioneiros. Seu abastecimento de água vinha de uma cisterna escavada na pedra no topo do penhasco, e os resíduos sanitários eram eliminados através de uma descarga no poço sempre que essa cisterna ameaçava transbordar. Um esgoto perfurado na extremidade inferior do poço transportava as águas residuais para um conduto na base do penhasco que atravessava a parede do Capulus para desaguar no Acis abaixo da cidade.

A guarita retangular agarrado ao penhasco, e o próprio poço, devem ter originalmente constituído toda a Víncula. Posteriormente, tornou-se mais complicada por uma confusão de galerias ramificadas e poços paralelos resultantes de tentativas anteriores de libertar prisioneiros através de túneis de uma ou outra das residências privadas na face do penhasco, e de contraminas escavadas para frustrar tais tentativas — todas agora colocadas em serviço para fornecer acomodações adicionais.

A existência dessas adições não planejadas ou mal planejadas tornou a minha tarefa muito mais difícil do que teria sido de outra forma, e um dos meus primeiros atos foi iniciar um programa de fechamento de passagens indesejadas e desnecessárias, preenchendo-as com uma mistura de pedras de rio, areia, água, cal virgem e cascalho, e começar a alargar e unir as passagens restantes de tal forma que elas acabassem por formar uma estrutura racional. Por mais necessário que fosse, esse trabalho só poderia ser realizado muito lentamente, uma vez que não mais do que algumas centenas de prisioneiros poderiam ser libertados para trabalhar ao mesmo tempo, e a maioria deles estava em péssimo estado.

Nas primeiras semanas depois que Dorcas e eu chegamos à cidade, meus deveres não me deixavam tempo para mais nada. Ela a explorou por nós dois, e eu a encarreguei estritamente de perguntar sobre as pelerinas para mim. Na longa viagem de Nessus, saber que eu carregava a Garra do Conciliador tinha sido um fardo pesado. Agora que eu não estava mais viajando e não podia mais tentar rastrear as pelerinas ao longo do caminho ou sequer me assegurar de que estava andando em uma direção que poderia acabar me colocando em contato com elas, isso se tornou um peso quase insuportável. Enquanto viajávamos, eu dormia sob as estrelas com a pedra no cano da minha bota, e nas poucas vezes em que pudemos nos abrigar sob um teto, ocultava-a na ponta do pé. Agora, eu percebia que não conseguia dormir a menos que a tivesse comigo, para poder me assegurar, sempre que acordava durante a noite, que ainda tinha a posse dela. Dorcas costurou um saquinho de pele de corça para ela, e eu o usava no pescoço dia e noite. Uma dezena de vezes durante aquelas primeiras semanas sonhei que via a pedra em chamas, pairando no ar acima de mim como sua própria catedral em flamejante, e ao acordar descobria que ela estava brilhando tão intensamente que uma leve radiância aparecia através do couro fino. E uma ou duas vezes por noite eu acordava e percebia que estava deitado de costas com o saco no meu peito aparentemente ficando tão pesado (embora eu pudesse levantá-lo com minha mão sem esforço) que estava me matando esmagado.

Dorcas fez tudo ao seu alcance para me confortar e ajudar; no entanto, eu podia ver que ela estava consciente da mudança brusca em nosso relacionamento e perturbada por ele ainda mais do que eu. Essas mudanças são sempre, na minha experiência, desagradáveis — ainda porque tão somente implicassem a probabilidade de novas mudanças. Enquanto viajávamos juntos (e havíamos viajado com maior ou menor rapidez desde o momento no Jardim do Sono Sem Fim, quando Dorcas me ajudou a subir, meio afogado, na passarela flutuante de junco) éramos como iguais e companheiros, cada um de nós caminhando cada légua que percorremos com nossos próprios pés ou cada um montado em sua própria montaria. Se por acaso eu tinha fornecido certa proteção física a Dorcas, ela também fornecera certo amparo moral para mim, porque poucos poderiam fingir por muito tempo desprezar sua beleza inocente, ou professar horror ao meu ofício quando, ao olhar para mim, não podiam deixar de vê-la também. Ela tinha sido minha conselheira na perplexidade e minha companheira em uma centena de lugares desertos.

Quando finalmente entramos em Thrax e eu apresentei a carta do Mestre Palaemon ao arconte, tudo isso havia necessariamente chegado ao fim. Vestido com meu hábito fuligem, eu não tinha mais que temer a multidão; em vez disso, eles me temiam como o mais alto funcionário do mais temido braço do Estado. Dorcas vivia agora, não como igual, mas como o paramour que a Cumana lhe dissera ser um dia, nos aposentos da Víncula montados para mim. Seus conselhos haviam se tornado inúteis ou quase inúteis, porque as dificuldades que me oprimiram foram as jurídicas e administrativas que fui treinado durante anos para lutar e sobre as quais ela de nada sabia; e além do mais, porque eu raramente tinha tempo ou energia para explicá-los a ela de modo que pudéssemos discuti-los.

Assim, enquanto eu ficava vigília após vigília na corte do arconte, Dorcas adquiriu o costume de vagar pela cidade, e nós, que estávamos incessantemente juntos durante a última parte da primavera, agora no verão quase não nos víamos, compartilhando uma refeição à noite e caindo exaustos em uma cama onde raramente fazíamos mais do que adormecer nos braços um do outro.

Por fim, a lua cheia brilhou. Com que alegria eu a contemplava do telhado da guarita, verde como uma esmeralda em seu manto de floresta e redondo como a borda de uma xícara! Eu ainda não estava livre, pois todos os detalhes das excruciações e da administração que vinham acumulando-se durante minha presença junto ao arconte ainda precisavam ser resolvidos; mas, pelo menos, agora eu estava livre para dedicar toda a minha atenção a eles, o que parecia então quase tão bom quanto a própria liberdade. Eu tinha convidado Dorcas para ir comigo no dia seguinte, quando fiz uma inspeção às partes subterrâneas da Víncula.

Foi um erro. Ela adoeceu no ar fétido, cercada pelo sofrimento dos prisioneiros. Naquela noite, como já contei, ela me contou que tinha ido aos banhos públicos (coisa rara para ela, cujo medo da água era tão grande que ela se lavava aos poucos com uma esponja mergulhada em uma tigela não mais profunda que um prato de sopa) para libertar o cabelo e a pele do odor do poço, e que ela tinha ouvido as atendentes dos banhos apontando-a para os outros clientes.

II

Sobre a Catarata

Na manhã seguinte, antes de deixar a guarita, Dorcas cortou seus cabelos até quase parecer um menino, e enfiou uma peônia branca no aro que os confinava. Fiquei trabalhando em documentos até a parte da tarde, depois peguei emprestado um jelab de leigo do sargento dos meus clavígeros e saí na esperança de encontrá-la.

O livro marrom que carrego diz que não há nada mais estranho do que explorar uma cidade totalmente diferente de todas aquelas que conhecemos, pois fazê-lo é explorar um segundo e insuspeitado eu. Encontrei uma coisa ainda mais estranha: explorar tal cidade somente depois de viver nela por algum tempo sem aprender nada a seu respeito.

Eu não sabia onde ficavam os banhos mencionados por Dorcas, embora tivesse presumido, a partir de conversas que ouvi na corte, que eles existiam. Eu não sabia onde ficava o bazar no qual ela havia comprado suas roupas e cosméticos, ou mesmo se havia mais de um. Eu não sabia de nada, em suma, além do que podia ver da embrasura e do breve percurso da Víncula ao palácio do arconte.

Eu tinha, talvez, uma confiança demasiado imediata na minha própria capacidade de encontrar meu caminho em uma cidade muito menor que Nessus; mesmo assim, tomei o cuidado de me certificar de vez em quando, ao caminhar pelas ruas tortuosas que se estendiam agarradas ao penhasco entre casas-caverna escavadas na rocha e nichos de andorinhas que se projetavam a partir dela, que eu ainda podia ver a forma familiar da guarita, com seu portão barricado e pendão preto.

Em Nessus, os ricos vivem mais para o norte, onde as águas do Gyoll são mais puras, e os pobres ao sul, onde elas são imundas. Aqui em Thrax esse costume não vigorava mais, tanto porque o Acis fluía tão rápido que o excremento daqueles a montante (que eram, claro, apenas uma milésima parte do número dos que viviam na região norte do Gyoll) quase não afetava sua cheia, e porque a água retirada de cima da catarata era transportada para as fontes públicas e as casas dos ricos por aquedutos, de modo que não se precisava depender em momento nenhum do rio, exceto quando as maiores quantidades de água — como para manufatura ou lavagem em grandes quantidades — faziam-se necessárias.

Portanto, em Thrax, a separação ocorria por elevação. Os mais ricos viviam nas encostas mais baixas, perto do rio, com fácil acesso às lojas e repartições públicas, de onde uma breve caminhada os levava aos cais, ponto de partida para percorrerem a extensão da cidade em caíques remados por escravos. Aqueles um pouco menos abastados tinham suas casas mais altas, a classe média em geral tinha as suas ainda mais altas, e assim por diante, de modo que os mais pobres moravam logo abaixo das fortificações, no topo dos penhascos, muitas vezes em jacais de lama e junco que só podiam ser alcançados por escadas compridas.

Eu fui solicitado a visitar aqueles casebres miseráveis, mas por enquanto permanecia no bairro comercial perto da água. Ali, as ruas estreitas estavam tão lotadas de gente que, a princípio, pensei que um festival estivesse acontecendo, ou talvez que a guerra — que parecia tão remota enquanto eu estava em Nessus, mas foi tornando-se progressivamente mais imediata à medida que Dorcas e eu viajávamos para o norte — agora estava perto o suficiente para encher a cidade com aqueles que fugiram antes dela.

Nessus é tão extensa que tem, como ouvi dizer, cinco edifícios para cada habitante vivo. Em Thrax, essa proporção é certamente invertida, e naquele dia às vezes me parecia que era como se houvesse cinquenta para cada telhado. Também, Nessus é uma cidade cosmopolita, de modo que, embora se vissem muitos estrangeiros lá, e, ocasionalmente, até cacogênios vindos de outros mundos em naves, o ser sempre tinha a consciência de que era estrangeiro e estava longe de sua casa. Ali, as ruas fervilhavam de humanidade diversa, mas meramente refletiam a diversidade do cenário montanhoso, de modo que quando via, por exemplo, um homem cujo chapéu era feito das penas de um pássaro com asas usadas como protetores de orelha, ou com um casaco desgrenhado de pele de chacal-vermelho, ou um homem com rosto tatuado, sabia que poderia ver mais uma centena desses membros de tribos na próxima esquina.

Esses homens eram ecléticos, descendentes de colonos do sul que haviam misturado seu sangue com o dos autóctones atarracados e morenos, adotaram certos costumes deles e os misturaram com outros ainda adquiridos dos anfitriões mais ao norte e, em alguns casos, os de povos, comerciantes e raças provincianas ainda menos conhecidas.

Muitos desses ecléticos preferem facas curvas — ou, como são às vezes chamadas, dobradas — com duas seções relativamente retas, com um cotovelo um pouco reto na direção da ponta. Diz-se que esta forma torna mais fácil perfurar o coração esfaqueando abaixo do esterno; as lâminas são reforçadas com uma nervura central, afiadas em ambos os lados e mantidas assim; não há guarda, e seus cabos são geralmente de osso. (Descrevi essas facas em detalhes porque são tão características da região como qualquer coisa poderia ser, e porque é delas que Thrax adquire outro de seus nomes: a Cidade das Facas Tortas. Há também a semelhança da planta baixa da cidade com a lâmina de tal faca, a curva do desfiladeiro correspondente à curva da lâmina, o Rio Acis até a nervura central, o Castelo de Acies na ponta e o Capulus até a linha em que o aço desaparece no cabo.

Um dos guardiões da Torre do Urso me disse, certa vez, que não existe animal tão perigoso ou tão selvagem e incontrolável quanto o híbrido que resulta de um cão de briga que monta uma loba. Estamos acostumados a pensar nas feras da floresta e da montanha como selvagens, e pensar nos homens que brotam, como parece, de seu solo como selvagens. Mas a verdade é que existe uma selvageria mais cruel (como saberíamos melhor se não estivéssemos tão habituados a ela) em certos animais domésticos, apesar de compreenderem tanto a fala humana e às vezes até falarem algumas palavras; e há uma selvageria mais profunda em homens e mulheres cujos antepassados viveram em cidades e vilas desde a aurora da humanidade. Vodalus, em cujas veias corria o sangue imaculado de mil exultantes — exarcas, etnarcas e starostas — era capaz de uma violência inimaginável para os autóctones que vagavam pelas ruas de Thrax, nus sob suas capas de pele de guanaco.

Como os cães-lobos (que nunca vi, porque eram demasiado cruéis para serem de utilidade), esses ecléticos tiraram tudo o que havia de mais cruel e ingovernável de sua ascendência mista; como amigos ou seguidores, eram taciturnos, desleais e controversos; como inimigos, ferozes, enganosos e vingativos. Isso foi o que, pelo menos, ouvi de meus subordinados na Víncula, pois lá os ecléticos representavam mais da metade dos prisioneiros.

Nunca encontrei homens cuja língua, trajes ou costumes fossem estrangeiros sem especular sobre a natureza das mulheres de sua raça. Há sempre uma conexão, já que os dois são o crescimento de uma única cultura, assim como as folhas de uma árvore, que se vê, e o fruto, que não se vê porque está escondido pelas folhas, são os crescimentos de um único organismo. Mas o observador que se aventuraria a prever a aparência e o sabor da fruta a partir do contorno de alguns ramos frondosos vistos (por assim dizer) a distância, deve saber muito sobre folhas e frutos para não se tornar ridículo.

Homens guerreiros podem nascer de mulheres lânguidas, ou podem ter irmãs quase tão fortes quanto eles e mais determinadas. E então eu, caminhando entre multidões compostas em grande parte por esses ecléticos e pelos habitantes da cidade (que a mim não pareciam muito diferentes dos cidadãos de Nessus, exceto que suas roupas e suas maneiras eram um pouco mais rústicas), peguei-me especulando sobre mulheres de olhos escuros e pele escura, mulheres com cabelos pretos e brilhantes, tão grossos quanto as caudas das montarias de cores mescladas de seus irmãos, mulheres cujos rostos eu imaginava como fortes, porém delicadas, mulheres dadas à resistência feroz e à rendição rápida, mulheres que poderiam ser conquistadas, mas não compradas; se é que tais mulheres existem neste mundo.

Dos braços delas, viajei em imaginação para os lugares onde elas poderiam ser encontradas, as cabanas solitárias agachadas ao lado das nascentes das montanhas, as tendas de couro em pé solitárias nas pastagens altas. Logo eu estava tão intoxicado com o pensamento nas montanhas quanto estivera certa vez, antes que o Mestre Palaemon me dissesse a localização correta de Thrax, com a ideia do mar. Quão gloriosos são eles, os ídolos imóveis de Urth, esculpidos com ferramentas inexplicáveis em uma época inconcebivelmente antiga, ainda erguendo-se acima da borda do mundo, cabeças sombrias coroadas com mitras, tiaras e diademas salpicados de neve, cabeças cujos olhos são grandes como cidades, figuras cujos ombros estão envoltos em florestas.

Assim, disfarçado no jelab desbotado de um habitante da cidade, abri caminho com os cotovelos por ruas repletas de humanidade e fedendo a odores de excremento e alimento, com minha imaginação cheia de visões de pedras penduradas e riachos de cristal como carcanets.

Thecla deve, penso eu, ter sido levada pelo menos para o sopé daquelas alturas, sem dúvida para escapar do calor de algum verão particularmente tórrido; pois muitas das cenas que surgiram em minha mente (ao que parecia, por vontade própria) eram visivelmente infantis. Vi plantas que gostam de rochas cujas flores virginais eu contemplava com uma visão imediata que nenhum adulto consegue atingir sem cair de joelhos; abismos que pareciam não apenas assustadores, mas chocantes, como se sua existência fosse uma afronta às leis da natureza; picos tão altos que pareciam literalmente não ter cume, como se o mundo inteiro estivesse caindo para sempre de algum Céu inimaginável, que, no entanto, ainda mantinha seu domínio sobre aquelas montanhas.

Finalmente cheguei ao Castelo de Acies, tendo caminhado quase toda a extensão da cidade. Divulguei minha identidade aos guardas da poterna de lá e recebi permissão para entrar e subir até o topo do donjon, como uma vez eu havia escalado nossa Torre Matachin antes de me despedir do Mestre Palaemon.

Quando lá fui me despedir do único lugar que conhecia até então, eu havia me posicionado em um dos pontos mais elevados da Cidadela, que, por sua vez, estava posicionado no topo de uma das elevações mais altas de toda a área de Nessus. A cidade se descortinava diante de mim até os limites da visão, com o Gyoll traçado através dela como a gosma verde de uma lesma sobre um mapa; até a Muralha era visível no horizonte em alguns pontos, e em nenhum lugar eu estava sob a sombra de um cume muito superior ao meu.

Aqui a impressão era bem diferente. Eu vislumbrava o Acis, que saltava em minha direção descendo uma sucessão de degraus rochosos, cada qual duas ou três vezes a altura de uma árvore alta. Batido até virar uma brancura espumosa que cintilava à luz do sol, ele desaparecia embaixo de mim e reaparecia como uma fita prateada correndo através de uma cidade tão bem contida em seu declive quanto uma daquelas vilas de brinquedo dentro de uma caixa que eu (mas era Thecla) me lembrava de ter recebido em um aniversário.

No entanto, eu estava, por assim dizer, no fundo de uma tigela. Por todos os lados as paredes de pedra ascendiam, de modo que olhar para qualquer uma delas era acreditar, por um momento pelo menos, que a gravidade fora distorcida até ficar em ângulo reto com seu próprio eu pela multiplicação de algum feiticeiro com números imaginários, e a altura que eu via era propriamente a superfície plana do mundo.

Por uma vigília ou mais, creio, olhei para aquelas paredes e tracei as linhas finas como teias de aranha das cachoeiras que as precipitavam em trovões e a limpidez de um romance puro para se juntar ao Acis, e observei as nuvens aprisionadas entre eles que pareciam pressionar suavemente contra seus lados inflexíveis como ovelhas desnorteadas e consternadas entre cercados de pedra.

Então finalmente me cansei da magnificência das montanhas e dos meus sonhos de montanha, ou melhor, não me cansei, mas me senti estonteado por eles até minha cabeça rodopiar de vertigem, e tive a impressão de ver aquelas alturas impiedosas mesmo quando fechava os olhos, e senti que em meus sonhos, naquela noite e por muitas noites, eu cairia de seus precipícios, ou me agarraria com dedos ensanguentados às suas paredes terríveis.

Então me voltei sério para a cidade e me tranquilizei com a visão da guarita da Víncula, um pequeno cubo agora muito modesto, cimentado a um penhasco que era pouco mais que uma ondulação entre as incalculáveis ondas de pedra ao redor dela. Tracei os percursos das ruas principais, procurando (como num jogo, a fim de ficar sóbrio de minha longa contemplação das montanhas) identificar aquelas em que entrei para chegar ao castelo, e observar dessa nova perspectiva os edifícios e praças de mercado que eu tinha visto no caminho. Saqueei os bazares com os olhos, descobrindo que eles eram dois, um de cada lado do rio; e marquei novamente os marcos familiares que aprendi a conhecer na embrasura da Víncula: a harena, o panteão e o palácio do arconte. Então, quando tudo que eu tinha visto do chão foi confirmado do meu novo ponto de vista, e senti que entendia a relação espacial do lugar onde eu estava com o que eu tinha conhecido anteriormente do plano da cidade, comecei a explorar as ruas menores, perscrutando os caminhos tortuosos que subiam as encostas superiores e sondando becos estreitos que muitas vezes não pareciam mais que meras faixas de escuridão entre edifícios.

Ao procurá-los, meu olhar finalmente voltou às margens do rio, e comecei a estudar os desembarques ali, e os armazéns, e até mesmo as pirâmides de barris, caixas e fardos que esperavam ali para serem carregados a bordo de alguma embarcação. Agora a água não espumava mais, a não ser quando era obstruída pelos cais. Sua cor era quase índigo, e como as sombras índigo vistas à noite em um dia de neve, parecia deslizar silenciosamente, sinuosa e gelada; mas o movimento dos apressados caíques e das felucas carregadas mostrava o quanto a turbulência estava escondida sob aquela superfície lisa, pois o barco maior balançava seus longos gurupés como esgrimistas, e ambos viravam de lado como um caranguejo em certos momentos enquanto seus remos debulhavam os redemoinhos velozes.

Quando esgotei tudo o que havia mais a jusante, inclinei-me sobre o parapeito para observar o trecho mais próximo do rio e um cais que não ficava a mais de cem passos do portão da poterna. Olhando para os estivadores ali, que pelejavam para descarregar um dos barcos estreitos do rio, vi perto deles, imóvel, uma figura minúscula com cabelos claros. No começo, achei que fosse uma criança, porque ela parecia tão pequena ao lado dos trabalhadores corpulentos e quase nus; mas era Dorcas, sentada à beira da água, com o rosto entre as mãos.

III

Fora do Jacal

Quando cheguei até onde Dorcas estava, não consegui fazê-la falar. Não foi simplesmente porque ela estivesse com raiva de mim, embora eu pensasse assim na época. O silêncio recaiu sobre ela como uma doença, não ferindo sua língua e lábios, mas incapacitando sua vontade de usá-los e talvez até mesmo seu desejo de fazê-lo, assim como certas infecções destroem nosso desejo de prazer e até nossa compreensão da alegria nos outros. Se eu não levantasse seu rosto para o meu, ela ficava olhando para o nada, olhando para o chão abaixo de seus pés sem nem sequer ver isso, eu acho, ou cobrindo o rosto com as mãos, como estava fazendo quando a encontrei.

Eu queria falar com ela, acreditando, então, que poderia dizer alguma coisa, embora não tivesse certeza do quê, que a devolvesse a si mesma. Mas eu não poderia fazer isso ali no cais, com estivadores olhando para nós, e por um tempo não consegui encontrar lugar para onde pudesse levá-la. Em uma pequena rua próxima que começava a subir a encosta leste do rio, vi a placa de uma pousada. Havia frequentadores comendo em sua estreita sala comum, mas por alguns aes consegui alugar uma câmara no andar de cima, um lugar sem móveis a não ser uma cama e pouco espaço além, com um teto tão baixo que em uma das extremidades eu não conseguia ficar totalmente ereto. A anfitriã pensou que estávamos alugando seu quarto para um *rendezvous*, o que era mais que natural sob aquelas as circunstâncias, mas pensou também, por causa da expressão de desespero de Dorcas, que eu tinha algum controle sobre ela ou a comprei de um proxeneta, e então deu a ela um olhar de simpatia que não acredito que ela tenha sequer notado, e a mim um olhar de recriminação.

Fechei e tranquei a porta e fiz Dorcas se deitar na cama; então, sentei-me ao lado ela e tentei convencê-la a conversar, perguntando o que estava errado e o que eu poderia fazer para corrigir o que quer que a perturbasse, e assim por diante. Quando percebi que isso não surtia efeito, comecei a falar de mim mesmo, supondo que fosse apenas o horror que ela tinha das condições na Víncula que a levaram a cortar o fio da conversa comigo.

— Somos desprezados por todos — disse. — E por isso não há razão para que eu não deva ser desprezado por você. O surpreendente não é que você tivesse vindo a me odiar agora, mas que pudesse ter passado tanto até finalmente sentir o que os outros sentem. Mas como eu te amo, vou tentar fazer a defesa do caso para nossa guilda e, portanto, para mim, esperando que talvez depois você não se sinta tão mal por ter amado um torturador, muito embora você não me ame mais.

"Não somos cruéis. Não temos prazer no que fazemos, exceto em fazê-lo bem, o que significa fazê-lo rapidamente e nem mais nem menos do que a lei nos instrui a fazer. Obedecemos aos juízes, que ocupam seus cargos porque o povo consente com isso. Algumas pessoas nos dizem que não devemos fazer nada do que fazemos, e que ninguém deveria fazê-lo. Dizem que o castigo infligido a sangue frio é um crime maior do que qualquer crime que nossos clientes pudessem ter cometido.

"Pode haver justiça nisso, mas é uma justiça que destruiria toda a Comunidade. Ninguém poderia se sentir seguro e ninguém poderia estar seguro, e, no fim, o povo se sublevaria: primeiro contra os ladrões e os assassinos, depois contra qualquer um que ofendesse as ideias populares de decência, e, por último, contra meros estranhos e párias. Então eles estariam de volta aos velhos horrores de apedrejar e de queimar, em que cada homem procura superar seu vizinho por medo de que amanhã se pense que ele tem alguma simpatia pelo desgraçado que morre hoje.

"Há outros que nos dizem que certos clientes merecem a mais severa punição, mas que outros, não; e que deveríamos nos recusar a realizar nosso ofício sobre esses outros. Certamente deve acontecer que alguns sejam mais culpados do que o resto, e pode até acontecer que alguns destes que nos são entregues não tenham feito nada de errado, nem no assunto em que são acusados, nem em qualquer outro.

"Mas as pessoas que defendem estes argumentos não fazem mais do que se constituir como juízes no lugar dos juízes nomeados pelo Autarca, juízes com menos formação em direito e sem autoridade para convocar testemunhas. Eles exigem que desobedeçamos aos verdadeiros juízes e os ouçamos, mas não conseguem demonstrar que são mais merecedores de nossa obediência.

"Outros ainda sustentam que nossos clientes não deveriam ser torturados ou executados, mas sim obrigados a trabalhar para a Comunidade, cavando canais, construindo torres de vigia e coisas parecidas. Mas com o custo dos seus guardas e correntes, poderiam ser contratados trabalhadores honestos que de outra forma necessitariam de pão. Por que esses trabalhadores leais deveriam morrer de fome para que os assassinos não morram, nem os ladrões sintam qualquer dor? Além disso, estes assassinos e ladrões, não sendo leais à lei e sem esperança de recompensa, não trabalhariam a não ser que fosse sob o chicote. E o que é esse chicote senão tortura novamente, com outro nome?

"Outros ainda dizem que todos os considerados culpados deveriam ser confinados, em conforto e sem dor, por muitos anos — e, muitas vezes, por todo o seu tempo restante de vida. Mas aqueles que têm conforto e nenhuma dor vivem muito, e cada oricalco gasto para mantê-los, portanto, teria de ser retirado de propósitos melhores. Sei pouco sobre a guerra, mas sei o suficiente para entender quanto dinheiro é necessário para comprar armas e pagar soldados. A luta está nas montanhas ao norte agora, de modo que lutamos como se estivéssemos atrás de cem paredes. Mas e se ela chegar aos pampas? Seria possível conter os ascianos quando havia tanto espaço de manobra? E como Nessus seria alimentada se os rebanhos de lá caíssem nas mãos deles?

"Se os culpados não forem trancafiados confortavelmente nem torturados, o que resta? Se todos forem mortos, e todos mortos igualmente, então uma pobre mulher que rouba será considerada tão má quanto uma mãe que envenena seus próprios filhos, como fez Morwenna de Saltus. Você desejaria isso? Em tempos de paz, muitos poderiam ser banidos. Mas bani-los agora seria apenas entregar uma tropa de espiões para os ascianos, para serem treinados e abastecidos com fundos e enviados de volta para nosso meio. Em pouco não seria possível confiar em mais ninguém, ainda que falassem a nossa língua. Você desejaria isso?"

Dorcas estava tão quieta na cama que por um momento pensei que tivesse caído no sono. Mas os olhos dela, aqueles enormes olhos de um azul perfeito, estavam abertos; e quando me inclinei para olhar para ela, eles se moveram, e pareceram me observar por um tempo, como se observassem as ondulações que se espalham em um lago.

— Está certo, somos demônios — continuei. — Se você quiser pensar assim. Mas somos necessários. Até mesmo os poderes do Céu acham necessário empregar demônios.

Lágrimas vieram aos seus olhos, embora eu não pudesse dizer se ela chorava porque havia me magoado ou porque descobrira que eu ainda estava presente. Na esperança de reconquistar o antigo afeto que ela tinha por mim, comecei a falar dos tempos em que ainda estávamos a caminho de Thrax, lembrando-a de como nos encontramos na clareira depois de termos fugido do terreno da Casa Absoluta, e de como conversamos naqueles grandes jardins antes da peça do Dr. Talos, andando pelo pomar florido para nos sentarmos em um banco velho ao lado de uma fonte quebrada, e de tudo ela me disse lá, e de tudo o que eu disse a ela.

E me pareceu que ela ficou um pouco menos triste, até que mencionei a fonte, cujas águas escorriam de sua bacia rachada para formar um riacho que algum jardineiro havia feito vagar por entre as árvores para refrescá-las, e ali terminar encharcando o chão; mas, então, uma escuridão que não estava em lugar nenhum no aposento, a não ser no rosto de Dorcas, instalou-se ali como uma daquelas estranhas coisas que perseguiram Jonas e a mim por entre os cedros. Então ela não quis mais olhar para mim, e depois de um tempo, acabou realmente dormindo.

Levantei-me o mais silenciosamente que pude, destranquei a porta e desci pela escada torta. A anfitriã ainda estava trabalhando na sala comum abaixo, mas os clientes que estavam lá já haviam partido. Expliquei a ela que a mulher que eu havia trazido estava doente, paguei o aluguel do quarto por vários dias e prometi voltar e cuidar de quaisquer outras despesas, pedi-lhe que a visitasse de vez em quando, e lhe desse de comer se ela quisesse.

— Ah, será uma bênção para nós ter alguém dormindo no quarto — disse a anfitriã. — Mas se sua querida está doente, o Ninho do Pato é o melhor lugar que você pode encontrar para ela? Não pode levá-la para casa?

— Receio que morar na minha casa tenha sido o que a deixou doente. No mínimo, não quero arriscar a chance de que voltar para lá piore seu estado.

— Pobrezinha! — A anfitriã balançou a cabeça. — Tão bonita também, e não parece mais que uma criança. Quantos anos ela tem?

Eu disse a ela que não sabia.

— Bem, vou visitá-la e lhe dar um pouco de sopa quando ela estiver pronta por isso. — Ela olhou para mim como se para dizer que isso se daria assim que eu saísse. — Mas quero que saiba que não vou mantê-la prisioneira para você. Se ela quiser ir embora, estará livre.

†

Quando saí da pequena estalagem, desejei voltar a Víncula pela rota mais direta, mas cometi o erro de supor que, como a rua estreita onde ficava o Ninho do Pato corria quase diretamente para o sul, seria mais rápido continuar ao longo dela e cruzar o Acis mais abaixo do que refazer os passos que Dorcas e eu já havíamos dado e voltar ao pé da muralha poterna do Castelo de Acies.

A rua estreita me traiu, como eu teria esperado se fosse mais familiarizado com os caminhos de Thrax. Por todas aquelas ruas tortuosas que serpenteiam pelas encostas, embora possam se cruzar, em geral sobem e descem; de modo que, para chegar a uma das casas coladas no penhasco a partir de outra (a menos que sejam bastante próximas ou que uma esteja acima da outra) é necessário caminhar até a faixa central perto do rio e depois subir novamente. Assim, em pouco tempo cheguei tão alto no penhasco oriental quanto a Víncula estava no ocidental, com menos perspectivas de alcançá-lo do que quando saí da pousada.

Para ser sincero, não foi uma descoberta totalmente desagradável. Eu tinha trabalho para fazer lá, e nenhum desejo particular de fazê-lo, minha mente ainda cheia de pensamentos de Dorcas. Foi melhor esgotar minhas frustrações usando as pernas, e então resolvi seguir a rua torta até o topo, se necessário, e ver a Víncula e o Castelo de Acies daquela altura, e então mostrar o distintivo do meu ofício aos guardas nas fortificações de lá, caminhar ao longo delas até o Capulus e assim atravessar o rio pelo caminho mais baixo.

Mas depois de meia vigília de esforço extenuante, descobri que não conseguia ir mais longe. A rua terminava em um precipício com três ou quatro correntes de altura, e talvez tivesse terminado corretamente mais cedo, pois as últimas dezenas de passos que caminhei foram o que provavelmente não passava de um caminho particular para o miserável jacal de lama e gravetos diante dos quais eu estava.

Depois de ter certeza de que não havia como contornar isso e nenhum caminho para o topo a alguma distância de onde parei, fui me virar enojado quando um criança saiu do jacal e foi chegando perto de mim com um gesto meio ousado, meio temeroso. Caminhou, olhando-me apenas com o olho direito, estendeu uma mão pequena e muito suja no gesto universal dos mendigos. Talvez eu tivesse rido da pobre criaturinha, tão tímida e tão importuna, se estivesse em um humor melhor, mas acabei simplesmente por deixar cair alguns aes na palma da mão suja.

Encorajada, a criança se aventurou a dizer:

— Minha irmã está doente. Muito doente, sieur. — Pelo timbre da voz concluí que era um menino; e como ele virou a cabeça quase na minha direção ao falar, pude ver que seu olho esquerdo estava inchado por alguma infecção. Lágrimas de pus escorreram e secaram na bochecha abaixo. — Muito, muito doente.

— Estou vendo — disse a ele.

— Ah, não, sieur. O senhor não consegue ver, daqui não. Mas se quiser pode olhar pela porta: o senhor não vai incomodar ela.

Nesse momento, um homem vestindo um avental de couro surrado de pedreiro gritou:

— O que foi, Jader? O que ele quer? — Ele estava subindo com grande esforço o caminho em nossa direção.

Como qualquer um poderia ter previsto, o menino só ficou assustado e emudecido pela pergunta. Respondi, então:

— Eu estava perguntando qual o melhor caminho para a cidade baixa.

O pedreiro não respondeu nada, mas parou a quatro passos de mim e cruzou os braços que pareciam mais duros do que as pedras que quebravam. Ele parecia irritado e desconfiado, embora eu não tivesse certeza do porquê. Talvez meu sotaque tivesse traído minha procedência do sul; talvez tivesse sido apenas por causa do jeito como eu estava vestido, que, embora não fosse de forma alguma opulento ou fantástico, indicava que eu pertencia a uma classe social superior à classe dele.

— Estou invadindo? — perguntei. — Você é o dono deste lugar?

Não houve resposta. O que quer que aquele sujeito sentisse por mim, estava claro que, em sua opinião, não poderia haver comunicação entre nós. Quando falei com ele, só pôde ser como um homem fala com uma fera, e nem mesmo com uma fera inteligente, mas apenas enquanto um tropeiro grita com seu gado. E, da parte dele, quando falei foi apenas como os animais falam com um homem, um som gutural.

Tenho notado que, nos livros, esse tipo de impasse parece nunca ocorrer; os autores estão tão ansiosos para levar suas histórias adiante (por mais rígidas que possam ser, avançando como carrinhos de mercado com rodas que rangem e nunca param, embora sigam apenas para aldeias empoeiradas onde o encanto do campo se perde e os prazeres da cidade nunca serão encontrados) que não existem tais mal-entendidos, nenhuma recusa de negociação. O assassino que segura uma adaga no pescoço de sua vítima está ansioso para discutir todo o assunto, e pelo tempo que a vítima ou o autor desejarem. O par apaixonado no abraço de amor está em menos igualmente dispostos a adiar a estocada, se não mais ainda.

Na vida não é a mesma coisa. Encarei o pedreiro e ele me encarou. Senti que poderia tê-lo matado, mas não tinha certeza disso, tanto porque ele parecia estranhamente forte e porque eu não tinha certeza de que ele não tivesse alguma arma escondida, ou amigos nas miseráveis habitações próximas. Eu senti que o homem estava prestes a cuspir no caminho entre nós, e se ele tivesse feito isso, eu teria enfiado meu jelab na cabeça dele e o prendido. Mas não o fez, e depois de nos encararmos por vários instantes, o menino, que talvez não tivesse ideia do que estava acontecendo, tornou a dizer:

— O senhor pode olhar pela porta, sieur. Não vai incomodar minha irmã. — Ele até se atreveu a puxar um pouco minha manga na ânsia de mostrar que não havia mentido, não parecendo perceber que sua própria aparência justificava plenamente a mendicância.

— Eu acredito em você — respondi. Mas então entendi que dizer que eu acreditava nele era insultá-lo, mostrando que não tive fé suficiente no que ele disse para colocar isso em prova. Curvei-me e espiei, embora a princípio pudesse ver pouco, pois olhava de um ambiente com sol forte para o interior sombrio do jacal.

A luz estava quase diretamente atrás de mim. Eu sentia sua pressão no meu pescoço, e estava consciente de que o pedreiro poderia me atacar impunemente agora que eu estava de costas para ele.

Por menor que fosse, o cômodo lá dentro não estava atulhado. Um pouco de palha havia sido amontoado contra a parede mais distante da porta, e a garota estava deitada nela. Ela estava naquele estado de doença em que já não sentimos pena do doente, que, em vez disso, tornava-se um objeto de horror. Seu rosto era uma caveira sobre a qual havia uma pele esticada, tão fina e translúcida quanto a pele de um tambor. Os lábios dela não conseguiam mais cobrir os dentes, mesmo durante o sono, e sob a foice da febre, seus cabelos haviam caído até restarem apenas mechas finas.

Apoiei minhas mãos na parede de pau a pique ao lado da porta e me endireitei. O menino disse:

— O senhor vê que ela está muito doente, sieur. Minha irmã. — Ele estendeu a mão novamente.

Eu via isso, vejo isso diante de mim agora, mas não causou nenhuma impressão imediata em minha mente. Eu só conseguia pensar na Garra; e era como se ela fizesse pressão contra meu esterno, não tanto como um peso, mas como os nós dos dedos de um punho invisível. Lembrei-me do ulano que parecia morto até que toquei seus lábios com a Garra, e que agora me parecia pertencer ao passado remoto; e me lembrei do homem-macaco, com seu toco no braço, e da forma como as queimaduras de Jonas desapareceram quando passei a Garra ao longo de seu comprimento. Eu não a tinha usado ou sequer considerado usá-la, pois não consegui salvar Jolenta.

Agora eu já mantinha esse segredo há tanto tempo que tive medo de tentar novamente. Eu teria tocado a garota moribunda com ele, talvez, se não fosse por seu irmão olhando; eu teria tocado o olho doente do irmão, se não tivesse sido pelo pedreiro ranzinza. Mas, enfim, tão somente me esforcei para respirar contra a força que distendia minhas costelas e nada fiz, afastando-me ladeira abaixo sem perceber em que direção andava. Eu ouvi a saliva do pedreiro voar de sua boca e bater na pedra erodida do caminho atrás de mim; mas não me dei conta do que era esse som até estar quase de volta à Víncula, e tinha mais ou menos voltado a mim.

IV

Na Guarita da Víncula

— O senhor tem companhia, Lictor — disse-me a sentinela, e quando simplesmente assenti para aceitar a informação, ele acrescentou: — Talvez seja melhor o senhor se trocar antes, Lictor. — Não precisei, então, perguntar quem era meu hóspede; apenas a presença do arconte teria extraído esse tom dele.

Não foi difícil chegar aos meus aposentos privados sem passar pelo estúdio onde eu conduzia os negócios da Víncula e guardava suas contas. Usei o tempo que levei para me livrar do meu jelab emprestado e colocar minha capa fuligem para especular sobre o motivo pelo qual o arconte, que nunca tinha vindo a mim antes, e a quem, aliás, eu raramente tinha visto fora de sua corte, acharia necessário visitar a Víncula — até onde pude ver, sem uma comitiva.

A especulação foi bem-vinda porque manteve alguns outros pensamentos ao longe. Havia um grande vidro prateado em nosso quarto, um espelho muito mais eficiente que as pequenas placas de metal polido às quais eu estava acostumado; e nele, como vi pela primeira vez quando estive diante dele para examinar minha aparência, Dorcas havia rabiscado em sabão quatro versos de uma canção que ela uma vez cantou para mim:

Cornos de Urth, cantem pro céu escuro,
Com o frescor da verde floresta,
No meu compasso, abrindo minha fresta
Me erguendo em cima do galho duro!

Havia várias cadeiras grandes no estúdio, e eu esperava encontrar o arconte em uma delas (embora também tenha passado pela minha cabeça que ele pudesse estar aproveitando a oportunidade para examinar meus papéis — algo que ele tinha todo o direito de fazer se quisesse). Em vez disso, ele estava parado na embrasura, olhando para sua cidade da mesma forma que eu mesmo olhei para ela das muralhas do Castelo de Acies no início daquela tarde. Suas mãos estavam cruzadas atrás das costas, e enquanto observava, eu as vi se moverem como se cada uma possuísse vida própria, gerada pelos pensamentos dele. Algum tempo se passou até o arconte se virar e me avistar.

— Você está aqui, Mestre Torturador. Eu não ouvi você entrar.

— Sou apenas um oficial, Arconte.

Ele sorriu e se sentou no peitoril, de costas para a encosta. Seu rosto era áspero, com nariz adunco e olhos grandes rodeados de carne escura, mas não era uma face masculina; quase poderia ser o rosto de uma mulher feia.

— Encarregado por mim da responsabilidade por este lugar, você permanece um mero oficial?

— Eu só posso ser elevado pelos mestres da nossa guilda, Arconte.

— Mas você é o melhor dos oficiais dela, a julgar pela carta que portava, pela escolha deles para enviá-lo aqui e pelo trabalho que fez desde que chegou. De qualquer forma, ninguém aqui saberia a diferença se você optasse por se dar ares. Quantos mestres existem?

— Eu saberia, Arconte. Apenas dois, a menos que alguém tenha sido elevado desde que parti.

— Vou escrever para eles e pedir que elevem você *in absentia*.

— Eu lhe agradeço, Arconte.

— Não é nada — disse ele, e se virou para olhar pela embrasura, como se a situação o envergonhasse. — Você deverá ter notícias a respeito, suponho, em um mês.

— Eles não vão me elevar, Arconte. Mas Mestre Palaemon ficará feliz ao saber que o senhor pensa tão bem de mim.

Ele se virou novamente para olhar para mim.

— Não precisamos ser tão formais, certamente. Meu nome é Abdiesus, e não há razão para não usá-lo quando estamos sozinhos. Você é Severian, presumo?

Assenti.

Ele me deu as costas novamente.

— Esta é uma abertura muito baixa. Eu a estava examinando antes de você entrar, e a muralha mal chega acima dos meus joelhos. Seria fácil, receio, alguém cair.

— Só para alguém tão alto quanto você, Abdiesus.

— No passado, as execuções não eram realizadas, ocasionalmente, lançando a vítima de uma janela alta ou da beira de um precipício?

— Sim, ambos os métodos eram empregados.

— Não por você, suponho. — Mais uma vez ele me encarou.

— Não na memória dos vivos, até onde eu saiba, Abdiesus. Eu tenho realizado degolações, tanto com o bloco quanto com a cadeira, mas é só.

— Mas você não teria nenhuma objeção ao uso de outros meios? Se fosse instruído a empregá-los?

— Estou aqui para cumprir as sentenças do arconte.

— Há momentos, Severian, em que as execuções públicas servem ao bem público. Há outros em que só causariam danos incitando a agitação pública.

— Isso está entendido, Abdiesus — respondi. Como às vezes eu via nos olhos de um menino a preocupação do homem que ele será, eu podia ver a culpa futura que já havia chegado (talvez sem ele estar ciente disso) a se instalar no rosto do arconte.

— Haverá alguns convidados no palácio esta noite. Espero que você esteja entre eles, Severian.

Eu me curvei.

— Entre as divisões da administração, Abdiesus, há muito tempo é costume excluir uma, a minha, da sociedade dos outros.

— E você acha que isso é injusto, o que é totalmente natural. Esta noite, se quiser pensar dessa forma, estaremos fazendo uma certa restituição.

— Nós da guilda nunca reclamamos de injustiça. Na verdade, nos vangloriamos de nosso isolamento único. Esta noite, porém, os outros poderão sentir que terão motivos para protestar contra você.

Um sorriso se contorceu em sua boca.

— Não estou preocupado com isso. Aqui, isto lhe dará permissão para entrar no terreno.

Ele estendeu a mão, segurando delicadamente, como se temesse voar de seus dedos, um daqueles discos de papel duro, quase do tamanho de crisos e com caracteres ornamentados escritos em folha de ouro, dos quais frequentemente ouvia Thecla falar (ela se agitava em minha mente ao seu toque), mas que eu nunca tinha visto.

— Obrigado, Arconte. Esta noite, o senhor disse? Tentarei encontrar roupas adequadas.

— Venha vestido como está. É para ser um ridotto: seu hábito será sua fantasia. — Ele se levantou e se espreguiçou com o ar, pensei, de alguém que se aproxima da conclusão de uma tarefa longa e desagradável. — Há apenas um instante falamos de algumas das maneiras menos elaboradas pelas quais você pode desempenhar sua função. Talvez seja bom que traga qualquer equipamento de que possa precisar esta noite.

Entendi. Eu não precisaria de nada além de minhas mãos, e disse isso a ele. Então, sentindo que já havia sido negligente em meus deveres como seu anfitrião, convidei-o a tomar qualquer bebida que por acaso tivéssemos.

— Não — retrucou. — Se você soubesse o quanto sou forçado a comer e beber por cortesia, saberia o quanto aprecio a companhia de alguém cujas ofertas hospitaleiras posso recusar. Suponho que sua fraternidade nunca tenha considerado usar a comida como um tormento, em vez da fome?

— Isso se chama planteração, Arconte.

— Você precisa me contar a respeito um dia desses. Posso ver que sua guilda está muito à frente da minha imaginação, sem dúvida por uma dúzia de séculos. Depois da caça, a sua ciência deve ser a mais antiga de todas. Mas não posso ficar mais tempo. Nos vemos à noite?

— Já é quase noite agora, Arconte.

— No final da próxima vigília, então.

Ele saiu. Só quando a porta se fechou atrás dele que detectei o leve odor do almíscar que perfumava seu manto.

Olhei para o pequeno círculo de papel que segurava e o virei. Na parte de trás havia a imagem de uma falsidade de máscaras, na qual reconheci um dos horrores — um rosto que não era mais que uma boca rodeada de presas — que eu tinha visto no jardim do Autarca quando os cacogênios arrancaram seus disfarces, e um rosto de homem-macaco da mina abandonada perto de Saltus.

Eu estava cansado da longa caminhada e também do trabalho (quase um dia inteiro, pois eu tinha acordado cedo) que o precedera; e, por isso, antes de sair de novo, eu me despi e me lavei, comi algumas frutas e carnes frias e beberiquei um copo do picante chá do norte. Quando um problema me perturba profundamente, ele permanece na minha mente mesmo quando não tenho consciência disso. Assim foi comigo; embora eu não estivesse consciente deles, o pensamento de Dorcas deitada em seu quarto estreito e de teto inclinado na pousada e a lembrança da menina moribunda em seu montinho de palha prendia meus olhos e tapava meus ouvidos. Foi por causa delas, creio eu, que não ouvi meu sargento, e não me dei conta, até ele entrar, de que eu estava pegando gravetos da caixa ao lado da lareira e partindo-os com as mãos. Ele perguntou se eu ia sair de novo, e como ele era o responsável pela operação da Víncula na minha ausência eu disse a ele que sim, e que não sabia dizer quando voltaria. Então, agradeci o empréstimo de seu jelab, que disse que não precisaria novamente.

— O senhor pode usá-lo sempre que quiser, Lictor. Mas não era isso que me preocupava. Gostaria de sugerir que o senhor levasse alguns dos nossos clavígeros quando descer para a cidade.

— Obrigado — eu disse. — Mas ela é bem policiada e não correrei perigo.

Ele pigarreou.

— É uma questão de prestígio da Vincula, Lictor. Como nosso comandante, o senhor deveria ter uma escolta.

Pude ver que ele estava mentindo, mas também notei que estava mentindo pelo que acreditava ser meu bem, e então eu disse:

— Vou levar isso em consideração, supondo que você tenha dois homens apresentáveis que possa dispensar.

Ele se animou imediatamente.

— Contudo — continuei —, não quero que carreguem armas. Irei ao palácio e seria um insulto ao nosso mestre, o arconte, se eu chegasse com uma guarda armada.

Com isso, ele começou a gaguejar e eu me virei para ele como se estivesse furioso, jogando no chão a madeira lascada que bateu no chão.

— Fale logo o que está pensando! Você acha que estou sendo ameaçado. Pelo quê?

— Nada, Lictor. Nada que lhe diga respeito, particularmente. É só que...

— Só que o quê? — Sabendo que ele falaria agora, fui até o aparador e nos servi duas taças de rosolio.

— Houve vários assassinatos na cidade, Lictor. Três ontem à noite, dois na noite anterior. Obrigado, Lictor. À sua saúde.

— À sua. Mas os assassinatos não são nada incomuns, não é? Os ecléticos estão sempre se esfaqueando uns aos outros.

— Esses homens foram queimados até a morte, Lictor. Na verdade, não sei muito a respeito, ninguém parece saber. É possível que o senhor mesmo saiba mais. — O rosto do sargento era tão inexpressivo quanto uma escultura grosseira de pedra marrom, mas eu o vi olhar rapidamente para a lareira fria enquanto falava, e percebi que ele atribuía minha quebra dos gravetos (os gravetos que estavam tão duros e secos em minhas mãos, mas que eu havia sentido nelas até muito depois de ele ter entrado, assim como Abdiesus não tinha, talvez, percebido que estava contemplando sua própria morte até muito depois de eu ter chegado para observá-lo) a algo, algum segredo obscuro, que o arconte havia compartilhado comigo, quando, na verdade, nada mais era do que a lembrança de Dorcas e seu desespero, e da mendiga, a quem confundi com ela. Ele disse:

— Tenho dois bons sujeitos esperando lá fora, Lictor. Eles estão prontos para ir quando o senhor estiver, e vão esperar o senhor até que esteja pronto para retornar.

Eu disse que isso era ótimo, e ele se virou imediatamente para que eu não imaginasse que ele sabia, ou acreditava saber, mais do que havia me relatado; mas seus ombros rígidos e seu pescoço tenso, e os passos rápidos que ele deu em direção à porta, transmitiram mais informações do que seus olhos de pedra jamais poderiam.

†

Minhas escoltas eram homens corpulentos escolhidos por sua força. Brandindo suas grandes clavas de ferro, acompanharam-me enquanto eu carregava *Terminus Est* sobre o ombro pelas ruas sinuosas, andando de cada lado meu quando o caminho era largo o suficiente, antes e atrás de mim quando não era. Na beira do Acis, eu os dispensei, tornando-os mais ansiosos para me deixar quando lhes disse que tinham minha permissão para passar o resto da noite como bem entendessem, e aluguei um pequeno e estreito caíque (com um dossel alegremente pintado que eu não precisava, agora que a última vigília do dia havia acabado) para me levar rio acima até o palácio.

Era a primeira vez que eu de fato andava pelo Acis. Enquanto estava ali sentado na popa, entre o timoneiro-proprietário e seus quatro remadores, com o rio límpido e gelado correndo tão perto que poderia ter enfiado as duas mãos nele se quisesse, parecia impossível que aquela frágil concha de madeira, que da fresta da nossa guarita não devia parecer mais do que um inseto dançante, pudesse sequer avançar um palmo contra a corrente. Então o timoneiro falou e partimos: abraçando a margem, com certeza, mas parecendo quase pular o rio como uma pedra atirada, tão rápidas e perfeitamente sincronizadas eram as batidas de nossos oito remos, e tão leves, estreitos e suaves éramos, viajando mais no ar acima da água do que nela. Uma lanterna pentagonal com painéis de vidro ametista pendia do poste de popa; justamente no momento em que eu, na minha ignorância, pensava que estávamos a ponto de ser apanhados a meia-nau pelo corrente, virados e afundados até o Capulus, o timoneiro deixou o leme preso pelas amarras enquanto acendia o pavio.

Ele estava certo, é claro; e eu, errado. Quando a portinhola da lanterna se fechou sobre a chama amarelo-manteiga interior e os raios violetas saltaram, um redemoinho nos pegou, nos girou, nos fez girar rio acima em cem passos ou mais enquanto os remadores embarcaram seus remos, e nos deixou numa baía em miniatura, tão silenciosa quanto um lago e meio cheia de barcos de recreio vistosos. Escadas de água, muito semelhantes aos degraus onde nadei em Gyoll quando menino, embora muito mais limpos, marchavam das profundezas do rio até as tochas brilhantes e portões elaborados dos terrenos do palácio.

Eu já tinha visto aquele palácio muitas vezes da Víncula, e por isso sabia que não era a estrutura subterrânea modelada na Casa Absoluta que eu poderia ter esperado de outra forma. Não era mais uma fortaleza tão sombria como a nossa Cidadela: aparentemente o arconte e seus antecessores consideraram os pontos fortes do Castelo de Acies e do Capulus, duplamente ligados como estavam pelas muralhas e fortes enfileirados ao longo das cristas das encostas, proteção suficiente para a segurança da cidade. Ali, as muralhas eram meras sebes destinadas a excluir o olhar dos curiosos e talvez para dar um cheque aos ladrões ocasionais. Edifícios com cúpulas douradas estavam espalhados por um jardim das delícias que parecia íntimo e colorido; da minha embrasura, eles pareciam peridotos quebrados de sua fieira e jogados sobre um tapete estampado.

Havia sentinelas nos portões de filigrana, soldados desmontados em corseletes e capacetes de aço, com lanças flamejantes e espatas de cavalaria de lâminas longas; mas tinham o ar de atores coadjuvantes e amadores, homens bem-humorados e durões desfrutando de uma pausa nas lutas e patrulhas varridas pelo vento. O par ao qual mostrei meu círculo de papel pintado não deu mais do que uma mera olhada nele antes de acenarem para que eu entrasse.

V

Ciríaca

Fui um dos primeiros convidados a chegar. Ainda havia mais criados atarefados do que mascarados, criados que pareciam ter começado seu trabalho apenas um momento antes e estavam determinados a concluí-lo imediatamente. Eles acenderam candelabros com lentes de cristal e coronas lucis que pendiam dos galhos superiores das árvores, carregavam bandejas com comida e bebida, posicionavam-nas, deslocavam-nas e depois as carregavam de volta para um dos edifícios abobadados novamente: os três atos sendo realizados por três criados, mas ocasionalmente (sem dúvida porque os outros estavam ocupados em outro lugar) por apenas um.

Durante algum tempo, vaguei pelos jardins, admirando as flores ao crepúsculo que rapidamente se desvanecia. Então, vislumbrando pessoas fantasiadas entre os pilares de um pavilhão, entrei para me juntar a eles.

O que poderia ser tal reunião na Casa Absoluta, já descrevi. Aqui, onde a sociedade era inteiramente provinciana, isso tinha, antes, a atmosfera de crianças brincando de se vestir com as roupas velhas dos pais; vi homens e mulheres fantasiados de autóctones, com os rostos manchados de vermelho e sarapintados de branco, e até mesmo um homem que era de fato um autóctone e, ainda assim, vestia-se como um, com um traje nem mais nem menos autêntico que os outros, de modo que eu estava inclinado a rir dele até que percebi que, embora ele e eu pudéssemos ser os únicos que sabíamos disso, o sujeito estava, de fato, vestido de forma mais original do que qualquer outro, como cidadão de Thrax fantasiado. Ao redor de todos esses autóctones, reais e autoimaginados, havia uma série de outras figuras não menos absurdas: oficiais vestidos como mulheres e mulheres vestidas como soldados, ecléticos tão fraudulentos quanto os autóctones, gimnosofistas, ablegados e seus acólitos, eremitas, eidolons, zoantropos meio feras e meio humanos, e deodandes e remontados em trapos pitorescos, de olhos pintados à maneira de selvagens.

Peguei-me pensando como seria estranho se o Novo Sol, a própria Estrela Diurna, aparecesse agora tão repentinamente como quando aparecera tanto tempo atrás, quando era chamado de Conciliador, aparecendo aqui porque era um lugar inadequado e ele sempre preferiu os lugares menos adequados, vendo essas pessoas com um olhar mais fresco do que jamais poderíamos ter; e se a Estrela, assim aparecendo aqui, houvesse por bem decretar pela teurgia que todos eles (nenhum dos quais eu conhecia e nenhum dos quais me conhecia) deveriam viver para sempre os papéis que assumiram esta noite, os autóctones curvados sobre fogueiras fumegantes em cabanas de pedra nas montanhas, o verdadeiro autóctone para sempre um cidadão em um ridotto, as mulheres espicaçando suas montarias em direção aos inimigos da Comunidade de espada na mão, os oficiais bordando nas janelas do norte, olhando para cima e suspirando ao olhar para as estradas vazias, os deodandes lamentando suas abominações indescritíveis nas vastidões selvagens, os remontados queimando suas próprias casas e olhando para as montanhas; e apenas eu inalterado, como se diz que a velocidade da luz permanece inalterada por transformações matemáticas.

Então, enquanto sorria para mim mesmo por trás da máscara, parecia que a Garra, em seu saquinho de couro macio, batia em meu esterno para me lembrar que o Conciliador não estava brincando, e que eu carregava algum fragmento de seu poder comigo. Naquele momento, enquanto olhava para o outro lado da sala, para todas as cabeças recobertas de plumas, capacetes e cabelos desgrenhados, vi uma pelerina.

Fui até ela o mais rápido que pude, empurrando aqueles que não abriam caminho para mim. (Eram poucos, pois embora nenhum deles achasse que eu era o que parecia, minha altura fazia com que me tomassem por um exultante, com nenhum verdadeiro exultante por perto.)

A pelerina não era jovem nem velha; sob seu dominó estreito, seu rosto parecia um oval suave, refinado e remoto como o rosto da principal sacerdotisa que me permitira passar na tenda catedral depois que Ágia e eu destruímos o altar. Segurava uma pequena taça de vinho como se brincasse com ela, e quando me ajoelhei aos seus pés, ela a colocou em cima de uma mesa a fim de me dar os dedos para beijar.

— Ouça minha confissão, Domnicellae — implorei a ela. — Cometi contra a senhora e todas as suas irmãs o mais grave dos males.

— A morte faz mal a todos nós — respondeu ela.

— Eu não sou ele. — Olhei para ela, então, e a primeira dúvida me atingiu.

Por entre o burburinho da multidão, ouvi o silvo da sua inspiração.

— Você não é?

— Não, Domnicellae. — E embora eu já duvidasse dela, temia que fugisse de mim, e estendi a mão para pegar a cinta que pendia de sua cintura. — Domnicellae, me perdoe, mas a senhora é uma verdadeira membra da ordem?

Sem falar, ela balançou a cabeça e caiu no chão.

Não é incomum que um cliente em nosso ergástulo finja estar inconsciente, mas a impostura é facilmente detectada. O falso desmaiado fecha deliberadamente os olhos e os mantém fechados. Num verdadeiro desmaio, a vítima, que tem quase a mesma probabilidade de tanto um homem quanto uma mulher, primeiro perde o controle dos olhos, de modo que por um instante eles não olham mais precisamente na mesma direção; às vezes eles tendem a se revirar sob as pálpebras. Estas pálpebras, por sua vez, raramente fecham por inteiro, já que seu fechamento não é uma ação deliberada, mas um mero relaxamento de seus músculos. Geralmente se consegue ver um delgado crescente da esclera entre as pálpebras superior e inferior, como eu vi quando essa mulher caiu.

Vários homens me ajudaram a carregá-la para uma alcova, e muitas tolices se falaram a respeito do calor e da excitação, nenhuma das quais estava presente ali. Por um momento foi impossível afastar os espectadores: então a novidade desapareceu, e teria sido quase igualmente impossível para mim tê-los mantido ali se eu desejasse fazê-lo. A essa altura, a mulher de escarlate começava a se mexer, e soube por uma mulher mais ou menos da mesma idade, que estava vestida como uma criança, que a outra era esposa de um armígero cuja villa ficava a uma grande distância de Thrax, mas que tinha ido para Nessus fazer alguma coisa. Voltei para a mesa, peguei sua tacinha e toquei seus lábios com o líquido vermelho que continha.

— Não — ela disse fracamente. — Não quero isso... É sangaree e eu odeio isso... eu... eu só escolhi porque a cor combina com a minha fantasia.

— Por que desmaiou? Foi porque pensei que fosse uma verdadeira conventual?

— Não, porque eu adivinhei quem você é — disse ela, e ficamos em silêncio por um momento, ela ainda meio reclinada no divã para onde eu a ajudei a carregá-la, eu sentado aos seus pés.

Ressuscitei em minha mente o momento em que me ajoelhei diante dela; tenho, como já disse, o poder de reconstruir cada instante da minha vida. E, finalmente, precisei perguntar:

— Como você sabia?

— Qualquer outra pessoa com essas roupas, perguntada se era a Morte, teria dito que era... porque estaria fantasiado. Eu estava sentada na corte do arconte há uma semana, quando meu marido acusou um de nossos peões de roubo. Naquele dia, eu vi você de pé na lateral, com os braços cruzados sobre a guarda da espada que carrega agora, e quando ouvi você dizer o que disse, quando tinha acabado de beijar meu dedos, eu o reconheci e pensei... Ah, não sei o que pensei! Suponho que pensei que você se ajoelhou diante de mim porque pretendia me matar. Simplesmente pela maneira como você estava; sempre parecia, quando eu o via na corte, alguém que seria galante com as pobres pessoas cujas cabeças cortaria, e, particularmente, para com as mulheres.

— Eu só me ajoelhei diante de você porque estou ansioso para localizar as pelerinas, e sua fantasia, como a minha, não parecia ser uma fantasia.

— Não é. Melhor dizendo, não tenho o direito de usá-la, mas não é apenas algo que mandei minhas aias costurarem para mim. É uma verdadeira investidura. — Ela fez uma pausa. — Sabia que eu nem sequer sei seu nome?

— Severian. O seu é Ciríaca: uma das mulheres o mencionou enquanto estavam cuidando de você. Posso perguntar como conseguiu essas roupas e se sabe onde as pelerinas estão agora?

— Isso não faz parte do seu dever, não é? — Por um momento ela olhou nos meus olhos, e então balançou a cabeça. — Algo privado. Fui criada por eles. Eu era uma postulante, sabe? Viajávamos para cima e para baixo no continente, e eu costumava ter maravilhosas aulas de botânica apenas olhando as árvores e flores enquanto passávamos. Às vezes, quando penso nisso, era como se passássemos das palmeiras aos pinheiros em uma semana, embora eu saiba que isso não pode ser verdade.

"Eu ia fazer os votos finais, e no ano anterior elas já fazem a investidura para que você possa experimentar e ver se o tamanho está certo, e também para que a veja entre suas roupas comuns sempre que desfizer as malas. É como uma menina olhando para o vestido de noiva da mãe, que havia sido de sua avó também, e ela sabe que se casará com ele, se algum dia se casar. Só que eu nunca vesti minha investidura, e quando voltei para casa, depois de muito tempo de espera até passarmos por perto já que não haveria ninguém para me acompanhar, levei-a comigo.

"Fazia muito tempo que eu não pensava nisso. Então, quando recebi o convite do arconte, tirei-o novamente e decidi usá-lo esta noite. Estou orgulhosa da minha aparência, e nós só precisamos ajustar um pouquinho aqui e ali. Acho que me caiu bem, e eu tenho o rosto de uma pelerina, embora não tenha os olhos delas. Na verdade, eu nunca tive os olhos, embora achasse que os conseguiria quando fizesse meus votos, ou depois. Nossa diretora de postulantes tinha esse olhar. Ela poderia se sentar para costurar, e se você olhasse nos seus olhos, acreditaria que estavam vendo os confins de Urth, onde vivem os perischii, olhando através da saia velha e rasgada e das paredes da tenda, olhando através de tudo. Não, eu não sei onde estão as pelerinas agora: duvido que elas mesmas saibam, embora, talvez, a Mãe saiba.

— Você deve ter algumas amigas entre elas. Algumas de suas colegas postulantes não ficaram? — indaguei.

Ciríaca deu de ombros.

— Nenhuma delas jamais me escreveu. Eu realmente não sei.

— Está se sentindo bem o bastante para voltar ao baile? — A música estava começando a penetrar em nossa alcova.

Sua cabeça não se mexeu, mas vi seus olhos, que tinham estado rastreando os corredores dos anos enquanto ela falava das pelerinas, virarem-se para me olhar de esguelha.

— É isso o que você quer fazer?

— Suponho que não. Nunca fico completamente à vontade no meio de multidões, a menos que as pessoas sejam minhas amigas.

— Você tem amigos, então? — Ela parecia genuinamente surpresa.

— Aqui não... Bem, uma amiga aqui. Em Nessus eu costumava ter os irmãos de nossa guilda.

— Entendo. — Ela hesitou. — Não há razão para termos que ir. Esta festa vai durar a noite toda, e ao amanhecer, se o arconte ainda estiver se divertindo, eles baixarão as cortinas para excluir a luz e talvez até erguerão o baldaquino por cima do jardim. Podemos ficar aqui sentados o tempo que quisermos, e sempre que um dos serviçais chegar, conseguiremos o que quisermos para comer e beber. Quando passar alguém com quem quisermos conversar, faremos com que essa pessoa pare e nos entretenha.

— Temo que começaria a entediar você antes que a noite transcorresse muito — respondi.

— De jeito nenhum, porque não tenho intenção de permitir que fale muito. Eu mesma vou falar e fazer você me ouvir. Para começar: sabia que você é muito bonito?

— Eu sei que não sou. Mas como você nunca me viu sem esta máscara, não pode saber.

— Pelo contrário.

Ela se inclinou para frente, como se quisesse examinar meu rosto através dos buracos dos olhos. Sua própria máscara, que era da cor do seu vestido, era tão pequena que era pouco mais que uma convenção, duas tiras de tecido em formato de amêndoa em volta dos olhos; e, no entanto, emprestava-lhe um ar exótico que ela não teria de outra forma, e lhe emprestava também, creio, uma sensação de mistério, de uma ocultação que tirava dela o peso da responsabilidade.

— Você é um homem muito inteligente, tenho certeza, mas não esteve em tantas destas coisas quanto eu, ou teria aprendido a arte de julgar rostos sem vê-los. É mais difícil, claro, quando a pessoa para quem você está olhando tem uma viseira de madeira que não se adapta ao rosto, mas mesmo assim é possível dizer muito. Você tem um queixo pontudo, não é? Com uma covinha.

— Sim, para o queixo pontudo — respondi. — Não, para a covinha.

— Você está mentindo para me despistar, ou então nunca reparou nela. Posso julgar queixos olhando para as cinturas, principalmente nos homens, que é onde meu interesse principal reside. Uma cintura estreita significa um queixo pontudo, e essa máscara de couro deixa apenas o suficiente de fora para confirmar isso. Mesmo que seus olhos sejam fundos, eles são grandes e se movimentam muito, e isso significa uma covinha no queixo em um homem, especialmente quando o rosto é magro. Você tem maçãs do rosto salientes: os contornos dela mostram um pouco através da máscara, e suas bochechas planas farão com que pareçam mais altas. Cabelos pretos, porque posso ver isso nas costas das suas mãos, e lábios finos que aparecem pela boca da máscara. Como não consigo ver tudo neles, fazem uma curva e quase um biquinho, o que é algo muito desejável nos lábios de um homem.

Eu não sabia o que dizer e, para falar a verdade, teria dado muito para deixá-la naquele momento; finalmente perguntei:

— Você quer que eu tire minha máscara para que possa verificar a precisão de suas avaliações?

— Ah, não, você não deve. Não até tocarem o aubade. Além disso, você deveria levar meus sentimentos em conta. Se fizesse isso e eu descobrisse que não era bonito, afinal, eu seria privada de uma noite interessante. — Ela estava sentada. Agora sorria e se recostava novamente no divã, com os cabelos espalhados ao seu redor numa auréola escura. — Não, Severian, em vez de desmascarar seu rosto, você deve desmascarar seu espírito. Mais tarde você fará isso me mostrando tudo o que faria se estivesse livre para fazer o que quisesse, e agora me contando tudo o que quero saber a seu respeito. Você vem de Nessus: isso eu aprendi. Por que está tão ansioso para encontrar as pelerinas?

VI

A Biblioteca da Cidadela

Quando eu estava prestes a responder à sua pergunta, um casal passou pela nossa alcova, o homem envolto num sambenito, a mulher vestida de midinette. Eles só olharam de relance para nós ao passar, mas algo — a inclinação, talvez, das duas cabeças juntas, ou alguma expressão nos olhos — me disse que sabiam, ou pelo menos suspeitavam, que eu não participava do baile de máscaras. Fingi que não tinha notado nada, entretanto, e disse:

— Algo que pertence às pelerinas caiu em minhas mãos por acidente. Quero devolver isso a elas.

— Você não vai lhes fazer mal, então? — perguntou Ciríaca. — Pode me dizer o que é isso?

Não ousei dizer a verdade, e sabia que ela me pediria para apresentar qualquer objeto que eu nomeasse, então falei:

— Um livro: antigo, lindamente ilustrado. Não pretendo saber nada sobre livros, mas tenho certeza de que é de importância religiosa e bastante valioso. — E do meu sabretache tirei o livro marrom da biblioteca do Mestre Ultan que eu havia levado quando saí da cela de Thecla.

— Velho, sim — pontuou Ciríaca. — E bastante manchado de água, pelo que vejo. Posso dar uma olhada?

Entreguei a ela e ela folheou as páginas, então parou em uma foto dos sikinnis, segurando-o até captar o brilho de uma lâmpada acesa em um nicho acima do nosso divã. Os homens com chifres pareciam saltar na luz bruxuleante, as sílfides se contorcendo.

— Também não sei nada sobre livros — disse ela, devolvendo-o. — Mas tenho um tio que entende, e acho que ele poderia dar muito por este. Gostaria que ele estivesse aqui esta noite para poder vê-lo... embora, talvez, seja melhor que não, porque eu provavelmente tentaria pegar isso de você de alguma maneira. A cada pentade ele viaja tão longe quanto eu viajava quando estava com as pelerinas, só para procurar livros antigos. Ele até foi aos arquivos perdidos. Você já ouviu falar a respeito?

Balancei minha cabeça em negativa.

— Tudo o que sei é o que ele me disse uma vez, depois de beber um pouco mais do cuvée das nossas terras do que ele normalmente toma, e pode ser que ele não tenha me contado tudo, porque, enquanto conversava com ele, tive a sensação de que estava com um pouco de medo de que eu pudesse tentar ir sozinha. Nunca o fiz, embora às vezes me arrependa. De qualquer forma, em Nessus, muito ao sul da cidade que a maioria das pessoas visita, descendo tanto o grande rio, na verdade, que a maioria das pessoas pensa que a cidade já teria terminado muito antes, existe uma antiga fortaleza. Todos, exceto talvez o próprio Autarca, que seu espírito viva em mil sucessores, esqueceram-se disso há muito tempo, e parece que é assombrada. Ela fica no alto de uma colina com vista para o Gyoll, meu tio me disse, olhando para um campo de sepulcros em ruínas, guardando nada.

Ela fez uma pausa e moveu as mãos, moldando a colina e sua fortaleza no ar à sua frente. Tive a sensação de que havia contado a história muitas vezes, talvez para seus filhos. Isso me fez perceber que ela realmente tinha idade suficiente para ter crianças com idade para terem ouvido esta e outras histórias muitas vezes. Os anos não haviam marcado seu rosto suave e sensual; mas a vela da juventude que ainda ardia tão intensamente em Dorcas e havia lançado sua luz límpida e sobrenatural até mesmo sobre Jolenta, que brilhou tão forte e intensa por trás da força de Thecla e iluminou os caminhos envoltos em névoa da necrópole quando sua irmã Thea pegou a pistola de Vodalus ao lado do túmulo, havia nela sido extinta há tanto tempo que nem mesmo o perfume da sua chama permanecia. Tive pena dela.

— Você deve conhecer a história de como a raça dos tempos antigos alcançou as estrelas, e como se livraram de toda a sua metade selvagem a fim de fazer isso, de modo que não mais tinham vontade de provar o sabor do vento pálido, nem o amor nem a luxúria, nem de fazer novas canções, tampouco cantar as antigas, nem por qualquer outra coisa animal que acreditavam terem trazido consigo das florestas tropicais nos primórdios... Embora, na verdade, assim me disse meu tio, essas coisas os tivessem trazido. E, você sabe, ou deveria saber, que aqueles a quem venderam essas coisas, que eram criações de suas próprias mãos, odiavam-nos em seus corações. E, de fato, eles tinham corações, embora os homens que os criaram jamais tivessem levado isso em conta. De qualquer forma, eles resolveram arruinar seus criadores, e fizeram isso retornando, quando a humanidade se espalhou por mil sóis, tudo o que havia sido deixado com eles tanto tempo antes.

"Isso pelo menos você deveria saber. Meu tio uma vez me contou isso da mesma forma como lhe contei, e ele encontrou tudo isso e muito mais registrado em um livro de sua coleção. Era um livro que ninguém havia aberto, ele acreditava, fazia uma quilíada.

"Mas como eles fizeram o que fizeram, isso se sabe menos ainda. Eu me lembro de que, quando eu era criança, imaginei as máquinas ruins cavando: cavando à noite até terem arrancado as raízes retorcidas de velhas árvores e desnudado um baú de ferro que haviam enterrado quando o mundo era muito jovem, e que quando eles quebraram o cadeado desse baú, todas as coisas de que falamos saíram voando como um enxame de abelhas douradas. Isso é tolice, mas mesmo agora mal posso imaginar como seria a realidade desses engenhos pensantes.

Lembrei-me de Jonas, com o metal leve e brilhante onde a pele de sua cintura deveria ter estado, mas eu não conseguia imaginá-lo libertando uma praga para causar problemas à humanidade, e meneei a cabeça negativamente.

— Mas o livro do meu tio, disse ele, deixava claro o que eles faziam, e as coisas que soltaram não eram um enxame de insetos, mas uma enxurrada de artefatos de todo tipo, calculados por eles para reavivar todos aqueles pensamentos que as pessoas haviam deixado para trás, porque não podiam ser escritos em números. A construção de tudo, desde cidades até jarros de leite, estava nas mãos das máquinas, e depois de mil vidas construindo cidades que eram como grandes mecanismos, elas se voltaram para a construção de cidades que eram como banquisas de nuvens antes de uma tempestade, e outras como esqueletos de dragões.

— Quando foi isso? — perguntei.

— Há muito tempo, muito antes de as primeiras fundações de Nessus terem sido lançadas.

Envolvi seus ombros com meu braço, e agora ela deixava sua mão deslizar sorrateira para meu colo. Senti seu calor e sua busca lenta.

"E eles seguiram o mesmo princípio em tudo o que fizeram. Na criação de móveis, por exemplo, e no corte de roupas. E como os líderes que haviam decidido há muito tempo que todos os pensamentos simbolizados pelas roupas e móveis, e pelas cidades, deveriam ser deixados para trás da humanidade para sempre estavam há muito tempo mortos, e o povo tinha esquecido seus rostos e suas máximas, eles ficaram encantados com as novidades. Assim, todo aquele império, que havia sido construído apenas sob a ordem, faleceu.

"Mas embora o império tenha se dissolvido, os mundos demoraram muito para morrer. No começo, para que as coisas que elas devolviam aos humanos não fossem rejeitadas novamente, as máquinas conceberam espetáculos e fantasmagorias, cujas performances inspiravam aqueles que as assistiam a pensar em fortuna ou vingança, ou no mundo invisível. Mais tarde, deram a cada homem e mulher uma companhia, invisível a todos os outros olhos, como conselheiro. As crianças já tinham esses companheiros muito antes até.

"Quando os poderes das máquinas enfraqueceram ainda mais — à medida que as próprias máquinas desejavam — eles não podiam mais manter esses fantasmas nas mentes de seus donos, nem poderiam construir mais cidades, porque as cidades que restavam já estavam quase vazias.

"Eles haviam chegado, assim meu tio me contou, ao ponto em que esperavam que a humanidade se voltaria contra eles e os destruiria, mas tal coisa não ocorreu, porque a essa altura aqueles que haviam sido desprezados como escravos ou adorados como demônios antes eram muito amados.

"E então eles chamaram todos os que mais os amavam para perto deles, e por longos anos lhes ensinaram todas as coisas que sua raça havia posto de lado e, com o tempo, morreram.

"Então, todos aqueles a quem eles amaram e que os amaram, aconselharam-se juntos sobre como os ensinamentos deles poderiam ser preservados, pois bem sabiam que sua espécie não voltaria a Urth. Mas brigas amargas eclodiram entre eles. Eles não aprenderam juntos, mas, sim, cada um deles, homem ou mulher, havia ouvido uma das máquinas como se não houvesse mais ninguém no mundo além daqueles dois. E como havia tanto conhecimento e poucos para aprender isso, as máquinas ensinaram a cada pessoa de maneira diferente.

"Assim, eles se dividiram em grupos, e cada grupo em dois, e cada um desses dois em dois novamente. Até que, finalmente, cada indivíduo ficou sozinho, incompreendido e insultado por todos os outros e insultando-os. Então, cada um foi embora para fora das cidades que abrigavam as máquinas ou mais profundamente dentro delas, exceto por muito poucos que por hábito permaneceram nos palácios das máquinas para vigiar ao lado de seus corpos."

Um sommelier nos trouxe taças de vinho quase tão límpido quanto água, e tão tranquilo quanto a água até que algum movimento do copo a despertou. Ele perfumou o ar como aquelas flores que nenhum homem pode ver, flores que só os cegos podem encontrar; e beber esse vinho era como beber força do coração de um touro. Círíaca pegou sua taça avidamente, e depois de esvaziá-la, atirou-a em um canto, onde foi cair com um tinido.

— Conte-me mais — eu disse a ela — desta história dos arquivos perdidos.

— Quando a última máquina estava fria e inerte, e cada um daqueles que haviam aprendido com elas a tradição proibida que a humanidade havia deixado de lado foi separado de todo o restante, o pavor brotou no coração de cada um. Pois cada um se sabia apenas mortal, e a maioria não era mais jovem. E cada um viu que com sua própria morte, o conhecimento que ele mais amava morreria. Então, cada um deles, cada um supondo ser o único a fazê-lo, começou a escrever o que aprendera nos longos anos em que escutara os ensinamentos das máquinas que espalhavam todo o conhecimento oculto das coisas selvagens. Muitos morreram, mas muitos mais sobreviveram, às vezes caindo nas mãos daqueles que os copiaram entusiasmados por seus próprios acréscimos ou enfraquecidos por omissões... Beije-me, Severian.

Embora minha máscara nos atrapalhasse, nossos lábios se encontraram. Enquanto ela se afastava, a sombra das memórias dos antigos casos e divertimentos amorosos de Thecla, ocorridos entre os pseudothyrums e boudoirs catactonianos da Casa Absoluta brotaram dentro de mim, e eu disse:

— Você não sabe que esse tipo de coisa requer a atenção total de um homem?

Ciríaca sorriu.

— Foi por isso que o fiz: queria saber se estava ouvindo.

"De qualquer forma, por muito tempo — ninguém sabe quanto tempo, suponho, e de qualquer maneira, o mundo não estava tão perto do fim do Sol e os seus anos eram mais longos — esses escritos circularam, ou então ficaram mofando em cenotáfios, onde seus autores os esconderam por segurança. Eles eram fragmentários, contraditórios e eisegéticos. Então, quando algum autarca (embora não eles fossem chamados de autarcas, então) esperava recuperar o domínio exercido pelo primeiro império, eles foram reunidos por seus servos, homens vestidos de branco que saquearam águas-furtadas e derrubaram as androesfinges erguidas para memorializar as máquinas, e entraram nos cubículos de mulheres moiráicas há muito mortas. Seus espólios foram reunidos em uma grande pilha na cidade de Nessus, que havia acabado de ser construída, para serem queimados.

"Mas na noite anterior ao início do incêndio, o autarca da época, que nunca sonhara os sonhos selvagens do sono, mas apenas sonhos acordados de dominação, finalmente sonhou. E em seu sonho ele viu todos os mundos indomados de vida e morte, pedra e rio, fera e árvore, escapando de suas mãos para sempre.

"Quando chegou a manhã, ele ordenou que as tochas não fossem acesas, mas que fosse construído um grande cofre para abrigar todos os volumes e pergaminhos que os homens vestidos de branco haviam reunido. Pois ele pensava que se o novo império que havia planejado finalmente lhe falhasse, ele se retiraria para aquele cofre e entraria nos mundos que, imitando os antigos, ele estava determinado a abandonar.

"Seu império falhou com ele, como tinha de falhar. O passado não pode ser encontrado no futuro onde não está — não até que o mundo metafísico, que é tão maior e tão mais lento que o mundo físico, complete sua revolução e o Novo Sol chegue. Mas ele não se retirou como havia planejado para aquele cofre e a muralha-cortina que havia mandado construir sobre ela, pois uma vez que as coisas selvagens são postas de lado por um homem para sempre, elas se tornam imunes às armadilhas e não podem ser recapturadas.

"Não obstante, dizem que antes que tudo o que ele reuniu fosse selado, ele colocou um guardião para tomar conta. E quando o tempo daquele guardião em Urth terminou, ele descobriu outro, e ele outro, de modo que eles continuam eternamente fiéis às ordens daquele autarca, pois eles estão saturados com os pensamentos selvagens que brotaram da tradição salva pelas máquinas, e essa fé é uma daquelas coisas selvagens."

Eu a estava despindo enquanto ela falava, e beijando seus seios, mas perguntei:

— Todos aqueles pensamentos de que você falou saíram do mundo quando o autarca os trancou? Será que eu nunca ouvi falar deles?

— Não, porque eles foram passados de mão em mão há muito tempo, e haviam penetrado no sangue de todos os povos. Além disso, dizem que o guardião às vezes os expulsa, e embora no fim sempre retornem para ele, eles são lidos, seja por um ou por muitos, antes de mergulharem mais uma vez em sua escuridão.

— É uma história maravilhosa — eu disse. — Acho que talvez eu saiba mais sobre isso do que você, mas eu nunca a tinha ouvido. — Descobri que as pernas dela eram compridas e suavemente afiladas, partindo das coxas como almofadas de seda até chegarem a tornozelos delgados. Todo o seu corpo, de fato, havia sido moldado para o deleite.

Seus dedos tocaram o fecho que prendia minha capa sobre os ombros.

— Você precisa tirar isto? — ela perguntou. — Ela não pode nos cobrir?

— Pode — respondi.

VII

Atrações

Quase me afoguei no deleite que ela me proporcionou, pois, embora não a amasse como um dia amei Thecla, e nem mesmo como eu amava Dorcas naquela época, e ela não fosse linda como Jolenta já tinha sido, senti por ela uma ternura que era não mais que em parte nascida do vinho trêmulo, e era uma mulher daquelas com as quais eu sonhava quando era um menino maltrapilho na Torre Matachin, antes mesmo de ter contemplado o rosto em forma de coração de Thea ao lado da sepultura aberta; e sabia muito mais das artes do amor do que qualquer uma das três.

Quando nos levantamos, fomos até uma bacia de prata para nos lavar. Havia duas mulheres que tinham sido amantes como nós, e nos encararam e gargalharam; mas quando perceberam que eu não as pouparia por serem mulheres, fugiram gritando.

Então nos lavamos um ao outro. Eu sei que Ciríaca acreditou que eu a deixaria, então, assim como eu acreditei que ela fosse me deixar; contudo, não nos separamos (embora talvez tivesse sido melhor se isso acontecesse), mas saímos para o pequeno jardim silencioso, repleto de noite, e paramos ao lado de uma fonte solitária.

Ela segurou minha mão e eu segurei a dela, como fazem as crianças.

— Já visitou a Casa Absoluta? — perguntou. Ela estava observando nossos reflexos na água encharcada de luar, e sua voz era tão baixa que eu mal conseguia ouvi-la.

Respondi que sim e, com essas palavras, sua mão apertou a minha mais forte.

— Você visitou o Poço das Orquídeas lá?

Balancei a cabeça em negativa.

— Eu também estive na Casa Absoluta, mas nunca vi o Poço das Orquídeas. Dizem que quando o Autarca tem uma consorte, o nosso não tem, ela realiza sua corte ali, no lugar mais lindo do mundo. Mesmo agora, apenas os mais adorados têm permissão para andar naquele local. Quando estive lá, ficamos, meu senhor e eu, em um certo quartinho apropriado ao nosso posto armigerial. Uma noite, quando meu senhor havia saído e eu não sabia para onde, fui para o corredor, e enquanto eu estava lá olhando para cima e para baixo, um alto funcionário da corte passou. Eu não sabia seu nome nem seu cargo, mas o parei e perguntei se eu poderia ir ao Poço das Orquídeas.

Ela fez uma pausa. Pelo espaço de três ou quatro respirações não houve nenhum som, exceto a música dos pavilhões e o tilintar da fonte.

— E ele parou e olhou para mim, acho que com alguma surpresa. Você não sabe como é ser uma pequena armigette do norte, com um vestido costurado por suas próprias criadas, e joias provincianas, e ser assim olhada por alguém que passou toda a sua vida entre os exultantes da Casa Absoluta. Então ele sorriu.

Ela agarrou minha mão com muita força agora.

— E me disse: desça tal e tal corredor e faça a curva em tal estátua, suba tais e tais degraus e percorra o caminho de marfim. Ah, Severian, meu amante!

Seu rosto estava radiante como a própria lua. Eu sabia que o momento que ela havia descrito tinha sido a coroação de sua vida, e que ela agora valorizava o amor que eu lhe dera parcialmente, e talvez em grande parte, porque lhe fizera recordar daquele momento, quando sua beleza foi avaliada por alguém que, ela sentiu, tinha condições de controlá-la, e foi considerada mais que satisfatória. Minha razão me disse que eu deveria me ofender com isso, mas não consegui encontrar nenhum ressentimento em mim.

— Ele foi embora e eu comecei a andar como ele havia dito: uns vinte passos, talvez quarenta. Então encontrei meu senhor, e ele me ordenou que voltasse para nosso quartinho.

— Entendo — eu disse, e mudei minha espada de lugar.

— Acho que você entende mesmo. É errado, então, eu traí-lo assim? O que você acha?

— Não sou magistrado.

— Todos me julgam... todos os meus amigos... todos os meus amantes, dos quais você não é nem o primeiro nem o último. Até mesmo aquelas mulheres que estão no caldário agora.

— Somos treinados desde a infância não para julgar, mas apenas para cumprir as sentenças proferidas pelas cortes da Comunidade. Eu não julgarei nem você, nem ele.

— Pois eu julgo — disse ela, e virou o rosto para a luz forte e brilhante das estrelas. Pela primeira vez desde que a vi do outro lado do salão de baile lotado, entendi como eu poderia tê-la confundido com um monial da ordem cujo hábito ela usava. — Ou pelo menos digo a mim mesma que julgo. E eu me considero culpada, mas não consigo parar. Acho que atraio homens como você para mim. Você se sentiu atraído? Havia mulheres lá mais adoráveis do que eu, eu sei.

— Não tenho certeza — respondi. — Enquanto estávamos vindo aqui para Thrax…

— Você também tem uma história, não é? Conte-me, Severian. Eu já lhe contei quase a única coisa interessante que já aconteceu comigo.

— No caminho para cá, nós… Vou explicar em outro momento com quem eu estava viajando. Nos encontramos com uma bruxa, sua fâmula e seu cliente, que havia chegado a um certo lugar para reespiritar o corpo de um homem morto há muito tempo.

— É mesmo? — Os olhos de Ciríaca brilharam. — Que maravilha! Já ouvi falar dessas coisas, mas nunca as vi. Conte-me tudo sobre isso, mas veja bem, conte-me a verdade.

— Na verdade, não há muito o que contar. Nosso caminho passava por uma cidade deserta, e quando vimos a fogueira deles, fomos até lá porque tínhamos alguém conosco que estava doente. Quando a bruxa trouxe de volta o homem que viera reviver, a princípio pensei que ela estava restaurando a cidade inteira. Somente depois de vários dias é que entendi…

Descobri que não conseguia dizer o que havia entendido; que estava, na verdade, no nível de significado acima da linguagem, um nível que gostamos de acreditar que quase não existe, mas se não fosse pela disciplina constante que aprendemos a exercer sobre nossos pensamentos, eles sempre estariam vindo à tona sem nos darmos conta.

— Prossiga.

— Na verdade, eu não entendi, claro. Ainda penso nisso, e ainda não entendo. Mas sei que de alguma forma ela o estava trazendo de volta, e ele estava trazendo a cidade de pedra de volta com ele, como cenário para si mesmo. Às vezes penso que talvez ela nunca tivesse tido qualquer realidade fora dele, de modo que quando cavalgávamos sobre suas calçadas e os escombros de suas paredes, estávamos, na verdade, cavalgando entre seus ossos.

— E ele veio? — ela perguntou. — Diga-me!

— Sim, ele voltou. E então o cliente morreu, e a mulher doente que esteve conosco também. E Apu-Punchau, esse era o nome do morto, foi embora novamente. As bruxas fugiram correndo, creio, embora talvez tenham voado. Mas o que eu queria dizer é que no dia seguinte continuamos a pé e ficamos na noite seguinte na cabana de uma família pobre. E, naquela noite, enquanto a mulher que estava comigo dormia, conversei com o homem, que parecia saber muito sobre a cidade de pedra, embora não soubesse o nome original dela. E eu falei com sua mãe, que eu acho que sabia algo mais do que ele, embora não me contasse tanto.

Hesitei, achando difícil falar dessas coisas com aquela mulher.

— No começo, supus que seus ancestrais pudessem ter vindo daquela cidade, mas eles disseram que ela havia sido destruída muito antes da chegada de sua raça. Ainda assim, eles sabiam muitas histórias a respeito dela, porque o homem procurava tesouros ali desde menino, embora nunca tivesse encontrado nada, disse ele, exceto pedras e potes quebrados, e rastros de outros buscadores que estiveram lá muito antes dele.

— "Antigamente" — a mãe dele me contou — "eles acreditavam que era possível achar ouro enterrado colocando algumas moedas suas no chão, com este feitiço ou aquele. Muitos fizeram isso, e alguns esqueceram o lugar, ou foram impedidos de cavar de volta suas próprias moedas novamente. Isso é o que meu filho descobre. Esse é o pão que comemos."

Lembrei-me dela, como ela estivera naquela noite, velha e curvada enquanto aquecia as mãos em uma pequena fogueira de turfa. Talvez ela se parecesse com uma das antigas enfermeiras de Thecla, pois algo nela trouxe Tecla para mais perto da superfície da minha mente do que ela estava desde que Jonas e eu fomos aprisionados na Casa Absoluta, de modo que uma ou duas vezes quando avistei minhas mãos, fiquei surpreso ao ver a espessura dos dedos e sua cor marrom, e vê-los despidos de anéis.

— Continue, Severian — repetiu Ciríaca.

— Então a velha me disse que havia algo na cidade de pedra que realmente atraía seus iguais a ela. "Você já ouviu histórias de necromantes, disse ela, que pescam os espíritos dos mortos. Você sabia que existem vivimantes entre os mortos, que chamam para eles aqueles que podem fazê-los viver novamente? Existe um na cidade de pedra e, uma ou duas vezes em cada saros, um daqueles que ele tem chamado para si fará a ceia conosco." E então ela disse ao filho: "Você vai se lembrar do homem silencioso que dormia ao lado de seu cajado. Você era apenas uma criança, mas vai se lembrar dele, acho. Ele foi o último até agora." Então percebi que eu também tinha sido atraído pelo vivimante Apu-Punchau, embora nada tivesse sentido.

Ciríaca me lançou um olhar de soslaio.

— Estou morta, então? É isso que está dizendo? Você me disse que havia uma bruxa que era necromante, e que você tinha apenas se deparado com a fogueira dela. Acho que você mesmo era a bruxa da qual falou e, sem dúvida, a pessoa doente que você mencionou era sua cliente, e a mulher, sua serva.

— Isso é porque deixei de contar a você todas as partes da história que têm alguma importância — retruquei.

Eu teria rido por ser considerado uma bruxa; mas a Garra fazia pressão contra meu esterno, dizendo-me que por seu poder roubado, eu era de fato uma bruxa em tudo, exceto no conhecimento; e entendi, no mesmo sentido que eu havia "entendido" antes, que embora Apu-Punchau a tivesse trazido para sua mão, ele não podia (ou não queria?) tirá-la de mim.

— O mais importante — continuei —, quando o retornado desapareceu, uma das capas escarlates das pelerinas, como a que você está usando agora, ficou para trás, na lama. Eu a tenho no meu sabretache. As pelerinas se envolvem com necromancia?

Nunca ouvi a resposta à minha pergunta, pois assim que falei, a figura alta do arconte veio pelo caminho estreito que levava à fonte. Ele estava mascarado e fantasiado de barghest, de modo que eu não o teria reconhecido se o tivesse visto sob uma luz boa; mas a penumbra do jardim lhe despiu do disfarce tão eficazmente quanto mãos humanas poderiam ter feito, de modo que assim que vi o assomar de sua altura e ao seu andar, eu o reconheci imediatamente.

— Ah — ele disse. — Você a encontrou. Eu deveria ter previsto isso.

— Achei que sim — disse a ele —, mas não tinha certeza.

VIII

No Alto da Encosta

Deixei o terreno do palácio por um dos portões que davam para terra. Havia seis soldados de guarda ali, sem nada do ar de relaxamento que caracterizara os dois nas escadas do rio algumas vigílias antes. Um deles, barrando meu caminho de forma educada, porém, inequívoca, perguntou-me se eu tinha que sair tão cedo. Identifique-me e disse que receava precisar sair: que ainda tinha trabalho a fazer naquela noite (como de fato tinha) e teria um dia difícil pela frente na manhã seguinte também (como de fato teria).

— O senhor é um herói, então. — O soldado parecia um pouco mais amigável. — Não tem escolta, Lictor?

— Eu tinha dois clavígeros, mas os dispensei. Não há razão para que eu não consiga encontrar meu caminho de volta para a Víncula sozinho.

Outro soldado, que ainda não havia falado, disse:

— O senhor pode ficar aqui dentro até de manhã. Eles encontrarão um lugar tranquilo para se recolher.

— Sim, mas meu trabalho não seria feito. Receio que devo ir embora agora.

O soldado que estava bloqueando meu caminho ficou de lado.

— Gostaria de enviar dois homens com o senhor. Se esperar um momento, farei isso. Preciso obter permissão do oficial da guarda.

— Isso não será necessário — rebati, e saí antes que pudessem dizer mais alguma coisa.

Algo — provavelmente o autor dos assassinatos do qual meu sargento me contara — estava claramente agitando a cidade; parecia quase certo que outra morte havia ocorrido enquanto eu estava no palácio do arconte. O pensamento me preencheu com uma empolgação agradável: não porque eu fosse tão tolo a ponto de me imaginar superior a qualquer ataque, mas porque a ideia de ser atacado, de arriscar a morte naquela noite nas ruas escuras de Thrax, eliminou parte da depressão que eu, de outra forma, teria sentido. Esse terror sem foco, esta ameaça sem rosto da noite, foi o primeiro de todos os meus medos de infância; e como tal, agora que minha infância havia ficado para trás, tinha a qualidade caseira de todas as coisas da infância quando nos tornamos inteiramente adultos.

Eu já estava na mesma margem do rio que o jacal que visitara naquela tarde, e não precisei voltar de barco; mas as ruas eram estranhas para mim, e no escuro pareciam formar quase um labirinto construído para me confundir. Encetei vários começos falsos antes de encontrar o caminho estreito que queria, levando até a encosta.

As habitações de ambos os lados dela, que tinham permanecido em silêncio enquanto esperavam que a poderosa parede de pedra oposta a eles se erguesse e cobrisse o sol, agora eram ocupadas por vozes murmurantes, e algumas janelas brilhavam com a luz de lâmpadas de sebo. Enquanto Abdiesus se deleitava em seu palácio abaixo, a gente humilde da alta encosta também comemorava, com uma alegria que diferia da dele, principalmente porque era menos turbulenta. Eu ouvia os sons do amor ao passar, assim como os havia ouvido no jardim dele depois de deixar Ciríaca pela última vez, e as vozes dos homens e mulheres conversando baixinho, e brincando também, aqui e ali. O jardim do palácio estava perfumado por suas flores, e seu ar lavado por suas próprias fontes e pela grande fonte do gélido Acis, que corria logo ali fora. Ali aqueles odores não existiam mais; mas uma brisa soprava entre os jacais e as cavernas com suas bocas tampadas, trazendo às vezes o fedor de esterco, e às vezes o aroma do chá preparado ou de algum ensopado humilde, e às vezes apenas o ar puro das montanhas.

Quando eu estava no alto da encosta, onde não morava ninguém que fosse rico o suficiente para ter mais luz que um fogo para cozinhar, me virei e olhei a cidade atrás do jeito que a havia olhado de cima para baixo — ainda que com espírito totalmente diferente — das muralhas do Castelo de Acies naquela tarde. Dizem que nas montanhas existem fendas tão profundas que se podem ver estrelas no fundo delas: fendas que, então, atravessam inteiramente o mundo. Agora, eu sentia que havia encontrado uma. Era como olhar para uma constelação, como se toda Urth tivesse desaparecido, e eu estivesse olhando para o abismo estrelado.

Parecia provável que a essa altura eles estivessem procurando por mim. Pensei nos dimarchi do arconte andando apressados pelas ruas silenciosas, talvez carregando flambeaux apanhados no jardim. Muito pior era o pensamento dos clavígeros que eu havia comandado até agora se dispersando num leque a partir da Víncula. E, no entanto, eu não via nenhuma luz em movimento e não ouvia nenhum grito fraco e rouco, e se o Víncula estava sendo perturbada, não era uma perturbação que afetasse as ruas escuras que formavam uma teia sobre o penhasco do outro lado do rio. Deveria ter havido um brilho piscante também, onde o grande portão se abria para deixar sair os homens recém-despertados, fechava-se e depois tornava a se abrir; mas não havia nenhuma. Finalmente me virei e comecei a subir mais uma vez. O alarme ainda não havia sido dado. Ainda assim, logo soaria.

†

Não havia luz no jacal e nenhum ruído de fala. Tirei a Garra de seu saquinho antes de entrar, por medo de não ter coragem de fazê-lo quando estivesse lá dentro. Às vezes ela brilhava como fogos de artifício, como tinha acontecido na estalagem de Saltus. Às vezes não possuía mais luz que um pedaço de vidro. Naquela noite, no jacal, ela não brilhava forte, mas reluzia com um azul tão profundo que a própria luz parecia quase uma escuridão mais clara. De todos os nomes do Conciliador, aquele que é, acredito, o menos usado, e que sempre pareceu o mais intrigante para mim, é o do Sol Negro. Desde aquela noite, eu me senti quase em vias de compreendê-lo. Não conseguia segurar a gema em meus dedos como havia feito muitas vezes antes e ainda estava por fazer depois; coloquei-a na palma da minha mão direita de modo que meu toque não cometesse mais sacrilégio do que o estritamente necessário. Com ele assim erguido diante de mim, abaixei-me e entrei no jacal.

A garota estava deitada onde estivera naquela tarde. Se ainda respirava, eu não ouvia, e ela não se mexeu. O menino do olho infeccionado dormia na terra nua aos pés dela. Ele devia ter comprado comida com o dinheiro que lhe dei; espigas de milho e cascas de frutas estavam espalhadas pelo chão. Por um momento ousei esperar que nenhum deles acordasse.

A luz profunda da Garra mostrou que o rosto da garota era mais fraco e mais horrível do que o que eu tinha visto durante o dia, acentuando as funduras sob seus olhos e suas bochechas encovadas. Senti que deveria dizer algo, invocar o Incriado e seus mensageiros com alguma fórmula, mas minha boca estava seca e mais vazia de palavras que a de qualquer animal. Lentamente abaixei minha mão em direção a ela, até que sua sombra cortou toda a luz que a banhava. Quando tornei a levantar minha mão, não houve nenhuma mudança, e, ao me lembrar que a Garra não ajudou Jolenta, perguntei-me se seria possível que não tivesse um efeito positivo nas mulheres, ou se era necessário que uma mulher o segurasse. Então toquei a testa da garota com ela, de modo que por um momento ela pareceu um terceiro olho naquele rosto moribundo.

De todos os usos que fiz dela, esse foi o mais surpreendente, e talvez o único em que não era possível que qualquer autoengano da minha parte, ou qualquer coincidência, por mais improvável que fosse, pudesse explicar o que ocorreu. Pode ter sido que o sangramento do homem-macaco tivesse estancado por sua própria crença, que o ulano na estrada perto da Casa Absoluta estivesse apenas atordoado e reviveria de qualquer maneira, que a aparente cura das feridas de Jonas não tivesse passado de um truque de luz.

Mas agora era como se algum poder inimaginável tivesse agido no intervalo entre um cronon e o próximo para arrancar o universo de seus trilhos. Os verdadeiros olhos da garota, escuros como piscinas, abriram-se. Seu rosto não era mais a máscara de caveira que tinha sido, mas apenas o rosto exausto de uma jovem.

— Quem é você nessas roupas coloridas? — perguntou. E então: — Ah, estou sonhando.

Eu disse a ela que era um amigo, e que não havia motivo para ela ter medo.

— Não tenho medo — respondeu. — Teria se estivesse acordada, mas não estou agora. Você parece ter caído do céu, mas sei que você é apenas a asa de algum pobre pássaro. Jader pegou você? Cante para mim...

Seus olhos se fecharam novamente. Desta vez, pude ouvir o lento suspiro de sua respiração. Seu rosto permaneceu como estava enquanto eles estavam abertos: magro e tenso, mas com o selo da morte apagado.

Tirei a gema da testa dela e toquei o olho do menino com ela, como havia tocado o rosto de sua irmã, mas não tenho certeza de que fora necessário fazê-lo. Ele parecia normal antes mesmo de sentir o beijo da Garra, e pode ser que a infecção já tivesse sido vencida. Ele se mexeu durante o sono e gritou como se em algum sonho ele estivesse correndo na frente de garotos mais lentos e incitando-os a segui-lo.

Coloquei a Garra de volta em seu saquinho e me sentei no chão de terra entre as espigas e cascas, ouvindo-o. Depois de um tempo, ele ficou quieto novamente. A luz das estrelas projetava um padrão de penumbra perto da porta. Fora isso, o jacal estava totalmente sombrio. Eu conseguia ouvir a respiração regular da irmã e a do próprio menino.

Ela havia dito que eu, que usava fuligem desde minha promoção a oficial, e trapos cinzentos antes disso, estava vestido com roupas coloridas. Eu sabia que ela estava ofuscada pela luz em sua testa — qualquer coisa, qualquer roupa, teria lhe parecido colorida então. E, no entanto, senti que, em um certo sentido, ela estava certa. Não era que (como fui tentado a escrever) eu tivesse passado a odiar minha capa, calças e botas depois daquele momento; mas, sim, que de certa maneira eu vim a sentir que eles eram, de fato, o disfarce pelo qual foram confundidos quando eu estava no palácio do arconte, ou o traje que pareciam ser quando participei da peça do Dr. Talos. Até mesmo um torturador é um homem, e não é natural que um homem se vista sempre e exclusivamente naquela tonalidade mais escura que o preto. Eu tinha desprezado minha própria hipocrisia quando vesti o manto marrom da loja de Agilus; talvez o fuligem por baixo fosse uma hipocrisia tão grande quanto, ou maior.

Então a verdade começou a se impor à minha mente. Se eu algum dia fui realmente um torturador, no sentido em que Mestre Gurloes e até mesmo Mestre Palaemon eram torturadores, deixei de ser. Tive uma segunda chance ali em Trax. Também falhei naquela segunda chance, e não haveria uma terceira. Eu poderia conseguir emprego com minhas habilidades e roupas, mas isso era tudo; e não duvido que seria melhor para mim destruí-los assim que pudesse, e tentar criar um lugar para mim entre os soldados que lutavam na guerra do norte, assim que tivesse conseguido — se é que algum dia conseguiria — devolver a Garra.

O menino se mexeu e chamou um nome que devia ser o da irmã. Ela murmurou algo ainda durante o sono. Fiquei parado e os observei por um momento a mais, então saí, com medo de que a visão do meu rosto duro e da minha longa espada pudesse assustá-los.

IX

A Salamandra

Lá fora, as estrelas pareciam mais brilhantes e, pela primeira vez em muitas semanas, a Garra tinha parado de se mover contra meu peito.

Quando desci o caminho estreito, não foi mais necessário me virar e parar para ver a cidade. Ele se espalhava diante de mim em dez mil luzes cintilantes, da fogueira dos vigias do Castelo de Acies ao reflexo das janelas da sala da guarda na água que corria pelo Capulus.

A essa altura, todos os portões estariam fechados para mim. Se os dimarchi já não tivessem disparado em cavalgada, o fariam antes que eu alcançasse o terreno plano ao lado do rio; mas eu estava determinado a ver Dorcas mais uma vez antes de deixar a cidade, e, de alguma forma, não tive dúvidas da minha capacidade para fazê-lo. Estava apenas começando a bolar planos para escapar das paredes depois, quando uma nova luz se acendeu muito lá embaixo.

Era pequena àquela distância, não mais que o brilho de uma cabeça de alfinete, como todas as demais; e, no entanto, não era nada parecida com eles, talvez minha mente só a tivesse registrado como uma luz porque eu não sabia mais nada com que compará-la. Eu tinha visto uma pistola disparada com todo seu potencial naquela noite na necrópole quando Vodalus ressuscitou a mulher morta: um feixe coerente de energia que dividiu as névoas como um relâmpago. Esse fogo não era assim, mas era mais parecido com isso do que com qualquer outra coisa que eu pudesse recordar. Ele queimou brevemente e morreu, e um batimento cardíaco depois eu senti a onda de calor em meu rosto.

†

De alguma forma, senti falta da pequena pousada chamada Ninho do Pato na escuridão. Eu nunca soube se havia pegado o caminho errado ou simplesmente passado pelas janelas fechadas sem vislumbrar a placa pendurada no alto. Fosse como fosse, logo me vi mais distante do rio do que deveria, caminhando ao longo de uma rua que correu durante algum tempo pelo menos paralela à encosta, com o cheiro de carne queimada em minhas narinas como se fosse uma marca de gado. Eu estava prestes a refazer meus passos quando colidi no escuro com uma mulher. Tão difícil e inesperadamente atingimos um ao outro que quase caí, e enquanto cambaleava para trás, ouvi o baque de seu corpo na pedra.

— Não a vi — falei, abaixando-me para alcançá-la.

— Corre! Corre! — ofegou ela. E então: — Ah, me ajude a levantar. — Sua voz era levemente familiar.

— Por que eu deveria correr? — Coloquei-a de pé. Na luz fraca, eu podia ver seu rosto num borrão, e até mesmo, pensei, algo de medo ali.

— Aquilo lá matou Jurmin. Ele queimou vivo. O cajado dele ainda estava pegando fogo quando achamos ele. Ele... — O que quer que ela tivesse começado a dizer depois disso acabou por se transformar em soluços.

— O que queimou Jurmin? — Como ela não respondeu, eu a sacudi, mas isso só a fez chorar ainda mais. — Eu não te conheço? Fale, mulher! Você é a dona do Ninho do Pato. Leve-me até lá!

— Não posso — disse ela. — Estou com medo. Me dê seu braço, por favor, sieur. A gente deveria entrar.

— Ótimo. Iremos ao Ninho do Pato. Não pode estar longe... Ora, o que é isso?

— Longe demais! — Ela chorou. — Longe demais!

Havia algo conosco na rua. Não sei se eu não tinha conseguido detectar a sua aproximação, ou se ela era indetectável até então; mas subitamente se fez presente. Já ouvi pessoas que têm horror a ratos dizerem que tomam ciência deles no momento em que entram numa casa, mesmo que os animais não estejam à vista. Foi assim ali. Houve uma sensação de calor sem calor; e embora o ar não tivesse odor, senti que seu poder de sustentar a vida estava sendo drenado.

A mulher parecia ainda não perceber isso. Ela disse:

— Ele queimou três ontem à noite perto da harena, e um hoje à noite, disseram, perto da Víncula. E, agora, Jurmin. Está procurando alguém... é o que dizem.

Lembrei-me dos notulos e da coisa que havia farejado ao longo das paredes da antecâmara da Casa Absoluta, e falei:

— Acho que ela o encontrou.

Soltei-a e me virei, depois tornei a me virar, tentando descobrir onde a coisa estava. O calor aumentou, mas nenhuma luz apareceu. Fiquei tentado a tirar a Garra para ver pelo seu brilho; então me lembrei de como ela havia despertado tudo o que dormia sob a mina dos homens-macacos, e temi que a luz apenas permitisse que essa coisa... fosse lá o que fosse, me localizasse. Eu não tinha certeza se minha espada seria mais eficaz contra ele do que foi contra os notulos quando Jonas e eu fugimos deles pela floresta de cedro; mesmo assim, eu a puxei.

Quase imediatamente houve um barulho de cascos e um grito quando dois dimarchi apareceram com um estrondo numa esquina a não mais de cem passos de distância. Se houvesse mais tempo, eu teria sorrido ao ver o quanto eles correspondiam às figuras que eu havia imaginado. Mas o que aconteceu foi que o brilho dos fogos de artifício de suas lanças delineou algo escuro, torto e curvado que estava entre nós.

A coisa se voltou para a luz, fosse lá o que fosse, e pareceu se abrir como uma flor poderia se abrir, crescendo mais rapidamente, quase, do que o olho conseguia acompanhar, diminuindo até que se tornou uma criatura revestida em gaze brilhante, quente, mas de alguma forma reptiliana, como aquelas serpentes multicoloridas que vemos trazidas das selvas do norte são ainda reptilianas, embora pareçam obras de esmalte colorido. As montarias dos soldados recuaram e gritaram, mas um dos homens, com mais presença de espírito do que eu mesmo teria mostrado, disparou sua lança no coração da coisa que enfrentava ele. Houve um clarão de luz.

A dona do Ninho do Pato caiu sobre mim, e eu, sem querer perdê-la, apoiei-a com meu braço livre.

— Acho que ela está em busca de calor vivo — eu disse a ela. — Ela deverá ir para cima dos destriers. Nós vamos escapar.

Assim que falei isso, ela se virou para nós.

Eu já disse que, vista de trás, quando ela se abriu para os dimarchi, parecia uma flor reptiliana. Essa impressão persistia agora, quando a vimos em todo o seu terror e glória, mas a ela se juntaram outras duas. A primeira foi a sensação de calor intenso e sobrenatural; ainda parecia um réptil, mas um que queimava de uma forma jamais vista em Urth, como se alguma áspide do deserto tivesse caído em uma esfera de neve. A segunda era de algo em farrapos flutuando num vento que não era feito de ar. Ainda parecia uma flor, mas cujas pétalas de branco, amarelo pálido e chama haviam sido esfarrapadas por alguma tempestade monstruosa nascida em seu próprio coração.

Em todas essas impressões, cercando-as e infundindo-as, estava um horror que não consigo descrever. Ela extraiu de mim toda resolução e força, de modo que, naquele momento, eu não conseguia fugir nem a atacar. A criatura e eu parecíamos fixados em uma matriz de tempo que não tinha nada a ver com nada que tivesse acontecido antes ou desde então, e que, como mantinha imóveis, nós que éramos seus únicos ocupantes, não poderia ser alterada por nada.

Um grito quebrou o feitiço. Um segundo grupo de dimarchi galopou para dentro da rua atrás de nós e, ao ver a criatura, saíram chicoteando suas montarias ao ataque. Em menos de um instante eles estavam fervilhando ao nosso redor, e foi somente pela intercessão da Sagrada Catarina que não fomos atropelados. Se algum dia duvidei da coragem da soldadesca do Autarca, perdi essas dúvidas então, pois ambos os grupos se lançaram sobre o monstro como cães de caça contra um veado.

Foi inútil. Houve um clarão ofuscante e a sensação de um calor terrível. Ainda segurando a mulher semiconsciente, disparei correndo pela rua.

Eu pretendia virar por onde os dimarchi haviam entrado, mas em meu pânico (e era pânico, não apenas o meu, mas o de Thecla gritando em minha mente) contornei a curva tarde ou cedo demais. Em vez da descida íngreme para a cidade baixa que eu esperava, eu me vi em uma pequena quadra construída sobre um esporão de rocha que se projetava da encosta. Quando percebi o que estava errado, a criatura, agora novamente um coisa retorcida e anã, mas irradiando uma energia terrível e invisível, estava no boca da quadra.

À luz das estrelas, ela poderia ter sido apenas um homem velho e curvado, com um casaco preto, mas nunca senti tanto terror quanto naquele momento, ao avistá-la. Havia um jacal no fundo da quadra: uma estrutura maior que o casebre no qual a menina doente e seu irmão sofriam, mas construído com paus e lama da mesma maneira. Chutei a porta e corri para um pequeno labirinto de salas odiosas, disparando pelo primeiro e entrando em outro, através deste para um terceiro onde meia dúzia de homens e mulheres dormiam, até um quarto: apenas para ver uma janela que olhava para a cidade da mesma forma que minha própria embrasura na Víncula. Era o último, o cômodo mais distante da casa, pendurado como um ninho de andorinha sobre uma queda que parecia, naquele momento, cair para sempre.

Da sala que havíamos acabado de sair, eu podia ouvir as vozes iradas das pessoas que havia acordado. A porta se abriu, mas quem quer que tivesse vindo expulsar o intruso deve ter visto o brilho de *Terminus Est*. Ele parou, praguejou e deu as costas. Um momento depois, alguém gritou e eu sabia que a criatura de fogo estava ali no jacal.

Tentei levantar a mulher, mas ela desabou aos meus pés. Fora da janela não havia nada: a parede de vime terminava alguns côvados abaixo, e os suportes do piso não se estendiam além dele. Acima, um telhado suspenso de palha podre não oferecia mais apoio à minha mão do que uma teia de aranha. Enquanto eu lutava para agarrá-la, veio uma torrente de luz que destruiu todas as cores e lançou sombras tão escuras quanto o próprio fuligem, sombras como fissuras no cosmos. Percebi, então, que deveria lutar e morrer como o dimarchi haviam feito, ou pular, e me virei prestes a enfrentar a coisa que tinha vindo me matar.

Ela ainda estava na outra sala, mas eu já podia vê-la pela porta, que agora se abria novamente como havia acontecido na rua. O cadáver meio consumido de alguma velha miserável estava deitado diante dela no chão de pedra, e enquanto eu observava, ela pareceu se curvar sobre ela no que era, eu quase poderia jurar, uma atitude de investigação. Sua carne se empolou e rachou como a gordura de um assado, depois caiu. Num instante até seus ossos não eram mais que cinzas pálidas que a criatura espalhou ao avançar.

Acredito que *Terminus Est* foi a melhor lâmina já forjada, mas eu sabia que ela não conseguiria lograr nada contra o poder que havia derrotado tantos cavaleiros. Lancei-a de lado na vaga esperança de que ela pudesse ser encontrada e finalmente devolvida a Mestre Palaemon, e tirei a Garra de seu saquinho no meu pescoço.

Foi minha última e tênue chance, e percebi imediatamente que ela havia falhado comigo. No entanto, a criatura sentiu o mundo ao seu redor (e eu adivinhei por seus movimentos que era quase cega em nossa Urth), conseguiu distinguir a gema claramente, e não a temia. Seu lento avanço se tornou um movimento fluido, rápido e proposital para diante. Ela alcançou a porta: houve uma explosão de fumaça, um estrondo, e ela desapareceu. A luz vinda de baixo faiscava pelo buraco que ela havia queimado no piso frágil que começava onde terminava a pedra do afloramento. No começo, era a luz incolor da criatura; depois, uma rápida alternância de tons pastéis tremeluzentes: azul pavão, lilás e rosa. Então, apenas a luz fraca e avermelhada das chamas pululantes.

X

Chumbo

Houve um momento em que pensei que iria cair no buraco do centro do pequeno aposento antes que eu pudesse recuperar *Terminus Est* e carregar a dona do Ninho do Pato para um lugar seguro, e outro quando tive certeza de que tudo despencaria: a estrutura trêmula do próprio aposento e nós.

Mas, no fim, escapamos. Quando chegamos à rua, ela estava livre de dimarchi e moradores da cidade, os soldados sem dúvida atraídos para o incêndio abaixo, e as pessoas assustadas dentro de casa. Apoiei a mulher com meu braço, e, embora ela ainda estivesse aterrorizada demais para responder às minhas perguntas de forma inteligível, deixei que escolhesse nosso caminho; como eu imaginava que ela faria, conduziu-nos infalivelmente até sua pousada.

Dorcas estava dormindo. Não a acordei, mas me sentei no escuro, em um banquinho perto da cama onde agora havia também uma mesinha grande o bastante para caberem o copo e uma garrafa que eu havia tirado da sala comunal abaixo. Fosse qual fosse o vinho ali, ele parecia forte na minha boca, e, no entanto, não mais do que água depois que o engoli; quando Dorcas acordou, eu já tinha bebido metade da garrafa e não sentia mais efeito do que se tivesse engolido uma grande quantidade de sherbet.

Ela se levantou e deixou a cabeça cair novamente no travesseiro.

— Severian. Eu devia saber que era você.

— Desculpe se te assustei — respondi. — Vim ver como você estava.

— Isso é muito gentil. Sempre parece, porém, que quando acordo você está curvado em cima de mim. — Por um momento ela fechou os olhos novamente. — Você anda tão silencioso com essas suas botas de sola grossa, sabia disso? É um dos motivos pelos quais as pessoas têm medo de você.

— Você disse que uma vez eu a fazia lembrar de um vampiro, porque eu estava comendo uma romã e meus lábios estavam manchados de vermelho. Nós rimos disso. Lembra? — (Foi num campo dentro da Muralha de Nessus, quando dormimos ao lado do teatro do Dr. Talos e acordamos para nos banquetearmos com frutas, que nosso público em fuga deixara cair na noite anterior.)

— Sim — disse Dorcas. — Você quer que eu ria de novo, não é? Mas receio que nunca mais consiga rir.

— Você gostaria de um pouco de vinho? Era grátis, e não é tão ruim quanto eu esperava.

— Para me animar? Não. Penso que se deve beber quando já se está alegre. Caso contrário, nada além de mais tristeza será derramada na taça.

— Pelo menos, tome um gole. A anfitriã aqui diz que você esteve doente e não comeu o dia todo.

Eu vi a cabeça dourada de Dorcas se mover no travesseiro quando ela a virou para olhar para mim; e já que parecia totalmente acordada, arisquei-me a acender a vela.

Ela disse:

— Você está usando seu hábito. Deve tê-la apavorado.

— Não, ela não teve medo de mim. Está colocando em seu copo tudo o que encontra nas garrafas.

— Ela tem sido boa comigo: é muito gentil. Não seja duro se ela escolhe beber tão tarde da noite.

— Eu não estava sendo duro com ela. Mas você não vai querer alguma coisa? Deve haver comida na cozinha aqui, e eu lhe trarei o que quiser.

Minha escolha de frase fez Dorcas sorrir levemente.

— Tenho posto para fora a minha própria comida o dia todo. Foi isso o que ela quis dizer quando lhe contou que eu estava doente. Ou ela não contou? Vomitando. Achei que você pudesse sentir o cheiro, embora a pobre mulher fizesse o possível para limpar minha sujeira.

Dorcas fez uma pausa e farejou o ar.

— Que cheiro é esse que sinto? Pano chamuscado? Deve ser a vela, mas não creio que você possa cortar o pavio com essa sua grande lâmina.

— É minha capa, eu acho — eu disse. — Estive muito perto de uma fogueira.

— Eu pediria para você abrir a janela, mas vejo que ela já está aberta. Receio que esteja incomodando você. Ela fica soprando a vela. As sombras bruxuleantes deixam você tonto?

— Não — falei. — Está tudo bem, desde que eu não olhe direto para a chama.

— Pela sua expressão, você se sente como eu sempre me sinto perto da água.

— Esta tarde encontrei você sentada bem na beira do rio.

— Eu sei — disse Dorcas, e ficou em silêncio. Foi um silêncio que durou tanto tempo que tive medo de que ela não voltasse a falar, de que o silêncio patológico (como agora eu tinha certeza de que havia acontecido) que a dominara, então havia retornado.

Por fim, eu disse:

— Fiquei surpreso ao ver você ali. Lembro que olhei várias vezes até ter certeza de que era você, embora eu estivesse procurando por você.

— Eu vomitei, Severian. Eu te disse isso, não?

— Sim, disse.

— Você sabe o que eu trouxe?

Ela estava olhando para o teto baixo e tive a sensação de que havia outro Severian ali, o gentil e até nobre Severian que existia apenas na mente de Dorcas. Todos nós, suponho, quando pensamos que estamos falando mais intimamente com outra pessoa, estamos na verdade abordando uma imagem que temos da pessoa com quem acreditamos que falamos. Mas aquilo parecia mais; senti que Dorcas continuaria falando se eu saísse da sala.

— Não — respondi. — Água, talvez?

— Pedras de funda.

Achei que ela estava falando metaforicamente e apenas arrisquei:

— Deve ter sido muito desagradável.

Sua cabeça rolou no travesseiro novamente, e agora eu podia ver seus olhos azuis com suas pupilas grandes. Poderiam ter sido dois pequenos fantasmas, de tão vazias que estavam.

— Pedras de funda, Severian, meu querido. Pequenas peças pesadas de metal, cada qual do tamanho de uma noz, não tão compridas quanto meu polegar, e estampadas a palavra *golpe*. Elas saíram chocalhando da minha garganta e caíram no balde, e estendi a mão para baixo e a meti na sujeira que veio com elas e puxei para ver. A dona desta pousada veio e levou o balde embora, mas eu os limpei e guardei. São duas e estão na gaveta daquela mesa agora. Ela a trouxe para colocar meu jantar. Quer vê-las? Abra.

Eu não conseguia imaginar do que ela estava falando e perguntei se achava que alguém estava tentando envenená-la.

— Não, de jeito nenhum. Você não vai abrir a gaveta? É tão corajoso. Não quer dar uma olhada?

— Confio em você. Se diz que há pedras de funda na mesa, tenho certeza de que estão lá.

— Mas você não acredita que eu as vomitei. Não o culpo. Não existe uma história sobre a filha de um caçador que foi abençoada por um pardal, de modo que contas de azeviche caíam de sua boca quando ela falava? E então a esposa do irmão dela roubou a bênção, e quando ela falava sapos saltavam de seus lábios? Lembro de ouvir isso, mas nunca acreditei.

— Como alguém poderia cuspir chumbo?

Dorcas riu, mas não havia alegria nesse riso.

— Facilmente. Muito facilmente. Sabe o que vi hoje? Sabe por que eu não pude falar com você quando você me encontrou? E eu não podia, Severian, juro. Eu sei que pensou que eu estava apenas zangada e sendo teimosa. Mas eu não estava: eu havia me tornado como uma pedra, sem palavras, porque nada parecia importar, e ainda não tenho certeza se alguma coisa importa. Mas me desculpe pelo que disse sobre não ser corajoso. Você é corajoso, eu sei disso. É apenas que não parece corajoso quando faz coisas para os pobres prisioneiros aqui. Você foi tão corajoso quando lutou contra Agilus, e mais tarde, quando teria brigado com Baldanders porque achamos que ele mataria Jolenta…

Ela ficou em silêncio novamente e depois suspirou.

— Ah, Severian, estou tão cansada.

— Eu queria falar com você sobre isso — comentei. — Sobre os prisioneiros. Quero que você entenda, mesmo que não possa me perdoar. Era minha profissão, aquilo para o qual fui treinado desde a meninice. — Inclinei-me e peguei sua mão; ela parecia frágil como um pássaro canoro.

— Você já disse algo assim antes. Sério, eu entendo.

— E eu podia fazer isso bem. Dorcas, é isso o que você *não* entende. Excruciação e execução são artes, e eu tenho o jeito, o dom, a bênção. Esta espada: todas as ferramentas que usamos vivem quando estão em minhas mãos. Se eu tivesse permanecido na Cidadela, poderia ter sido um mestre. Dorcas, você está ouvindo? Isso significa alguma coisa para você?

— Sim — disse ela. — Um pouco, sim. Estou com sede, no entanto. Se você acabou de beber, sirva-me um pouco desse vinho agora, por favor.

Fiz o que ela pediu, enchendo o copo só até um quarto, porque estava com medo de que ela pudesse derramá-lo na roupa de cama.

Ela se sentou para beber, algo que eu não tinha certeza até então de que era capaz, e quando engoliu a última gota escarlate, atirou o copo pela janela. Eu o ouvi quebrar na rua abaixo.

— Não quero que você beba depois de mim — pediu ela. — E eu sabia que se não fizesse isso, você beberia.

— Acha que o que há de errado com você é contagioso, então?

Ela tornou a rir.

— Sim, mas você já tem isso. Pegou da sua mãe. Morte. Severian, você nem me perguntou o que eu vi hoje.

XI

A Mão do Passado

Assim que Dorcas disse: "Você nem me perguntou o que eu vi hoje", percebi que eu estivera tentando desviar a conversa disso. Tive uma premonição de que seria algo completamente sem sentido para mim, ao que Dorcas atribuiria um grande significado, como fazem os loucos que acreditam que os rastros de vermes sob a casca das árvores caídas sejam uma escrita sobrenatural. Respondi:

— Achei que seria melhor manter sua mente longe disso, fosse lá o que fosse.

— Sem dúvida que sim, se nos fosse possível fazê-lo. Foi uma cadeira.

— Uma cadeira?

— Uma cadeira velha. E uma mesa, e diversas outras coisas. Parece que há uma loja na Rua dos Carpinteiros que vende móveis antigos para os ecléticos e para aqueles entre os autóctones que absorveram o suficiente da nossa cultura para desejá-los. Aqui não existe nenhuma fonte para suprir a demanda, então duas ou três vezes por ano o proprietário e seus filhos vão para Nessus, para os bairros abandonados do sul, e enchem o barco deles. Eu conversei com ele, sabia? Sei tudo sobre isso. Existem dezenas de milhares de casas vazias ali. Umas há muito desabaram, mas outras estão ainda de pé, como quando seus donos as deixaram. A maioria foi saqueada, mas eles ainda encontram prata e joias de vez em quando. E embora a maioria tenha perdido a maior parte de sua mobília, os proprietários que se mudavam quase sempre deixavam alguma coisa para trás.

Senti que ela estava prestes a chorar e me inclinei para acariciar sua testa. Ela me mostrou com um olhar que não queria que eu fizesse isso, e se deitou na cama novamente como antes.

— Em algumas dessas casas, todos os móveis ainda estão lá. Essas são as melhores, ele falou. Ele acha que algumas famílias, ou talvez apenas algumas pessoas vivendo sozinhas, ficaram para trás quando o bairro morreu. Elas eram velhas demais para se mudar, ou muito teimosas. Tenho pensado a esse respeito, e estou certa de que algumas delas deviam ter algo ali que não suportariam deixar. Um túmulo, talvez. Elas bloquearam as janelas com tábuas contra os saqueadores, e criaram cães, e coisas piores, a fim de protegê-las. Por fim elas partiram... ou chegaram ao fim da vida, e os seus animais devoraram seus corpos e se libertaram; mas a essa altura não havia ninguém lá, nem mesmo saqueadores ou catadores, não até esse homem e seus filhos.

— Deve haver muitas cadeiras velhas — comentei.

— Não como essa. Eu sabia tudo sobre ela: o entalhe nas pernas e até mesmo o padrão no grão dos braços. Tanta coisa voltou à minha mente então. E então aqui, quando vomitei aqueles pedaços de chumbo, coisas que pareciam sementes duras e pesadas, aí eu soube. Você se lembra, Severian, de como foi quando saímos do Jardim

Botânico? Você, Ágia e eu saímos daquele grande viveiro de vidro e você alugou um barco para nos levar da ilha até a costa, e o rio estava cheio de nenúfares com flores azuis e folhas verdes brilhantes. As sementes deles são assim, duras, pesadas e escuras, e ouvi dizer que eles caem até o fundo do Gyoll lá e permanecem por eras inteiras do mundo. Mas quando o acaso as traz para perto da superfície, elas brotam, não importa a idade que tenham, de modo que as flores de uma quilíada passada são vistas florescendo novamente.

— Eu também ouvi isso — eu disse. — Mas isso não significa nada para você ou para mim.

Dorcas ficou imóvel, mas sua voz tremia.

— Qual é o poder que as chama de volta? Você consegue explicar?

— A luz do sol, suponho... mas, não, não consigo explicar.

— E não existe fonte de luz solar exceto o sol?

Eu soube, então, o que ela queria dizer, embora algo em mim não pudesse aceitar.

— Quando aquele homem, Hildegrin, o homem que encontramos pela segunda vez no alto da tumba na cidade de pedra em ruínas, estava nos transportando através do Lago dos Pássaros, ele falou de milhões de pessoas mortas, pessoas cujos corpos haviam sido afundados naquela água. Como fizeram com que eles afundassem, Severian? Corpos flutuam. Como eles os pesaram? Eu não sei. Você sabe?

Eu sabia.

— Eles forçam pelotes de chumbo garganta abaixo.

— Foi o que pensei. — Sua voz estava tão fraca agora que eu mal conseguia ouvi-la, mesmo naquele quartinho silencioso. — Não, eu sabia disso. Soube quando os vi.

— Você acha que a Garra a trouxe de volta.

Dorcas assentiu.

— Ela já agiu às vezes, admito. Mas só quando eu a saquei, e mesmo assim nem sempre. Quando você me tirou da água no Jardim do Sono Eterno, ela estava no meu sabretache e eu nem sabia que a possuía.

— Severian, você me permitiu segurá-la uma vez antes. Será que posso vê-la de novo agora?

Tirei-a da bolsa macia e a ergui. Os fogos azuis pareciam sonolentos, mas eu podia ver o gancho de aparência cruel no centro da gema que lhe dera seu nome. Dorcas estendeu a mão, mas balancei a cabeça, lembrando-me da taça de vinho.

— Você acha que vou provocar algum dano nela, não é? Não vou. Seria um sacrilégio.

— Se você acredita no que diz, e eu acho que acredita, então deve odiá-la por trazer você de volta...

— Da morte. — Ela estava olhando para o teto novamente, agora sorrindo como se compartilhasse algum segredo profundo e ridículo com ele. — Vá em frente, pode dizer. Não vai machucar você.

— Do sono — falei. — Já que se alguém pode ser chamado de volta disso, não é a morte: não como sempre a entendemos, a que está em nossas mentes quando dizemos *morte*. Embora eu tenha que confessar, ainda é quase impossível para mim acreditar que o Conciliador, morto há tantos milhares de anos, devesse agir por meio desta pedra para elevar outros.

Dorcas não respondeu. Eu nem tinha certeza se ela estava ouvindo.

— Você mencionou Hildegrin — eu disse — e a vez em que ele nos levou a remo através do lago em seu barco, para pegar o averno. Você se lembra do que ele disse sobre a morte? Que ela era uma boa amiga dos pássaros. Talvez devêssemos ter percebido, então, que tal morte não poderia ser a morte como a imaginamos.

— Se eu disser que acredito em tudo isso, você me deixará segurar a Garra?

Balancei minha cabeça em negativa mais uma vez.

Dorcas não estava olhando para mim, mas deve ter visto o movimento da minha sombra; ou talvez fosse apenas porque seu Severian mental no teto também balançou a cabeça.

— Você está certo, então: eu a destruiria se pudesse. Devo lhe dizer no que realmente acredito? Acredito que estive morta; não dormindo, mas morta. Que toda a minha vida aconteceu há muito, muito tempo, quando eu vivia com meu marido em cima de uma lojinha e cuidava de nosso filho. Que esse seu Conciliador que veio há tanto tempo era um aventureiro de uma das raças antigas que sobreviveram à morte universal. — Suas mãos agarraram o cobertor. — Eu pergunto a você, Severian, quando ele voltar, ele não será chamado de Novo Sol? Não lhe parece isso? E eu acredito que, quando ele veio, trouxe consigo algo que tinha o mesmo poder sobre o tempo que se dizia que os espelhos do Padre Inire têm sobre a distância. É essa sua joia.

Ela parou e virou a cabeça para me olhar desafiadora; como eu não disse nada, ela continuou.

— Severian, quando você trouxe o ulano de volta à vida foi porque a Garra distorceu o tempo para ele para o ponto em que ele ainda vivia. Quando você curou parcialmente as feridas do seu amigo, foi porque ela alterou o momento para um em que elas estariam quase curadas. E quando caiu no pântano lá no Jardim do Sono Eterno, deve ter me tocado ou quase me tocado, e, para mim, ela se tornou o tempo em que vivi, de modo que voltei a viver. Mas eu estava morta. Durante muito, muito tempo, estive morta; um cadáver encolhido preservado na água marrom. E há algo em mim que ainda está morto.

— Há algo em todos nós que sempre esteve morto — retruquei. — No mínimo porque sabemos que um dia iremos morrer. Todos nós, a não ser as crianças mais novinhas.

— Eu vou voltar, Severian. Sei disso agora, e é isso que tenho tentado lhe dizer. Tenho que voltar e descobrir quem eu era, onde morava e o que aconteceu comigo. Sei que você não pode ir comigo...

Assenti.

— E não estou pedindo para você fazer isso. Nem quero que faça. Eu te amo, mas você é outra morte, uma morte que ficou comigo e me tornou minha amiga como a morte velha no lago, mas é ela mesmo assim. Não quero levar a morte comigo quando for procurar minha vida.

— Entendo — falei.

— Meu filho ainda pode estar vivo: um velho, talvez, mas ainda vivo. Preciso saber.

— Sim — eu disse. Mas não pude deixar de acrescentar: — Houve um momento em que você me disse que eu não era a morte. Que eu não devia permitir que os outros me convencessem a pensar em mim mesmo dessa maneira. Foi atrás do pomar no terreno da Casa Absoluta. Você se lembra?

— Você tem sido a morte para mim — disse ela. — Eu sucumbi à armadilha da qual o avisei, se quiser pensar assim. Talvez você não seja a morte, mas permanecerá o que é, um torturador e um carnifex, e suas mãos ficarão encharcadas de sangue. Já que você se lembra tão bem daquela vez na Casa Absoluta, talvez você... não consigo falar. O Conciliador, ou a Garra, ou o Incriado, fez isso comigo. Não você.

— O quê? — perguntei.

— O Dr. Talos deu dinheiro para nós dois depois, na clareira. O dinheiro que ele tinha recebido de algum funcionário do tribunal para a nossa peça. Quando estávamos viajando, dei tudo para você. Posso pegar de volta? Vou precisar. Se não tudo, pelo menos parte.

Esvaziei o dinheiro do meu sabretache sobre a mesa. Era tudo que eu tinha recebido dela, ou um pouco mais.

— Obrigada — disse ela. — Você não vai precisar?

— Não tanto quanto você. Além disso, ele é seu.

— Vou partir amanhã, se me sentir forte o suficiente. Depois de amanhã, quer eu me sinta forte ou não. Suponho que você não saiba com que frequência os barcos saem, descendo o rio?

— Quantas vezes você quiser. Você os empurra e o rio faz o resto.

— Isso não é de seu feitio, Severian, ou pelo menos não muito. É mais o tipo de coisa que seu amigo Jonas teria dito, pelo que você me contou. O que me lembra que você não é o primeiro visitante que recebo hoje. Nosso amigo, ou seu amigo, pelo menos, Hethor, esteve aqui. Isso não é engraçado para você, não é? Me desculpe, eu só queria mudar de assunto.

— Ele gosta disso. Gosta de me observar.

— Milhares de pessoas fazem isso quando você se apresenta em público, e você mesmo gosta de fazer isso.

— Eles vêm para se horrorizarem, para depois se parabenizarem por estarem vivos. E porque gostam da emoção e do suspense de não saber se o condenado irá desmoronar, ou se algum acidente macabro ocorrerá. Gosto de exercitar minha habilidade, a única habilidade real que possuo: gosto de fazer as coisas correrem perfeitamente. Hethor quer outra coisa.

— A dor?

— Sim, a dor, mas também algo mais.

Dorcas afirmou:

— Ele idolatra você, sabia? Ele conversou comigo por um tempo, e acho que entraria em um incêndio se você mandasse. Devo ter estremecido com isso, porque ela continuou: — Tudo isso sobre Hethor está deixando você doente, não é? Uma pessoa doente já basta. Vamos falar de outra coisa.

— Não estou doente como você está, não. Mas não consigo pensar em Hethor, a não ser como o vi uma vez do cadafalso, com a boca aberta e os olhos...

Ela se mexeu, desconfortável.

— Sim, aqueles olhos: eu os vi esta noite. Olhos mortos, embora eu suponha que não deveria ser eu quem diria isso. Olhos de cadáver. Você tem a sensação de que se você os tocasse, eles estariam secos como pedras, e nunca se moveriam sob seu dedo.

— Não é nada disso. Quando eu estava no cadafalso, em Saltus, olhei para baixo e o vi, os olhos dele dançaram. Você disse, entretanto, que os olhos opacos que ele tem na maioria das vezes lembrava um cadáver. Você nunca olhou num espelho? Seus próprios olhos não são os de uma mulher morta.

— Talvez não. — Dorcas fez uma pausa. — Você costumava dizer que eles eram lindos.

— Você não está feliz por viver? Mesmo que seu marido e seu filho estejam mortos e a casa onde você morou esteja em ruínas, se todas essas coisas forem verdade, não está cheia de alegria por estar aqui de novo? Você não é um fantasma, não é um retornado como aqueles que vimos na cidade em ruínas. Olhe no espelho, como eu lhe disse. Ou, se não quiser, olhe para o meu rosto ou para o de qualquer homem e veja o que você é.

Dorcas se sentou ainda mais lenta e dolorosamente do que quando se levantou para tomar o vinho, mas desta vez ela balançou as pernas para fora da cama, e vi que ela estava nua sob a coberta fina. Antes de sua doença, Jolenta tinha a pele perfeita, com a suavidade e maciez de um confeito. A de Dorcas era salpicada de pequenas sardas douradas, e ela era tão magra que eu sempre ficava consciente de seus ossos; no entanto, ela era mais desejável em sua imperfeição do que Jolenta sempre fora na exuberância de sua carne. Consciente de quão culpável seria forçá-la ou mesmo convencê-la a se abrir para mim agora, quando ela estava doente e eu prestes a deixá-la, ainda sentia desejo por ela me instigar. Por mais, ou por menos, que eu ame uma mulher, descubro que a quero mais quando não posso mais tê-la. Mas o que senti por Dorcas foi mais forte do que isso e mais complexo. Ela havia sido, embora apenas por um breve período tempo, a amiga mais íntima que já tive, e nossa posse um do outro, desde o desejo frenético em nosso depósito convertido em Nessus até o longo e preguiçoso brincar no quarto da Víncula, era o ato característico da nossa amizade e também de nosso amor.

— Você está chorando — eu disse. — Quer que eu vá embora?

Ela balançou a cabeça em negativa e então, como se não pudesse mais conter as palavras que pareciam se forçar a sair, sussurrou:

— Ah, você não vai também, Severian? Eu não quis dizer isso. Você não vem? Você não vem comigo?

— Não posso.

Ela afundou de volta na cama estreita, agora menor e mais infantil.

— Eu sei. Você tem seu dever para com sua guilda. Você não pode traí-la novamente e enfrentar a si mesmo, e não vou lhe pedir isso. É só que eu nunca desisti de esperar que você pudesse.

Balancei a cabeça como antes.

— Eu tenho que fugir da cidade...

— Severian!

— E ir para o norte. Você irá para o sul, e se eu estivesse com você, nós teríamos barcos de mensageiros cheios de soldados atrás de nós.

— Severian, o que aconteceu? — O rosto de Dorcas estava muito calmo, mas seus olhos estavam arregalados.

— Libertei uma mulher. Eu deveria estrangulá-la e jogar seu corpo no Acis, e eu poderia ter feito isso: eu não sentia nada por ela, não de verdade, e deveria ter sido fácil. Mas quando fiquei sozinho com ela, pensei em Thecla. Estávamos em uma casinha de veraneio cercada por arbustos, que ficava na beira da água. Eu estava com minhas mãos em volta do pescoço dela e pensei em Thecla e como eu quis libertá-la. Não consegui encontrar uma maneira de fazer isso. Não lhe contei?

Quase imperceptivelmente, Dorcas balançou a cabeça em negativa.

— Havia irmãos por toda parte, cinco para passar pelo caminho mais curto, e todos eles me conheciam e sabiam dela — (Thecla estava gritando agora em algum canto da minha mente.) — Tudo o que eu realmente teria que fazer seria dizer a eles que Mestre Gurloes havia ordenado que eu a levasse a ele. Mas eu teria que ir com ela, então, e eu ainda estava tentando descobrir um jeito de permanecer na guilda. Eu não a amei o suficiente.

— Isso ficou no passado — falou Dorcas. — E, Severian, a morte não é a coisa terrível que você pensa que é. — Nós havíamos invertido nossos papéis, como crianças perdidas que confortam umas às outras alternadamente.

Dei de ombros. O fantasma que comi no banquete de Vodalus estava quase calmo de novo; eu podia sentir seus dedos longos e frios em meu cérebro, e embora não pudesse me virar dentro do meu próprio crânio para vê-la, eu sabia que seus olhos profundos e violetas estavam atrás dos meus. Foi necessário muito esforço para não falar com a voz dela.

— De qualquer forma, eu estava lá com a mulher, na casa de veraneio, e estávamos sozinhos. O nome dela era Ciríaca. Eu sabia, ou pelo menos suspeitava, que ela sabia onde as pelerinas eram: ela tinha sido uma delas por um tempo. Existem meios silenciosos de excruciação que não requerem equipamento e, embora não sejam espetaculares, são bastante eficazes. Alguém alcança o corpo, por assim dizer, e manipula diretamente os nervos do cliente. Eu ia usar o que chamamos de Bastão de Humbaba, mas antes que eu a tocasse, ela me contou. As pelerinas estão perto da passagem de Orithyia, cuidando dos feridos. Essa mulher havia recebido uma carta, disse ela, apenas uma semana atrás, de alguém que ela conhecia na ordem…

XII

Seguindo a Cheia

A casa de veraneio ostentava um telhado sólido, mas as laterais eram meras treliças, fechadas mais pelas altas samambaias florestais plantadas contra eles do que por suas ripas delgadas. Os raios da lua vazavam entre elas. E mais feixes entravam pela porta, reflexos da água corrente lá fora. Eu pude ver o medo no rosto de Ciríaca, e o conhecimento de que sua única esperança era que eu tivesse conservado algum amor por ela; e eu sabia que ela estava, portanto, sem esperança, pois eu não sentia nada.

— No acampamento do Autarca — ela repetiu. — Isso foi o que Einhildis escreveu. Em Orithyia, perto das nascentes do Gyoll. Mas você deve ter cuidado se for até lá para devolver o livro: ela disse também que os cacogênios haviam pousado em algum lugar do norte.

Olhei para ela, tentando determinar se ela estava mentindo.

— Foi o que Einhildis me disse. Suponho que eles devem ter desejado evitar os espelhos da Casa Absoluta para poderem escapar aos olhos do Autarca. Ele deveria ser o servo deles, mas às vezes age como se eles fossem dele.

Eu a sacudi.

— Você está brincando comigo? O Autarca os serve?

— Por favor! Ah, por favor...

Eu a soltei.

— Todos... Érebus! Perdoe-me. — Ela soluçou, e embora estivesse deitada na sombra, senti que ela estava enxugando os olhos e o nariz com a bainha de seu hábito escarlate. — Todo mundo sabe disso, exceto os peões, e os homens bons e as mulheres boas. Todos os armígeros e até mesmo a maioria dos optimates, e claro, os exultantes sempre souberam. Nunca vi o Autarca, mas me disseram que ele, o vice-rei do Novo Sol, é só um pouco mais alto do que eu. Você acha que nossos exultantes orgulhosos permitiriam que alguém assim governasse se não houvesse mil canhões por trás dele?

— Eu o vi — disse — e me perguntei a esse respeito. — Busquei entre as memórias de Thecla alguma confirmação do que Ciríaca disse, mas encontrei apenas rumores.

— Você poderia me contar sobre ele? Por favor, Severian, antes...

— Não, agora não. Mas por que os cacogênios deveriam ser um perigo para mim?

— Porque o Autarca certamente enviará batedores para localizá-los, e suponho que o arconte aqui também. Qualquer pessoa encontrada perto deles será considerada espiã deles, ou o que é pior, alguém que os está procurando na esperança de alistá-los em alguma conspiração contra o Trono da Fênix.

— Entendi.

— Severian, não me mate. Eu lhe imploro. Não sou uma boa mulher: nunca fui uma boa mulher, nunca desde que deixei as pelerinas, e não posso enfrentar a morte agora.

Perguntei a ela:

— O que você fez, afinal? Por que Abdiesus quer você morta? Você sabe? — É a própria simplicidade estrangular um indivíduo cujos músculos do pescoço não são fortes, e eu já estava flexionando as mãos para a tarefa; mas, ao mesmo tempo, desejei que me fosse permitido usar *Terminus Est* em vez disso.

— Eu amei muitos homens, outros homens além do meu marido.

Como que comovida pela lembrança daqueles abraços, ela se levantou e caminhou em minha direção. Novamente o luar caiu sobre seu rosto; seus olhos estavam brilhantes com lágrimas não derramadas.

— Ele foi cruel comigo, muito cruel, depois do nosso casamento... e então arranjei um amante para irritá-lo, e depois outro...

(Sua voz abaixou a ponto de eu mal conseguir ouvir as palavras.)

— E, por fim, arranjar um novo amante se torna um hábito, uma forma de fazer os dias passarem e mostrar a si mesma que toda a sua vida já não escorreu por entre os dedos, mostrar a si mesma que ainda é jovem o suficiente para que os homens tragam presentes, jovem o bastante para que os homens ainda queiram acariciar seu cabelo. Foi para isso, afinal, que deixei as pelerinas. — Ela fez uma pausa e pareceu reunir forças. — Você sabe quantos anos eu tenho? Eu lhe disse?

— Não — respondi.

— Então não vou dizer. Mas eu quase poderia ser sua mãe. Se eu tivesse concebido dentro de um ou dois anos desde que isso se tornou possível para mim. Estávamos bem no sul, onde o grande gelo, todo azul e branco, navega em mares escuros. Havia um morrinho de onde eu costumava ficar olhando, e sonhava em vestir roupas quentes e remar até o gelo com comida e um pássaro treinado que eu nunca tive, mas simplesmente queria ter, e assim cavalgaria minha própria ilha de gelo para o norte, até uma ilha de palmeiras, onde descobriria as ruínas de um castelo construído na manhã do mundo. Você teria nascido, então, talvez, enquanto eu estava sozinha no gelo. Por que uma criança imaginária não deveria nascer em uma viagem imaginária? Você teria crescido pescando e nadando em águas mais quentes que o leite.

— Nenhuma mulher é morta por ser infiel, exceto pelo marido — eu disse.

Ciríaca deu um suspiro, e o sonho se dissipou diante dela.

— Entre os armígeros desembarcados por aqui, ele é um dos poucos que apoiam o arconte. Os outros esperam que, por desobedecerem a ele o máximo que ousam e fomentarem problemas entre os ecléticos, podem persuadir o Autarca a substituí-lo. Eu fiz de meu marido um motivo de chacota... e, por extensão, seus amigos e o arconte.

Como Thecla estava dentro de mim, eu vi a vila de campo: metade mansão e metade fortaleza, cheio de quartos que quase não mudaram em duzentos anos. Ouvi as senhoras risonhas e os caçadores apressados, e o som da corneta do lado de fora das janelas e o latido grosso dos molossos. Era o mundo para o qual Thecla tivera esperança de voltar; e senti pena daquela mulher que havia sido forçada àquele retiro quando jamais havia conhecido nenhuma esfera mais ampla.

Tal como a sala do Inquisidor na peça do Dr. Talos, com seu banco judicial elevado, espreitava em algum lugar no nível mais baixo da Casa Absoluta, cada um de nós possui nos porões mais empoeirados de nossas mentes, um balcão no qual pelejamos para pagar as dívidas do passado com a moeda desvalorizada do presente. Naquele balcão ofereci a vida de Ciríaca em pagamento pela morte de Thecla.

Quando a levei para fora da casa de veraneio, ela supôs, eu sei, que eu pretendia matá-la na beira da água. Em vez disso, apontei para o rio.

— Ele flui rapidamente para o sul até encontrar a cheia do Gyoll, que depois corre mais lentamente para Nessus e, finalmente, para o mar do sul. Nenhum fugitivo pode ser encontrado no labirinto de Nessus se não o desejar, pois há inumeráveis ruas, quadras e cortiços ali, e todos os rostos de todas as terras são vistos mil vezes. Se pudesse ir lá, vestida como está agora, sem amigos ou dinheiro, você o faria?

Ela assentiu, uma mão pálida em sua garganta.

— Ainda não há barreira para barcos no Capulus; Abdiesus sabe que não precisa temer qualquer ataque feito contra a corrente ali até meados do verão. Mas você terá que passar pelos arcos, e poderá se afogar. Mesmo que chegue a Nessus, terá que trabalhar para ganhar o pão: lavar para os outros, talvez, ou cozinhar.

— Posso pentear cabelos e costurar. Severian, já ouvi dizer algumas vezes que como a última e mais terrível tortura, você diz à sua prisioneira que ela será libertada. Se é isso o que você está fazendo comigo agora, imploro que pare. Você já foi longe demais.

— Um calógero faz isso, ou algum outro funcionário religioso. Nenhum cliente acreditaria em nós. Mas quero ter certeza de que não fará a tolice de retornar à sua casa ou buscar perdão do arconte.

— Eu sou tola — disse Ciríaca. — Mas não. Nem mesmo uma tola como eu faria isso, eu juro.

Contornamos a beira da água até chegarmos às escadas onde as sentinelas se levantaram para receber os convidados do arconte e os pequenos barcos recreativos de cores vivas estavam atracados. Eu disse a um dos soldados que iríamos tentar o rio, e perguntei se teríamos alguma dificuldade em contratar remadores para nos levar de volta rio acima. Ele disse que poderíamos deixar o barco no Capulus se desejássemos, e retornar num fiacre. Quando ele se virou para retomar a conversa com seu camarada, fingi inspecionar os barcos e peguei o cabo de amarração do que estava mais distante das tochas do posto de guarda.

†

— E agora você está indo para o norte como fugitivo, e eu peguei seu dinheiro — disse Dorcas.

— Não vou precisar de muito, e vou conseguir mais. — Levantei-me.

— Tome de volta pelo menos a metade. — Quando balancei a cabeça negando, ela disse: — Então retire dois crisos. Posso me prostituir, se o pior acontecer, ou roubar.

— Se você roubar, sua mão será decepada. E é melhor que eu decepe mãos pelo meu jantar do que você dar as suas pelo seu.

Comecei a me afastar, mas ela pulou da cama e segurou minha capa.

— Tome cuidado, Severian. Há algo, Hethor chamou de salamandra, à solta na cidade. Seja o que for, ela queima suas vítimas.

Eu disse a ela que tinha muito mais a temer dos soldados do arconte que da salamandra, e saí antes que ela pudesse dizer mais alguma coisa. Mas enquanto eu subia com esforço uma ruela estreita na margem oeste que meus barqueiros me garantiram que levaria ao topo da encosta, me perguntei se não teria mais o que temer do frio das montanhas e seus animais selvagens do que de qualquer um deles. Também me perguntei sobre Hethor, e como ele me seguiu até tão longe no norte, e por quê. Porém, mais do que pensar em qualquer uma dessas coisas, pensei em Dorcas e no que ela havia sido para mim, e eu para ela. Levaria muito tempo até que eu conseguisse sequer vislumbrá-la de relance novamente, e acredito que de alguma forma senti isso. Assim como quando saí da Cidadela pela primeira vez, levantei o capuz para que os transeuntes não pudessem observar meus sorrisos, agora eu ocultava meu rosto a fim de esconder as lágrimas que escorriam por minhas bochechas.

†

Eu já tinha visto o reservatório que abastecia a Víncula duas vezes antes durante o dia, mas nunca à noite. Parecia pequeno então, uma lagoa retangular que não era maior que a fundação de uma casa, e não era mais profundo que uma sepultura. Sob a lua minguante, ele parecia quase um lago grande, e poderia ter sido tão profundo quanto a cisterna abaixo da Torre do Sino.

Ficava a menos de cem passos do muro que defendia a margem oeste de Thrax. Havia torres naquela parede — uma bem perto do reservatório — e sem dúvida as guarnições já haviam recebido ordens de me prender se eu tentasse fugir da cidade. De vez em quando, enquanto caminhava ao longo do penhasco, eu vislumbrara as sentinelas que patrulhavam a muralha; suas lanças não estavam acesas, mas seus elmos com cristas se destacavam contra as estrelas e, às vezes, refletiam fracamente a luz delas.

Agora eu me agachava, olhando a cidade e confiando na minha capa e capuz fuligem para enganar os olhos. Os rastrilhos de ferro gradeados dos arcos do Capulus tinham sido elevados: eu pude detectar a agitação do Acis onde o rio se esbatia contra eles. Isso eliminava todas as dúvidas: Ciríaca havia sido detida... ou, mais provavelmente, simplesmente vista e relatada. Abdiesus poderia ou não fazer esforços extenuantes para capturá-la; parecia mais provável para mim que permitiria que ela desaparecesse e evitaria chamar atenção para ela. Mas certamente me prenderia se pudesse e me executaria como o traidor de seu governo que eu era.

Da água, olhei para a água novamente, do Acis revolto para o reservatório tranquilo. Eu tinha a palavra para comporta e a usei. O antigo mecanismo subiu como se movido por escravos fantasmas, e então as águas paradas também correram; correram mais rápido que o furioso Acis no Capulus. Muito abaixo, os prisioneiros ouviriam seu rugido, e aqueles mais próximos da entrada veriam a espuma branca da cheia. Em um instante, aqueles que se levantassem estariam até os tornozelos na água, e aqueles que dormiram se levantariam correndo. Em mais um instante, tudo estaria na altura da cintura; mas eles estavam acorrentados em seus lugares, e os mais fracos seriam apoiados pelos mais fortes... nenhum dos quais, eu esperava, iria se afogar. Os clavígeros na entrada deixariam seus postos e subiriam apressados a trilha íngreme até o topo da encosta para ver quem havia mexido no reservatório ali.

E, enquanto a última água escoava, eu ouvia as pedras serem desalojadas pelos seus pés chacoalhando encosta abaixo. Fechei a comporta novamente e me abaixei na passagem viscosa e quase vertical que a água acabara de atravessar. Aqui meu progresso teria sido muito mais fácil se eu não estivesse carregando *Terminus Est*. Para apoiar minhas costas contra um lado daquele cano torto, semelhante a uma chaminé, tive que tirá-la; no entanto, eu não podia dispensar uma mão para segurá-la. Coloquei seu talabarte em volta do pescoço, deixei a lâmina e a bainha penduradas e equilibrei seu peso o melhor que pude. Por duas vezes escorreguei, mas de cada vez fui salvo por uma curva da eclusa estreitada; e finalmente, depois de um tempo tão longo que tive a certeza de que os clavígeros teriam retornado, vi o brilho da luz vermelha da tocha e saquei a Garra.

Eu nunca mais veria aquela chama tão brilhante novamente. Era ofuscante, e eu, carregando-a erguida pelo longo túnel da Víncula, só podia me espantar por minha mão não ter sido reduzida a cinzas. Nenhum prisioneiro, eu acho, viu a *mim*. A Garra exercia um fascínio sobre eles como um lampião à noite faz com o cervo da floresta; eles ficaram imóveis, suas bocas abertas, seus rostos barbudos e devastados erguidos, suas sombras atrás deles tão nítidos quanto silhuetas recortadas em metal e escuras como fuligem.

Bem no final do túnel, onde a água escorria para o longo e inclinado esgoto que a transportava abaixo do Capulus, ficavam os prisioneiros mais fracos e mais doentes; e foi ali que vi mais claramente a força que a Garra emprestava a todos. Homens e mulheres que não se mantiveram firmes nas memórias do clavígero mais velho agora pareciam altos e fortes. Acenei em saudação para eles, embora eu tenha certeza de que nenhum deles a observou. Então coloquei a Garra do Conciliador de volta ao seu saquinho, e fomos mergulhados em uma noite ao lado da qual a noite da superfície de Urth seria dia.

A corrente da água varreu e limpou o esgoto, e foi mais fácil descer do que a eclusa tinha sido, pois embora fosse mais estreita, era menos íngreme, e eu pude rastejar rapidamente quase de cabeça para baixo. Havia uma grelha no fundo; mas, como observei em uma de minhas visitas de inspeção, ela estava quase enferrujada.

XIII

Nas Montanhas

A primavera havia terminado e o verão começado quando me afastei do Capulus na luz cinzenta, mas mesmo assim nunca fazia calor nas terras altas, a não ser quando o sol estava perto do zênite. No entanto, não me atrevi a entrar nos vales onde as aldeias se aninhavam, e, durante todo o dia, subi as montanhas, com minha capa enrolada sobre um dos ombros para fazer com que ela se parecesse o máximo possível com a vestimenta de um eclético. Também desmontei a lâmina de *Terminus Est* e a remontei sem a guarda, de modo que a espada embainhada vista à distância teria a aparência de uma equipe.

Ao meio-dia, o chão era todo de pedra e tão irregular que eu tanto escalava quanto caminhava. Por duas vezes vi o brilho de armaduras bem abaixo de mim, e olhando para baixo vi pequenos grupos de dimarchi galopando pelas trilhas que a maioria dos homens quase não teria se convencido a caminhar, suas capas militares escarlates ondulando atrás deles. Não encontrei plantas comestíveis e não avistei nenhuma caça além de aves de rapina que voavam alto. Mas mesmo que eu tivesse visto alguma, não teria tido chance de abatê-la com minha espada, e eu não possuía nenhuma outra arma.

Tudo isso parece bastante desesperador, mas a verdade é que eu estava excitado com as vistas das montanhas, o vasto panorama do império de ar. Quando crianças, não conseguimos apreciar nada do cenário porque, ainda não tendo armazenado cenas semelhantes em nossa imaginação, com as emoções e circunstâncias que as acompanham, percebemos isso sem profundidade psíquica. Eu agora olhava para os cumes coroados de nuvens com minha vista de Nessus do cone do nariz de nossa Torre Matachin e minha visão de Thrax das ameias do Castelo de Acies diante de mim também, e por mais angustiado que estivesse, eu estava prestes a desmaiar de prazer.

†

Passei aquela noite encolhido ao abrigo de uma rocha nua. Eu não comia desde que trocara de roupa na Víncula, o que agora parecia ter acontecido semanas, senão anos, antes. Na realidade, fazia apenas alguns meses que eu contrabandeara uma faca de cozinha usada para a pobre Thecla, e vi seu sangue escorrendo, um verme carmesim tateando, por baixo da porta da cela.

Eu tinha escolhido bem minha pedra, pelo menos. Ela bloqueava o vento, de modo que enquanto eu permanecesse atrás dela, quase poderia ter descansado no ar calmo e frígido de alguma caverna de gelo. Um ou dois passos para cada lado me levavam ao impacto máximo das rajadas, de modo que eu ficava enregelado até os ossos em um único momento congelante.

Dormi cerca de uma vigília, acho, sem nenhum sonho que sobrevivesse ao meu sono, então acordei com a impressão — que não era um sonho, mas o tipo de conhecimento ou pseudoconhecimento infundado que chega até nós em momentos em que estamos cansados e com medo — de que Hethor estava inclinado sobre mim. Era como se eu sentisse seu hálito fedorento e gelado em meu rosto; seus olhos, não mais opacos, queimavam sobre os meus. Quando despertei inteiramente, vi que os pontos de luz que eu havia tomado pelas pupilas dele eram, na verdade, duas estrelas grandes e muito brilhantes no ar rarefeito e limpo.

Tentei dormir novamente, fechando os olhos e me forçando a lembrar dos lugares mais quentes e confortáveis que conheci: os aposentos de oficial que me haviam sido dados em nossa torre, que então pareciam tão palacianos com sua privacidade e cobertores macios depois do dormitório dos aprendizes; a cama que um dia dividi com Baldanders, na qual suas costas largas haviam projetado calor como um fogão; os apartamentos de Thecla na Casa Absoluta; o quarto confortável em Saltus onde me hospedei com Jonas.

Nada ajudou. Não consegui dormir de novo, mas não ousei tentar andar mais longe, com medo de cair em algum precipício no escuro. Passei o resto da noite olhando para as estrelas; foi a primeira vez que eu realmente experimentei a majestade das constelações sobre as quais o Mestre Malrubius havia nos ensinado quando eu era o menor dos aprendizes. Quão estranho é que o céu, que durante o dia é um terreno estacionário por onde vemos as nuvens se moverem, à noite se torna o pano de fundo para o movimento da própria Urth, de modo que a sentimos rolando abaixo de nós como um marinheiro sente o movimento da maré. Naquela noite, a sensação desse lento girar era tão forte que quase fiquei tonto com sua varredura longa e contínua.

Forte também era a sensação de que o céu era um poço sem fundo no qual o universo poderia cair para sempre. Eu tinha ouvido pessoas dizerem que quando olhavam para as estrelas por muito tempo ficavam aterrorizadas com a sensação de serem atraídas. Meu próprio medo, e eu sentia medo, não estava centrado nos sóis remotos, mas, sim, no vazio escancarado; e em alguns momentos me vi tão assustado que agarrava a pedra com meus dedos gelados, pois a mim me parecia que deveria cair de Urth. Sem dúvida todos sentem um pouco disso, já que se diz que não existe clima tão moderado que faça as pessoas consentirem em dormir em casas sem telhado.

Já descrevi como acordei pensando que o rosto de Hethor (suponho porque Hethor estava muito em minha mente desde que conversei com Dorcas) encarava o meu, mas descobri, quando abri os olhos, que o rosto não tinha nenhum detalhe, exceto as duas estrelas brilhantes que haviam sido seus próprios olhos. Foi o que me aconteceu primeiro, quando tentei distinguir as constelações, cujos nomes eu lera com frequência, embora eu tivesse apenas uma ideia muito imperfeita da parte do céu em que cada uma delas poderia ser encontrada. A princípio, todas as estrelas pareciam uma massa indefinida de luzes, por mais bela que seja, como as faíscas que voam de um fogo. Em breve, claro, comecei a ver que umas eram mais brilhantes que outras e que suas cores de modo algum eram uniformes. Então, de forma bastante inesperada, quando eu estava olhando para elas por um longo tempo, a forma de um perítio pareceu surgir tão distintamente como se todo o corpo do pássaro tivesse sido polvilhado com a poeira moída de diamantes. Num instante ele tornou a desaparecer, mas logo retornou, e com ele outras formas, algumas correspondendo a constelações das quais eu tinha ouvido falar, outras que eram, receio, inteiramente fruto da minha imaginação. Uma anfisbena, ou cobra com uma cabeça em cada extremidade, distinguia-se particularmente.

Quando esses animais celestiais irromperam, fiquei impressionado com a beleza deles. Mas quando se tornaram tão fortemente evidentes (o que rapidamente se deu) que não pude mais dispensá-los por um ato de vontade, comecei a sentir tanto medo deles quanto sentia de cair naquele abismo noturno sobre o qual eles se contorciam; e, no entanto, não era um simples medo físico e instintivo como o outro, mas uma espécie de horror filosófico ao pensar em um cosmos no qual imagens rudes de feras e monstros haviam sido pintadas com sóis flamejantes.

Depois de cobrir a cabeça com a capa, o que fui forçado a fazer para não enlouquecer, comecei a pensar nos mundos que circundavam aqueles sóis. Todos nós sabemos que eles existem, muitos sendo meras intermináveis planícies rochosas, outros esferas de gelo ou de colinas cobertas de cinzas onde correm rios de lava, como dizem que é o caso em Abaddon; mas muitos outros sendo mundos mais ou menos belos, e habitados por criaturas ou descendentes da linhagem humana ou pelo menos não totalmente diferentes de nós mesmos. A princípio, pensei em céus verdes, grama azul e todo o resto do exotismo infantil capaz de infligir à mente que concebe outras coisas além de mundos semelhantes a Urth. Mas, com o tempo, cansei-me dessas ideias pueris e comecei, em seu lugar, a pensar em sociedades e formas de pensamento totalmente diferentes das nossas, mundos em que todas as pessoas, sabendo-se descendentes de um único par de colonos, tratavam uns aos outros como irmãos e irmãs, mundos onde não havia nenhuma moeda senão a honra, para que todos trabalhassem a fim de poderem ter o direito de se associar com algum homem ou mulher que tenha salvado os comunidade, mundos nos quais a longa guerra entre a humanidade e as feras não mais acontecesse. Com esses pensamentos vieram cem ou mais novos: como a justiça poderia ser aplicada quando todos amassem a todos, por exemplo; como um mendigo que não tivesse nada além de sua humanidade poderia implorar por honra, e as maneiras pelas quais pessoas que não matariam nenhum animal senciente poderiam ser calçadas e alimentadas.

Quando me dei conta, ainda menino, de que o círculo verde da lua era, na verdade, uma espécie de ilha suspensa no céu, cuja cor derivava das florestas, agora imemorialmente antigo, plantado nos primeiros dias da raça dos Homens, eu tinha formado uma intenção de ir até lá, e adicionei a isso todos os outros mundos do universo quando, com o tempo, vim a perceber a existência deles. Eu tinha abandonado esse desejo como parte (pensei) do crescimento, quando aprendi que só as pessoas cujas posições na sociedade me pareciam inatingivelmente elevadas algum dia conseguiram sair de Urth.

Agora aquele antigo desejo se reacendia novamente, e embora parecesse ter se tornado ainda mais absurdo com o passar dos anos (pois certamente o pequeno aprendiz que eu havia sido tinha mais chances de singrar entre as estrelas do que o pária caçado em que eu havia me tornado) era imensamente mais firme e forte porque eu aprendera nesse meio tempo a loucura de limitar o desejo ao possível. Eu iria, estava resolvido. Pelo resto da minha vida eu estaria insonemente alerta a qualquer oportunidade, por menor que fosse. Eu já tinha me encontrado uma vez sozinho com os espelhos do Padre Inire; então Jonas, muito mais sábio que eu, lançou-se sem hesitação na maré de fótons. Quem poderia dizer que eu jamais me encontraria diante daqueles espelhos?

Com esse pensamento, tirei minha capa da cabeça, resolvi olhar para as estrelas mais uma vez, e descobri que a luz do sol havia surgido lancinante sobre as coroas das montanhas para escurecê-las quase à insignificância. Os rostos dos titãs que pairavam sobre mim agora eram apenas os dos governantes de Urth há muito mortos, abatidos pelo tempo, suas bochechas desabando em avalanches.

Levantei-me e me espreguicei. Estava claro que eu não poderia passar o dia sem comida, como havia passado no dia anterior; e mais claro ainda que eu não poderia passar a noite seguinte como havia passado aquela, sem nenhum abrigo além da minha capa. Assim, embora eu ainda não tivesse ousado descer aos vales povoados, moldei meu caminho para que me levasse até a floresta alta que eu podia ver marchando pelas encostas abaixo de mim.

Levei a maior parte da manhã para chegar até lá. Quando finalmente desci com dificuldade e parei entre as bétulas que eram seus batedores, vi que, embora ela fosse mais íngreme do que eu supunha, continha, em direção ao seu centro, onde o terreno era um pouco mais nivelado e o solo esparso, portanto, um pouco mais rico, árvores de altura mui considerável, tão próximas que os espaços entre seus troncos eram pouco mais largos que os próprios troncos. Não eram, claro, as madeiras nobres de folhas brilhantes da floresta tropical que havíamos deixado para trás na margem sul do Cephissus. Eram em sua maior parte coníferas de casca peluda, árvores altas e retas que se inclinavam, mesmo em sua altura e força, para longe da sombra da montanha, e mostravam claramente em pelo menos um quarto de seu número as feridas de suas guerras com vento e relâmpagos.

Eu havia chegado lá esperando encontrar lenhadores ou caçadores de quem pudesse reivindicar a hospitalidade que todos (como as pessoas da cidade acreditam com carinho) oferecem a estranhos no interior. Por muito tempo, porém, me decepcionei com essa esperança. Várias vezes parei para ouvir o retinir de um machado ou o latido de cães. Havia apenas silêncio e, de fato, embora as árvores pudessem proporcionar uma grande quantidade de madeira, não vi sinais de que alguma tivesse sido algum dia cortada.

Finalmente, deparei-me com um pequeno riacho de água gelada que vagava por entre as árvores, orladas de samambaias anãs e tenras, e grama fina como cabelo. Bebi até me fartar e, talvez durante meia vigília, segui a água encosta abaixo através de uma sucessão de quedas e lagos em miniatura, imaginando, como sem dúvida outros imaginaram por incontáveis quilíadas, observá-la crescer lentamente, embora não tivesse recrutado nenhum outro de sua espécie que eu pudesse ver.

Depois de algum tempo, o riacho inchou até que as próprias árvores não estavam mais seguras dele, e vi à frente o tronco de uma, de pelo menos quatro côvados de espessura, que havia caído atravessada sobre ele, suas raízes minadas. Aproximei-me dele sem muito cuidado, pois não havia nenhum som para me avisar, e me apoiando em um toco projetado saltei para o topo.

Quase caí em um oceano de ar. A ameia do Castelo de Acies, da qual eu tinha visto Dorcas em seu abatimento, era uma balaustrada comparada com aquela altura. Certamente a Muralha de Nessus é o único trabalho de mãos humanas que poderia rivalizar com ela. O riacho caía silenciosamente sobre um abismo que o espalhava em borrifos, de modo que desaparecia em um arco-íris. As árvores abaixo poderiam ter sido brinquedos feitos para um menino por um pai indulgente, e na extremidade deles, com um pequeno campo além, vi uma casa não maior que uma pedra, com um fio de fumaça branca, o fantasma da fita de água que caiu e morreu, enrolando-se para desaparecer no nada.

Descer o penhasco parecia, a princípio, muito fácil, pois o impulso do meu salto quase havia me carregado por cima do tronco caído, cuja metade pendia sobre a beirada. Quando recuperei o equilíbrio, porém, isso pareceu quase impossível. A face da rocha era íngreme em grandes áreas até onde eu podia ver, e embora, talvez, se eu tivesse carregado uma corda, eu pudesse ter descido e assim chegado à casa bem antes do anoitecer, é claro que eu não tinha nenhuma e, de qualquer forma, eu não seria tão rápido em confiar numa corda que tivesse um comprimento tão imenso assim.

Passei algum tempo explorando o topo do penhasco, e depois de um tempo descobri um caminho que, embora muito íngreme e estreito, mostrava sinais inconfundíveis de uso. Não vou recontar os detalhes da descida, que realmente têm pouco a ver com a minha história, embora fossem, como pode se imaginar, profundamente absorventes naquele momento. Logo aprendi a observar apenas o caminho e a face da encosta, à minha direita ou esquerda, enquanto o caminho serpenteava para frente e para trás. Na maior parte de sua extensão, era uma descida íngreme com cerca de um côvado de largura ou um pouco menos. Ocasionalmente, tornava-se uma série de degraus descendentes cortados na rocha viva, e a certa altura havia apenas buracos para mãos e pés, pelos quais desci como uma escada. Estes eram muito mais fáceis — vistos objetivamente — do que as fendas que eu havia agarrado durante a noite na boca da mina dos homens-macacos, e pelo menos fui poupado do choque das setas de bestas explodindo em meus ouvidos; mas a altura era cem vezes maior, e vertiginosa.

Talvez porque fui forçado a trabalhar tanto para ignorar a queda no lado oposto, tornei-me perfeitamente consciente da vasta e seccionada amostra da crosta do mundo pela qual rastejei. Em tempos antigos, assim li certa vez em um dos textos que o Mestre Palaemon me enviava, o coração da própria Urth estava vivo, e os movimentos mutáveis desse núcleo vivo fizeram as planícies irromperem como fontes, e às vezes abria mares em uma noite entre ilhas que tinham sido um continente quando visto pela última vez pelo sol. Agora dizem que ela está morta, e esfriando e encolhendo dentro de seu manto de pedra como o cadáver de uma velha em uma daquelas casas abandonadas que Dorcas havia descrito, mumificando-se no ar parado e seco até suas roupas desabarem sobre si mesmas. Assim é, dizem, com Urth; e aqui metade de uma montanha havia se afastado de seu par de acasalamento, caindo pelo menos uma légua.

XIV

A Casa da Viúva

Em Saltus, onde Jonas e eu ficamos alguns dias e onde realizei a segunda e a terceira degolações públicas da minha carreira, os mineiros violentam o solo por seus metais, pedras de construção e até artefatos criados por civilizações esquecidas por quilíadas antes mesmo da Muralha de Nessus ser erguida. Isso eles fazem por meio de poços estreitos perfurados nas encostas dos morros até atingirem alguma rica camada de ruínas, ou mesmo (se os escavadores de túneis forem particularmente afortunados) um edifício que tenha preservado parte de sua estrutura para que lhes sirva como uma galeria já construída.

O que foi feito com tanto trabalho poderia ter sido realizado na encosta que desci com quase nenhum. O passado estava no meu ombro, nu e indefeso como todas as coisas mortas, como se fosse o próprio tempo que tivesse sido desvelado pela queda da montanha. Ossos fósseis se projetavam da superfície em alguns lugares, ossos de animais poderosos e de homens. A floresta também estabelecera ali seus próprios mortos, tocos e membros que o tempo havia transformado em pedra, de modo que eu me perguntei, ao descer, se não seria possível que Urth não fosse, como presumimos, mais velha que suas filhas, as árvores, e as imaginei crescendo no vazio diante da face do sol, árvore agarrada a árvore com raízes emaranhadas e galhos entrelaçados até que finalmente seu acúmulo se tornou nossa Urth, e elas tão somente a pelagem de sua vestimenta.

Mais profundos que estes jazem os edifícios e mecanismos da humanidade. (E bem pode ser que os de outras raças também estivessem lá, pois várias das histórias no livro marrom que eu carregava pareciam implicar que aqui existiram colônias daqueles seres que chamamos de cacogênios, embora sejam, na verdade, uma miríade de raças, cada uma tão distinta quanto a nossa.) Eu vi metais lá que eram verdes e azuis no mesmo sentido em que o cobre é considerado vermelho ou branco-prateado, metais coloridos tão curiosamente trabalhados que não pude ter certeza se suas formas tinham sido concebidas como obras de arte ou como peças para máquinas estranhas; e pode ser de fato que entre alguns desses povos insondáveis não exista distinção.

Em um determinado ponto, apenas um pouco menos da metade do caminho para baixo, a linha da falha coincidia com a parede de ladrilhos de algum grande edifício, de modo que o caminho ventoso que eu percorria o cortava. Qual o desenho traçado naqueles ladrilhos, eu nunca soube; enquanto descia a encosta, eu estava perto demais para vê-lo, e quando cheguei à base, por fim, ela era alta demais para que eu discernisse, perdido nas brumas inconstantes da queda do rio. No entanto, enquanto caminhava, eu o vi como poderia se dizer que um inseto vê o rosto num retrato sobre cuja superfície rasteja. Os ladrilhos tinham vários formatos, embora se encaixassem muito bem, e a princípio pensei que fossem representações de pássaros, lagartos, peixes e criaturas semelhantes, todos interligados nas garras da vida. Agora sinto que não era assim, que eram, em vez disso, as formas de uma geometria que eu não conseguira compreender, diagramas tão complexos que as formas vivas pareciam aparecer neles como as formas dos animais reais aparecem a partir das intrincadas geometrias de moléculas complexas.

Fosse como fosse, essas formas pareciam ter pouca ligação com a imagem ou desenho. Linhas coloridas os cruzaram e, embora devessem ter sido disparadas na substância dos ladrilhos em que eras passadas, eram tão brilhantes e cheias de vida que era como se tivessem sido colocadas apenas um momento antes pelo pincel titânico de um artista. Os tons mais usados eram berilo e branco, mas, embora eu tenha parado diversas vezes e me esforçado para entender o que poderia estar ali retratado (fosse uma escrita, ou um rosto, ou talvez um mero desenho decorativo de linhas e ângulos, ou um padrão de verdes entrelaçados) não consegui; e talvez fosse cada um desses, ou nenhum, dependendo da posição de onde era visto e a predisposição que o espectador trazia para ele.

Depois que essa muralha enigmática foi galgada, o caminho para baixo ficou mais fácil. Não mais precisei descer uma queda íngreme e, embora houvesse vários lances de degraus, eles não eram tão íngremes ou tão estreitos quanto antes. Cheguei ao fundo antes do esperado e olhei para o caminho por onde eu tinha viajado com tanta admiração quanto se nunca tivesse pisado nele; na verdade, pude ver vários pontos em que ele parecia ter sido quebrado pelo desmembramento de partes da encosta, de modo que parecia intransponível.

A casa que eu tinha visto tão claramente de cima agora estava invisível, escondida por entre árvores; mas a fumaça da chaminé ainda aparecia no céu. Abri caminho através de uma floresta menos íngreme do que aquela pela qual eu havia seguido o riacho. As árvores escuras pareciam, na verdade, mais velhas. As grandes samambaias do sul estavam ausentes lá e, na verdade, nunca as vi ao norte da Casa Absoluta, exceto pelas cultivadas nos jardins de Abdiesus; mas havia violetas selvagens com folhas brilhantes e flores da cor exata dos olhos da pobre Thecla crescendo entre as raízes das árvores, e musgo como o veludo verde mais grosso, de modo que o chão parecia acarpetado e as próprias árvores todas envoltas num tecido caro.

Algum tempo antes de poder ver a casa ou qualquer outro sinal de presença humana, ouvi o latido de um cachorro. Com esse som, o silêncio e a maravilha das árvores ficaram para trás, ainda presentes, mas infinitamente mais distantes. Senti que uma vida misteriosa, antiga e estranha, mas também gentil, havia chegado ao exato momento de se revelar para mim e, em seguida, afastara-se como uma pessoa de imensa eminência, um mestre dos músicos, talvez, que durante anos lutei para atrair à minha porta mas que no ato de bater ouviu a voz de outro convidado que lhe era desagradável, abaixou a mão e deu as costas, para nunca mais voltar.

E, no entanto, como era reconfortante. Durante quase dois longos dias estive completamente só, primeiro sobre os campos quebrados de pedra, depois entre a beleza gelada das estrelas, e depois na respiração abafada das árvores antigas. Agora aquele som áspero e familiar me fazia pensar mais uma vez no conforto humano: não apenas pensar nele, mas imaginá-lo tão vividamente que parecia que eu já o estava sentindo. Eu soube disso quando vi o cachorro que ele seria como Triskele; e assim foi, com quatro patas ao invés de três, um pouco mais longo e estreito no crânio, e mais marrom que cor de leão, mas com os mesmos olhos dançantes e o rabo abanando e a língua pendurada. Ele começou com uma declaração de guerra, que rescindiu assim que falei com ele, e antes que eu tivesse dado vinte passos, ele já estava apresentando as orelhas para serem coçadas. Entrei na pequena clareira onde ficava a casa com o cachorro brincando animado ao meu redor.

As paredes eram de pedra, pouco mais altas que a minha cabeça. O telhado de palha era o mais íngreme que já vi, e pontilhado com pedras planas para conterem a palha em ventos fortes. Era, em suma, a casa de um daqueles camponeses pioneiros que são a glória e o desespero da nossa Comunidade, que em um ano produzem um excedente de alimentos para sustentar toda a população de Nessus, mas que precisam eles próprios ser alimentados no ano seguinte para que não morram de fome.

Quando não há caminho pavimentado diante de uma porta, pode-se avaliar com que frequência os pés saem e entram pelo grau em que a grama invade o solo pisado. Ali havia apenas um pequeno círculo de poeira do tamanho de um lenço diante do degrau de perda. Quando vi isso, imaginei que poderia assustar a pessoa que morasse naquela cabana (pois supus que só poderia ser uma pessoa) se eu aparecesse na porta sem avisar, e como o cachorro havia parado de latir há muito tempo, parei na margem da clareira e gritei uma saudação.

As árvores e o céu a engoliram, e deixaram só o silêncio.

Tornei a gritar e avancei em direção à porta com o cachorro nos meus calcanhares, e estava quase chegando lá quando uma mulher apareceu. Ela tinha um rosto delicado que poderia facilmente ter sido lindo se não fosse por seus olhos assombrados, mas usava um vestido esfarrapado que só diferia do de uma pessoa em situação de rua por estar limpo. Depois de um momento, um garotinho de rosto redondo, olhos ainda maiores que os da mãe, espiou por trás da saia dela.

Eu disse:

— Lamento se a assustei, mas estou perdido nestas montanhas.

A mulher assentiu, hesitou, depois se afastou da porta, e eu entrei. A casa dela era ainda menor dentro das paredes grossas do que eu havia imaginado, e fedia com o cheiro de algum vegetal forte fervendo numa chaleira suspensa em um gancho sobre o fogo. As janelas eram poucas e pequenas, e por causa da profundidade das paredes pareciam mais caixas de sombra do que aberturas de luz. Um velho estava sentado sobre uma pele de pantera, de costas para o fogo; seus olhos estavam tão carentes de foco e inteligência que a princípio pensei que ele fosse cego. Havia uma mesa no centro da sala, com cinco cadeiras ao redor, das quais três pareciam ter sido feitas para adultos. Lembrei-me do que Dorcas havia me contado sobre móveis das casas abandonadas de Nessus sendo trazidos para o norte, para os ecléticos que haviam adotado modas mais eruditas, mas todas as peças apresentavam sinais de terem sido feitas no local.

A mulher viu a direção do meu olhar e disse:

— Meu marido estará aqui em breve. Antes do jantar.

Eu respondi:

— Você não precisa se preocupar: não quero lhe fazer mal algum. Se puder compartilhar sua refeição comigo e me deixar dormir aqui nesta noite, longe do frio, e me dar direções pela manhã, ficarei feliz em ajudar com qualquer trabalho que precise ser feito.

A mulher assentiu e, inesperadamente, o menino disse:

— Você viu Severa? — Sua mãe se voltou contra ele tão rapidamente que me lembrei de Mestre Gurloes demonstrando as algemas usadas para controlar prisioneiros. Ouvi o tabefe, embora eu praticamente não o tenha visto, e o garotinho deu um grito agudo. Sua mãe correu para trancar a porta e ele se escondeu atrás de um baú no canto mais distante dela. Entendi, então, ou pensei ter entendido, que Severa era uma menina ou mulher que ela considerava mais vulnerável do que ela própria, e a quem ela tinha ordenado que se escondesse (provavelmente no sótão, debaixo da palha do teto) antes de me deixar entrar. Mas raciocinei que qualquer protesto adicional de minhas boas intenções seria desperdiçado na mulher, que, por mais ignorante que fosse, claramente não era tola, e que a melhor maneira de ganhar sua confiança seria fazer por merecê-la. Comecei pedindo a ela um pouco de água para me lavar, e disse que ficaria feliz em carregá-la de qualquer fonte que tivessem se ela me permitisse aquecê-lo em seu fogo. Ela me deu uma panela, e me disse onde ficava a fonte.

Vez ou outra já estive na maioria dos lugares que são convencionalmente considerados românticos: no topo de torres altas, bem fundo nas entranhas do mundo, em edifícios palacianos, em selvas e a bordo de um navio: mas nenhum deles me afetou da mesma forma que aquela pobre cabana de pedras. Ela me parecia o arquétipo daquelas cavernas para dentro das quais, como ensinam os estudiosos, a humanidade rastejava novamente no ponto mais baixo de cada ciclo de civilização. Sempre que eu lia ou ouvia a descrição de um retiro rústico idílico (e era uma ideia da qual Thecla muito se agradava), ela se concentrava na limpeza e na ordem. Existe um canteirinho de hortelã sob a janela, lenha empilhada perto da parede mais fria, um piso de lajes reluzentes e assim por diante. Não havia nada disso ali, nenhuma idealidade; e, no entanto, a casa era mais perfeita com todas as suas imperfeições, mostrando que seres humanos poderiam viver e amar em um local tão remoto sem a capacidade de moldar seu habitat em um poema.

—Você sempre se barbeia com sua espada? — perguntou a mulher. Foi a primeira vez que ela falou comigo sem preocupação.

— É um costume, uma tradição. Se a espada não fosse afiada o suficiente para me barbear, eu teria vergonha de portá-la. E se for suficientemente afiada, que necessidade eu tenho de uma navalha?

— Ainda assim, deve ser estranho segurar uma lâmina tão pesada assim, e você deve precisar de muito cuidado para não se cortar.

— O exercício fortalece meus braços. Além do mais, é bom para mim lidar com minha espada sempre que posso, para que ela se torne tão familiar quanto meus membros.

— Você é um soldado, então. Eu sabia.

— Eu sou um açougueiro de homens.

Ela pareceu surpresa com isso e afirmou:

— Eu não quis insultar você.

— Não me sinto insultado. Todo mundo mata certas coisas: você matou essas raízes em sua chaleira quando as colocou na água fervente. Quando eu mato um homem, salvo a vida de todas as coisas vivas que ele teria destruído se tivesse continuado a viver, incluindo, talvez, muitos outros homens, mulheres e crianças. O que seu marido faz?

A mulher sorriu um pouco com isso. Foi a primeira vez que a vi sorrir, e isso a fez parecer muito mais jovem.

— Tudo. Um homem tem que fazer de tudo aqui.

— Você não nasceu aqui, então.

— Não — ela disse. — Só Severian... — O sorriso desapareceu.

— Você disse *Severian*?

— Esse é o nome do meu filho. Você o viu quando entrou, e ele está nos espionando gora. Ele é um menino imprudente às vezes.

— Esse é meu próprio nome. Eu sou Mestre Severian.

Ela chamou o menino:

— Você ouviu isso? O nome do bom homem é o mesmo que o seu! — Então, para mim novamente: — Você acha que é um bom nome? Você gosta dele?

— Receio nunca ter pensado muito sobre isso, mas, sim, suponho que gosto. Ele parece combinar comigo. — Eu tinha acabado de me barbear e me sentei em uma das cadeiras para cuidar da lâmina.

— Nasci em Thrax — disse a mulher. — Já esteve lá?

— Acabei de chegar de lá — contei a ela. Se os dimarchi fossem interrogá-la depois que eu partisse, a descrição dela sobre meu hábito me denunciaria de qualquer maneira.

— Você não conheceu uma mulher chamada Herais? É minha mãe.

Balancei a cabeça em negativa.

— Bom, é uma cidade grande, suponho. Você não ficou lá muito tempo?

— Não, não muito. Enquanto você esteve nestas montanhas, ouviu falar das pelerinas? São uma ordem de sacerdotisas que vestem vermelho.

— Receio que não. Não recebemos muitas notícias aqui.

— Estou tentando localizá-las, ou se não conseguir, me juntar ao exército que o Autarca está liderando contra os ascianos.

— Meu marido poderia lhe dar direções melhor que eu. Você não deveria ter subido aqui tão alto, no entanto. Becan, esse é meu marido, diz que as patrulhas nunca incomodam os soldados que se deslocam para o norte, nem mesmo quando usam as estradas antigas.

Enquanto ela falava de soldados indo para o norte, outra pessoa, muito mais próxima, também estava movendo-se. Foi um movimento tão furtivo que quase não se ouvia acima do crepitar do fogo e da respiração áspera do velho, mas era inconfundível mesmo assim. Pés descalços, incapazes de suportar por mais tempo a total imobilidade que o silêncio exige, mexeram-se quase imperceptivelmente, e as tábuas abaixo deles chilrearam com a nova distribuição de peso.

XV

Ele Está à Sua Frente!

O marido que deveria ter vindo antes do jantar não veio, e nós quatro — a mulher, o velho, o menino e eu — comemos a refeição da noite sem ele. A princípio, pensei que a previsão de sua esposa era uma mentira destinada a me dissuadir de qualquer crime que eu poderia ter cometido de outra maneira; mas à medida que a tarde sombria avançava naquele silêncio que pressagia uma tempestade, tornava-se evidente que ela havia acreditado no que dissera e agora estava sinceramente preocupada.

Nosso jantar foi quase tão simples quanto uma refeição assim pode ser; mas minha fome era tão grande que foi um dos mais gratificantes de que me lembro. Comemos verduras fervidas sem sal nem manteiga, pão rústico e um pouco de carne. Sem vinho, sem frutas, sem nada fresco e nada doce; ainda assim, acho que devo ter comido mais que os outros três juntos.

Quando a refeição terminou, a mulher (cujo nome, fiquei sabendo, era Casdoe) pegou um longo cajado com ponta de ferro que estava num canto e saiu em busca do marido, garantindo-me antes que não precisava de acompanhante e dizendo ao velho, que não pareceu ouvi-la, que não iria longe e logo retornaria. Ao vê-lo permanecer tão distraído como sempre diante do fogo, convenci o menino a se aproximar de mim, e depois de ter conquistado sua confiança, mostrando-lhe *Terminus Est* e permitindo que segurasse seu punho e tentasse levantar sua lâmina, perguntei a ele se Severa não deveria descer e cuidar dele agora que sua mãe estava fora.

— Ela voltou ontem à noite — contou a mim.

Achei que ele estava se referindo à mãe e disse:

— Tenho certeza de que ela vai voltar esta noite também, mas não acha que Severa deveria cuidar de você agora, enquanto ela está fora?

Como crianças que não têm confiança suficiente na linguagem para discutir às vezes fazem, o menino deu de ombros e tentou se virar.

Eu o peguei pelos ombros.

— Quero que você suba agora, pequeno Severian, e diga a ela para descer. Prometo que não vou machucá-la.

Ele assentiu e foi até a escada, embora lenta e relutantemente.

— Mulher má — resmungou ele.

Então, pela primeira vez desde que entrei em casa, o velho falou:

— Becan, venha cá! Quero falar sobre Fechin. — Levei um instante para entender que ele estava dirigindo-se a mim com a impressão de que eu era seu genro.

— Ele era o pior de todos nós, aquele Fechin. Um garoto alto e selvagem, com cabelos ruivos nas mãos, nos braços. Como os braços de um macaco, de modo que se você visse eles estendendo-se, dobrando uma esquina para pegar alguma coisa, era de se pensar, tirando o tamanho, que era um macaco. Ele pegou nossa panela de cobre uma vez, aquela em que a mãe costumava fazer salsicha, e eu vi o braço dele e não contei quem tinha feito aquilo, porque ele era meu amigo. Nunca mais encontrei ela, nunca mais a vi, embora eu estivesse com ele mil vezes. Eu costumava pensar que ele tinha feito um barco com ela e saído pra navegar no rio, porque era isso que eu mesmo sempre quis fazer com ela. Desci a margem do rio a pé tentando achar ele, e a noite chegou e eu nem tinha me dado conta, antes mesmo de eu me virar pra ir pra casa. Talvez ele tenha polido o fundo para olhar nele: às vezes, ele desenhava sua própria imagem. Talvez ele tenha enchido ela de água pra ver seu reflexo.

Eu tinha atravessado a sala para ouvi-lo, em parte porque ele falava indistintamente e em parte por respeito, pois seu rosto envelhecido me lembrava um pouco o de Mestre Palaemon, embora ele tivesse olhos naturais.

— Certa vez, conheci um homem da sua idade que posou para Fechin — comentei.

O velho olhou para mim; tão rapidamente quanto a sombra de um pássaro poderia cruzar algum trapo cinza jogado fora de casa na grama, vi que ele se apercebeu de que eu não era Becan, e essa percepção veio e se foi. Entretanto, ele não parou de falar, nem reconheceu o fato, de qualquer outra maneira. Era como se o que estava dizendo fosse tão urgente que tinha que ser contado a alguém, derramado em qualquer ouvido antes que se perdesse para sempre.

— O rosto dele não era o rosto de um macaco, nem um pouco. Fechin era bonito: o mais bonito da região. Ele sempre conseguia comida ou dinheiro de uma mulher. Conseguia qualquer coisa das mulheres. Lembro de uma vez, quando estávamos descendo a trilha que levava até onde então ficava o antigo moinho. Eu tinha um pedaço de papel que o mestre-escola tinha me dado. Papel de verdade, não era bem branco, tinha um toque de marrom, e umas manchinhas aqui e ali, parecia uma truta no leite. O mestre-escola me deu pra que eu pudesse escrever uma carta pra mãe: na escola a gente sempre escrevia em quadros, e limpávamos com uma esponja quando tinha que escrever de novo, e quando ninguém estava olhando, a gente batia na esponja com a tábua e mandava ela voando contra a parede ou a cabeça de alguém. Mas Fechin adorava desenhar, e enquanto a gente caminhava, pensei nisso e em como o rosto dele ficaria se ele tivesse papel para fazer um retrato que pudesse guardar.

"Eram as únicas coisas que ele guardava. Todo o resto, ele perdia, ou dava, ou jogava fora, e eu sabia muito bem o que mamãe queria contar, e decidi que se eu escrevesse pequeno poderia colocar tudo em metade do papel. Fechin não sabia que eu tinha isso, mas peguei e mostrei a ele, depois dobrei e rasguei em dois."

Acima de nossas cabeças, eu podia ouvir a voz estridente do garotinho, embora não conseguisse entender o que ele estava dizendo.

— Esse foi o dia mais brilhante que já vi. O sol tinha uma vida nova, do jeito que um homem fica quando esteve doente ontem e estará doente amanhã, mas hoje ele anda por aí e ri para que, se um estranho passar, pensará que não havia nada de errado, nenhuma doença, que os remédios e a cama eram para outra pessoa. Sempre dizem em orações que o Novo Sol será brilhante demais para se olhar, e sempre, até aquele dia, eu tinha achado que era apenas a maneira adequada de falar, a maneira como se diz que um bebê é lindo, ou elogia qualquer coisa que um bom homem fez pra si mesmo, que mesmo que houvesse dois sóis no céu, você poderia olhar para ambos. Mas, naquele dia, aprendi que tudo era verdade, e a luz dele na cara de Fechin era mais do que eu conseguia suportar. Fez meus olhos se encherem de lágrimas. Ele disse obrigado e fomos mais longe, e chegamos a uma casa onde morava uma menina. Eu não consigo lembrar qual era o nome dela, mas ela era linda mesmo, do jeito que as mais quietinhas são às vezes. Até então, eu nunca soube que Fechin a conhecia, mas ele me pediu pra esperar e me sentei no primeiro degrau em frente ao portão.

Alguém mais pesado que o menino caminhava acima, em direção à escada.

— Ele não ficou muito tempo lá dentro, mas quando saiu, com a garota olhando para fora, pela janela, eu soube o que eles tinham feito. Olhei para ele e ele abriu aqueles braços finos e compridos de macaco. Como ele poderia compartilhar o que tinha acabado de possuir? No final, ele fez a garota me dar metade de um pão e algumas frutas. Desenhou meu retrato num lado do papel e o da menina do outro, mas guardou os retratos.

A escada rangeu e me virei para olhar. Como eu esperava, uma mulher estava descendo. Não era alta, mas corpulenta e de cintura estreita; o vestido dela estava quase tão esfarrapado quanto o da mãe do menino e muito mais sujo. Cabelos castanhos luxuriantes cascateavam por suas costas. Acho que a reconheci antes mesmo de ela se virar e vi as maçãs do rosto salientes e seus longos olhos castanhos: era Ágia.

— Então você sabia que eu estava aqui o tempo todo — disse ela.

— Eu poderia fazer a mesma observação para você. Você parece já ter estado aqui antes de mim.

— Apenas imaginei que você viria para cá. No fim das contas, cheguei um pouco antes de você, e eu disse à dona desta casa o que você faria comigo se ela não me escondesse — comentou. (Supus que ela queria que eu soubesse que tinha uma aliada ali, ainda que fraca.)

— Você está tentando me matar desde que a avistei no meio da multidão em Saltus.

— Isso é uma acusação? Sim.

— Você está mentindo.

Foi uma das poucas vezes que vi Agia perder a compostura.

— O que você quer dizer?

— Apenas que você estava tentando me matar antes de Saltus.

— Com o averno. Sim, claro.

— E depois. Ágia, eu sei quem é Hethor.

Esperei que ela respondesse, mas não disse nada.

— No dia em que nos conhecemos, você me disse que havia um velho marinheiro que queria que você fosse morar com ele. Chamou o homem de velho, feio e pobre, e não consegui entender por que você, uma jovem adorável, deveria sequer considerar a oferta dele, já que não estava realmente morrendo de fome. Você tinha seu irmão gêmeo para protegê-la, e um pouco de dinheiro que vinha da loja.

Foi a minha vez de ficar surpreso. Ela rebateu:

— Eu deveria ter ido até ele e o dominado. Agora eu já o dominei.

— Achei que você só tinha se prometido a ele se ele me matasse.

— Eu prometi a ele isso e muitas outras coisas, e por isso o dominei. Ele está à sua frente, Severian, esperando notícias minhas.

— Com mais de suas feras? Obrigado pelo aviso. Foi isso, não foi? Ele ameaçou você e Agilus com os animais de estimação que trouxe de outras esferas.

Ela assentiu.

— Ele veio vender suas roupas, e elas eram do tipo que se vestia nas velhas naves que navegaram além da borda do mundo há muito tempo, e não eram fantasias nem falsificações, nem mesmo roupas velhas e tumulares que haviam sido deixadas por séculos no escuro, mas roupas que não estavam longe de ser novas. Ele disse que suas naves, todas aquelas naves, perderam-se na escuridão entre os sóis, onde os anos não passam. Eles se perderam de tal forma que nem o Tempo consegue encontrá-los.

— Eu sei — concordei. — Jonas me contou.

— Depois que descobri que você mataria Agilus, fui até ele. Ele é forte como o ferro em alguns aspectos, fraco em muitos outros. Se eu tivesse preservado meu corpo, não poderia ter feito nada com ele, mas fiz todas as coisas estranhas que ele desejou e o fiz acreditar que o amo. Agora ele fará tudo o que eu pedir. Ele seguiu você por mim depois que você matou Agilus; com a prata dele contratei os homens que você matou na antiga mina, e as criaturas que ele comanda ainda matarão você por mim, se eu não fizer isso aqui eu mesma.

— Você pretendia esperar até eu dormir e depois descer e me matar, suponho.

— Eu teria acordado você primeiro, quando colocasse minha faca em sua garganta. Mas a criança me disse que você sabia que eu estava aqui e pensei que isto poderia ser mais agradável. Mas diga-me: como descobriu sobre Hethor?

Uma lufada de vento soprou pelas janelas estreitas. Isso fez o fogo gerar fumaça, e ouvi o velho, que ficou sentado em silêncio mais uma vez, tossir e cuspir nas brasas. O garotinho, que havia descido do sótão enquanto Ágia e eu conversávamos, nos observava com olhos grandes, que nada entendiam.

— Eu deveria ter sabido disso muito antes — falei. — Meu amigo Jonas havia sido justamente esse tipo de marinheiro. Você há de se lembrar dele, acho: você o viu na boca da mina, e deve ter sabido dele.

— Soubemos.

— Talvez eles fossem do mesmo navio. Ou talvez fosse apenas porque cada qual teria conhecido o outro por algum sinal, ou que Hethor pelo menos temia que eles se conhecessem. Seja como for, ele raramente se aproximava de mim quando eu estava viajando com Jonas, embora tivesse ficado muito ansioso para estar na minha companhia antes. Eu o vi na multidão quando executei uma mulher e um homem em Saltus, mas ele não tentou se juntar a mim lá. No caminho para a Casa Absoluta, Jonas e eu o vimos atrás de nós, mas ele não veio correndo até que Jonas tivesse partido, embora devesse estar desesperado para recuperar seu notulo. Quando foi jogado na antecâmara da Casa Absoluta, ele não fez nenhuma tentativa de se sentar conosco, muito embora Jonas estivesse quase morto; mas algo que deixou um rastro de gosma estava vasculhando o lugar quando saímos.

Ágia não disse nada e, no seu silêncio, poderia ter sido a jovem que eu tinha visto na manhã do dia seguinte ao de minha saída de nossa torre desprendendo as grades que protegiam as vitrines de uma loja empoeirada.

— Vocês dois devem ter perdido meu rastro no caminho para Thrax — continuei — ou sido atrasados por algum acidente. Mesmo depois que descobriu que estávamos na cidade, você não deve ter sabido que eu estava encarregado da Víncula, porque Hethor enviou sua criatura de fogo rondar as ruas para me encontrar. Então, de alguma forma, você encontrou Dorcas no Ninho do Pato...

— Nós mesmos estávamos hospedados lá — revelou Ágia. — Tínhamos chegado apenas alguns dias antes, e estávamos procurando por você, quando você chegou. Depois, quando percebi que a mulher no quartinho do sótão era a garota louca que você tinha encontrado no Jardim Botânico, ainda não imaginávamos que era você quem a tinha colocado lá, porque aquela bruxa na estalagem disse que o homem usava roupas comuns. Mas achamos que ela poderia saber onde você estava, e que ela estaria mais apta a falar com Hethor. O nome dele não é realmente Hethor, a propósito. Ele diz que é um nome muito mais antigo, do qual quase ninguém ouviu falar agora.

— Ele contou a Dorcas sobre a criatura de fogo — eu disse — e ela me contou. Eu já tinha ouvido falar da coisa antes, mas Hethor tinha um nome para ela: ele a chamava de salamandra. Não pensei em nada quando Dorcas a mencionou, mas depois lembrei que Jonas tinha um nome para a coisa preta que voou atrás de nós do lado de fora da Casa Absoluta. Ele a chamou de notulo, e disse que as pessoas nos navios os nomearam assim porque eles se traíam com uma rajada de calor. Se Hethor tinha um nome para a criatura de fogo, parecia provável que fosse um nome de marinheiro também, e que ele tinha algo a ver com a criatura em si.

Agia deu um sorriso leve.

— Então, agora você sabe de tudo, e você me tem onde me quer... Contanto que possa balançar essa sua grande lâmina aqui dentro.

— Eu tenho você sem ela. Tive você sob meus pés na boca da mina, aliás.

— Mas eu ainda tenho minha faca.

Naquele momento, a mãe do menino apareceu à porta, e nós dois fizemos uma pausa. Ela olhou espantada de Ágia para mim; então, como se nenhuma surpresa pudesse perfurar sua tristeza ou alterar o que tinha que fazer, fechou a porta e colocou a barra pesada no lugar. Ágia disse:

— Ele me ouviu lá em cima, Casdoe, e me fez descer. Ele pretende me matar.

— E como posso evitar isso? — respondeu a mulher, cansada, e se virou para mim. — Eu a escondi porque ela disse que você queria lhe fazer mal. Vai me matar também?

— Não. Nem vou matá-la, como ela sabe.

O rosto de Ágia se contorceu de raiva, como o rosto de outra mulher adorável, moldado pelo próprio Fechin, talvez em cera colorida, poderia ter sido transformado com um jorro de chama, de modo que simultaneamente derretesse e queimasse.

— Você matou Agilus e se vangloriou disso! Não sou tão adequada para morrer quanto ele? Nós éramos da mesma carne! — Eu não acreditei totalmente nela quando disse que estava armado com uma faca, mas sem que eu a tivesse visto sacá-la, ela já estava em sua mão: uma das adagas tortas de Thrax.

Por algum tempo, o ar estava pesado com uma tempestade iminente. Agora, os trovões ecoavam, ressoando entre os picos acima de nós. Quando seus ecos e os ecos dos ecos quase desapareceram, algo lhes respondeu. Não consigo descrever aquela voz; não era exatamente um grito humano, nem o mero berro de uma fera.

Todo o seu cansaço deixou a mulher Casdoe, substituído pela mais desesperada pressa. Pesadas venezianas de madeira estavam encostadas na parede abaixo de cada uma das janelas estreitas; ela agarrou a mais próxima e, levantando-a como se não pesasse mais que uma forma de torta, a encaixou no lugar. Lá fora, o cachorro latiu freneticamente, depois ficou em silêncio, não deixando nenhum som além do tamborilar da primeira chuva.

— Tão cedo — Casdoe gritou. — Tão cedo! — Para o filho: — Severian, saia da frente.

Através de uma das janelas ainda abertas, ouvi a voz de uma criança chamar:

— *Pai, você não pode me ajudar?*

XVI

O Alzabo

Tentei ajudar Casdoe e, no processo, dei as costas para Ágia e sua adaga. Foi um erro que quase me custou a vida, pois ela pulou em cima de mim assim que eu me vi sobrecarregado com uma veneziana. Mulheres e alfaiates seguram a lâmina por baixo da mão, de acordo com o provérbio, mas Ágia esfaqueou para cima a fim de abrir as tripas e pegar o coração por baixo, como uma assassina talentosa. Virei-me bem a tempo de bloquear sua lâmina com a veneziana, e a ponta atravessou a madeira para revelar um brilho de aço.

A própria força do golpe a traiu. Puxei a veneziana de lado e a atirei para o outro lado da sala, e a faca dela junto. Ela e Casdoe pularam para pegá-la. Peguei Ágia pelo braço e a puxei com força para trás, e Casdoe encaixou a veneziana no lugar com a faca para fora, em direção à tempestade que se aproximava.

— Sua idiota — vociferou Ágia. — Não percebe que está dando uma arma para quem você teme? — Sua voz estava calma com a derrota.

— Ele não precisa de facas — Casdoe disse a ela.

A casa estava escura agora, exceto pela luz avermelhada do fogo. Olhei ao redor em busca de velas ou lampiões, mas não havia nenhuma à vista; mais tarde, descobri que as poucas que a família possuía tinham sido levadas para o sótão. Um relâmpago brilhou lá fora, delineando as bordas das venezianas e criando uma linha quebrada de luz forte na parte inferior da porta: demorei um momento para perceber que tinha sido uma linha quebrada, quando deveria ser contínua.

— Tem alguém lá fora — percebi. — Parado no degrau.

Casdoe assentiu.

— Fechei a janela bem a tempo. Ele nunca chegou tão cedo antes. Pode ser que a tempestade o tenha acordado.

— Você não acha que pode ser seu marido?

Antes que ela pudesse me responder, uma voz mais alta que a do garotinho chamou:

— *Me deixa entrar, mãe.*

Até eu, que não sabia o que era que estava falando, senti algo de terrivelmente errado nas palavras simples. Era a voz de uma criança, talvez, mas não de uma criança humana.

— *Mãe* — a voz tornou a gritar. — *Está começando a chover.*

— É melhor subirmos — disse Casdoe. — Se puxarmos a escada atrás de nós, ele não nos alcançará, mesmo que entre.

Eu tinha ido até a porta. Sem raios, os pés do que quer que fosse que estava na soleira da porta eram invisíveis; mas eu podia ouvir uma respiração rouca e lenta por cima do bater da chuva, e uma vez um som de raspagem, como se a coisa que esperava ali no escuro tivesse mudado de posição.

— Isso é obra sua? — perguntei a Ágia. — Alguma criatura de Hethor?

Ela balançou a cabeça em negativa; os olhos estreitos e castanhos estavam dançando.

— Eles vagam selvagens por essas montanhas, como você deve saber muito melhor do que eu.

— *Mãe?*

Houve um arrastar de pés: com aquela pergunta inquieta, a coisa lá fora tinha se afastado da porta. Uma das venezianas estava rachada, e tentei olhar pela fresta; não consegui ver nada na escuridão lá fora, mas ouvi um passo suave e pesado, precisamente o som que às vezes vinha pelas portas gradeadas da Torre do Urso em casa.

— Ele pegou Severa três dias atrás — disse Casdoe. Ela estava tentando fazer o velho se levantar; ele o fez lentamente, relutante em deixar o calor do fogo. — Eu nunca deixei ela nem Severian irem para entre as árvores, mas ele veio para a clareira aqui, uma vigília antes do crepúsculo. Desde então, ele tem voltado toda noite. O cachorro não quis rastreá-lo, mas Becan foi caçá-lo hoje.

Eu já tinha adivinhado a identidade da fera naquele momento, embora nunca tivesse visto um de sua espécie. Perguntei:

— É um alzabo, então? A criatura de cujas glândulas o analepto é feito?

— É um alzabo, sim — respondeu Casdoe. — Não sei nada sobre nenhum analepto.

Agia riu.

— Mas Severian sabe. Ele já degustou a sabedoria da criatura, e carrega sua amada dentro de si. Entendo que se pode ouvi-los sussurrando juntos à noite, no próprio calor e suor do amor.

Eu a ataquei; mas Ágia se esquivou agilmente, e então colocou a mesa entre eu e ela.

— Você não está encantado, Severian, por saber que quando os animais vieram para Urth para substituir todos aqueles que nossos ancestrais mataram, o alzabo estava entre eles? Sem o alzabo, você teria perdido sua querida Thecla para sempre. Diga a Casdoe aqui o quão feliz o alzabo o tornou.

Para Casdoe, falei:

— Sinto muito mesmo por saber da morte de sua filha. Eu defenderei esta casa do animal lá fora, se for preciso.

Minha espada estava encostada na parede, e para mostrar que minha vontade era tão boa quanto minhas palavras, eu a alcancei. Foi uma sorte que eu tivesse feito isso, pois naquele exato momento uma voz masculina na porta chamou:

— *Abra, querida!*

Agia e eu saltamos para parar Casdoe, mas nenhum de nós foi rápido o suficiente. Antes que pudéssemos alcançá-la, ela levantou a barra. A porta se abriu.

A fera que esperava ali estava sobre quatro patas; mesmo assim, seus ombros enormes estavam tão altos quanto minha cabeça. Sua própria cabeça estava abaixada, com as pontas das orelhas abaixo da crista de pelo que cobria suas costas. À luz do fogo, seus dentes reluziam brancos e seus olhos brilhavam vermelhos. Eu vi os olhos de muitas dessas criaturas que supostamente vieram de além da margem do mundo: atraídas, como certos filoneístas alegam, pela morte daqueles cuja gênese estava aqui, assim como tribos de enchors se aproximam sorrateiras com suas facas de pedra e fogos de um campo despovoado pela guerra ou doença; mas seus olhos são apenas os olhos de feras. Os orbes vermelhos do alzabo eram algo mais, não contendo nem a inteligência da humanidade nem a inocência dos brutos. Era assim que um demônio poderia parecer, pensei, quando finalmente conseguisse sair do poço de alguma estrela escura; então me lembrei dos homens-macacos, que eram de fato chamados de demônios, e, no entanto, tinham olhos de homens.

Por um momento, pareceu que a porta poderia ser fechada novamente. Vi Casdoe, que recuou horrorizada, tentar fazer isso. O alzabo pareceu avançar lenta e até preguiçosamente, mas era rápido demais para ela, e a beira da porta bateu em suas costelas como se tivesse batido em uma pedra.

— Deixe-a aberta — gritei. — Precisaremos de qualquer luz que houver. — Eu tinha desembainhado *Terminus Est*, de modo que sua lâmina captou a luz do fogo e pareceu ela mesma um fogo amargo. Uma arbalesta, como as que os capangas de Agia carregavam, cujas setas são acesas pela fricção da atmosfera e explodem quando atingem seu alvo como pedras lançadas em uma fornalha, teria sido uma arma melhor; mas não teria parecido uma extensão do meu braço como *Terminus Est*, e talvez, afinal, uma arbalesta teria permitido que o alzabo saltasse sobre mim enquanto eu tentasse engatilhá-la novamente, se a primeira seta falhasse.

A longa lâmina da minha espada não evitou totalmente esse perigo. Sua ponta quadrada, sem amolação, não poderia empalar a fera, caso ela saltasse. Eu teria que cortá-la em pleno ar, e, embora não tivesse dúvidas de que conseguiria separar a cabeça daquele pescoço grosso enquanto ele voasse em minha direção, sabia que errar seria a morte. Além disso, eu precisava de espaço suficiente para dar o golpe, para o qual aquele quarto estreito dificilmente seria adequado; e apesar de o fogo estar extinguindo-se, eu precisava de luz.

O velho, o garoto Severian e Casdoe tinham ido embora: eu não tinha certeza se eles tinham subido a escada para o sótão enquanto minha atenção estava fixada nos olhos da fera, ou se alguns deles, pelo menos, não teriam fugido pela porta atrás dela. Apenas Ágia permaneceu, pressionada em um canto com o bastão de escalada com ponta de ferro de Casdoe para usar como arma, como um marinheiro poderia, em desespero, tentar se defender de uma galeota com um gancho de barco. Eu sabia que falar com ela atrairia atenção para a mulher; mas talvez, se a fera ao menos virasse a cabeça em sua direção, eu fosse capaz de cortar sua coluna. Então, eu disse:

— Ágia, preciso de luz. Ela vai me matar no escuro. Você disse uma vez aos seus homens que me enfrentaria, se eles me matassem por trás. Se trouxer uma vela, vou enfrentar essa criatura.

Ela assentiu para mostrar que entendia, e quando o fez, a fera se moveu em minha direção. Entretanto, não saltou como eu esperava, mas se esgueirou preguiçosa, ainda que habilmente, para a direita, chegando mais perto enquanto tentava se manter um pouco além do alcance da lâmina. Depois de um momento de incompreensão, percebi que, por sua posição perto da parede, ela atrapalhava ainda mais qualquer ataque que eu pudesse fazer, e que se pudesse me cercar (como quase o fez) para ganhar uma posição entre o fogo e minha própria posição, muito do benefício que eu tinha da luz do fogo seria perdido.

Então começamos um jogo cuidadoso, no qual o alzabo procurava fazer o uso que pudesse das cadeiras, da mesa e das paredes, e eu tentava obter o máximo de espaço possível para minha espada.

Então, saltei para frente. O alzabo evitou meu corte, como me pareceu, por não mais do que a largura de um dedo, investiu contra mim e recuou bem a tempo de escapar do meu golpe de retorno. Suas mandíbulas, grandes o suficiente para morder a cabeça de um homem como um homem morde uma maçã, estalaram diante do meu rosto, encharcando-me com o fedor de seu hálito pútrido.

O trovão ribombou novamente, tão perto que depois de seu rugido eu pude ouvir a queda estrondosa da grande árvore, cuja morte ele havia proclamado; o relâmpago, iluminando cada detalhe em seu brilho paralisante, deixou-me atordoado e cego. Golpeei com *Terminus Est* na onda de escuridão que se seguiu, senti-a atingir o osso, pulei para um lado e, enquanto o trovão ressoava, cortou novamente, desta vez apenas enviando alguns pedaços de mobília voando em ruínas.

Então consegui enxergar mais uma vez. Enquanto o alzabo e eu tínhamos mudado de posição e se esquivado um do outro, Ágia também estava se movendo, e deve ter corrido para a escada quando o raio caiu. Estava na metade do caminho, e eu vi Casdoe estender a mão para ajudá-la. O alzabo estava diante de mim, tão inteiro, ao que parecia, como sempre; mas sangue escuro pingava em uma poça à frente de suas patas dianteiras. Seu pelo parecia vermelho e irregular à luz do fogo, e as unhas de suas patas, maiores e mais ásperas que as de um urso, eram também vermelho-escuro e pareciam translúcidas. Mais hediondo que a fala de um cadáver jamais poderia ser, ouvi a voz que havia chamado, "*Abra, querida*", na porta. Ela disse:

— *Sim, estou ferido. Mas a dor não é grande coisa, e posso ficar de pé e me mover como antes. Você não pode me impedir de ver minha família para sempre.* — Da boca de uma fera, era a voz de um homem severo, firme e honesto.

Peguei a Garra e a coloquei na mesa, mas ela não era mais que uma faísca azul.

— Luz! — gritei para Ágia. Nenhuma luz veio, e ouvi o chocalhar da escada no piso do sótão, enquanto as mulheres a puxavam para cima.

— *Sua fuga está bloqueada, como pode ver* — disse a fera, ainda na voz do homem.

— Bem como seu avanço. Você consegue pular tão alto, com uma pata ferida?

De repente, a voz se tornou o agudo lamentoso da garotinha.

— *Consigo subir. Você acha que não vou pensar em mover a mesa pra lá, pra baixo do buraco? Eu, que posso falar?*

— Você se reconhece como uma fera, então.

A voz do homem veio novamente.

— *Sabemos que estamos dentro da fera, assim como um dia estivemos dentro das caixas de carne que a fera devorou.*

— E você consentiria que ela devorasse sua esposa e seu filho, Becan?

— *Eu a comandaria. Eu a comando. Quero que Casdoe e Severian se juntem a nós aqui, assim como eu me juntei a Severa hoje. Quando o fogo morrer, você morrerá também, juntando-se a nós, e eles também.*

Eu ri.

— Você esqueceu que se feriu quando eu não conseguia enxergar? — Segurando *Terminus Est* em prontidão, atravessei a sala até as ruínas da cadeira, peguei o que tinha sido seu encosto e joguei no fogo, fazendo uma nuvem de faíscas. — Acho que era madeira bem temperada, e foi polida com cera de abelha por alguma mão cuidadosa. Deve queimar intensamente.

— *Mesmo assim, a escuridão virá.* — A fera, Becan, parecia infinitamente paciente. — *A escuridão virá, e você se juntará a nós.*

— Não. Quando toda a cadeira tiver queimado e a luz estiver falhando, avançarei para cima de você e o matarei. Só espero agora para deixá-lo sangrar.

Houve silêncio, ainda mais assustador porque nada na expressão da fera sugeria pensamento. Eu sabia que, assim como o naufrágio da química neural de Thecla tinha sido fixado nos núcleos de algumas das minhas próprias células frontais por uma secreção destilada dos órgãos de uma criatura assim, o homem e sua filha assombravam o matagal escuro do cérebro da fera e acreditavam que viviam; mas o que aquele fantasma de vida poderia ser, que sonhos e desejos poderiam entrar nele, eu não conseguia imaginar.

Por fim, a voz do homem falou:

— *Em uma ou duas vigílias, então, eu te matarei ou você me matará. Ou nós nos destruiremos. Se eu me virar agora e sair para a noite e a chuva, você vai me caçar quando Urth se voltar para a luz mais uma vez? Ou permanecerá aqui para me manter longe da mulher e da criança que são minhas?*

— Não — eu disse.

— *Pela honra que você tem? Você jura por essa espada, embora não possa apontá-la para o sol?*

Dei um passo para trás e inverti *Terminus Est*, segurando-a pela lâmina de tal forma que sua ponta estava direcionada para meu próprio coração.

— Juro por esta espada, o emblema da minha Arte, que se você não retornar esta noite, não vou caçá-la amanhã. Nem permanecerei nesta casa.

Tão rapidamente quanto uma cobra deslizante, ela se virou. Por um instante eu poderia, talvez, ter cortado suas costas grossas. Então ele se foi, e nenhum traço de sua presença permaneceu, exceto pela porta aberta, a cadeira quebrada e a poça de sangue (mais escura, acho, que o sangue dos animais deste mundo) que encharcou as tábuas esfregadas do chão.

Fui até a porta e a tranquei, devolvi a Garra ao saquinho suspenso em meu pescoço e então, como a besta havia sugerido, movi a mesa até poder subir nela e facilmente me puxar para dentro do sótão. Casdoe e o velho aguardavam na outra extremidade com o garoto chamado Severian, em cujos olhos eu vi as memórias que esta noite poderia guardar para ele vinte anos depois. Eles estavam banhados no brilho vacilante de um lampião suspenso em uma das vigas.

— Eu sobrevivi — disse a eles —, como podem ver. Conseguiram ouvir o que dissemos abaixo?

Casdoe assentiu sem falar.

— Se vocês tivessem me trazido a luz que pedi, eu não teria feito o que fiz. Do jeito que estava, eu sentia que não devia nada a vocês. Se eu fosse vocês, deixaria esta casa assim que amanhecesse e iria para as terras baixas. Mas isso é com vocês.

— Nós estávamos com medo — murmurou Casdoe.

— Eu também estava. Onde está Ágia?

Para minha surpresa, o velho apontou e, olhando para o lugar que ele indicou, vi que a palha grossa havia sido aberta para fazer uma abertura grande o suficiente para o corpo esguio de Ágia.

Naquela noite, dormi diante do fogo, depois de avisar Casdoe que mataria qualquer um que descesse do sótão. De manhã, andei pela casa. Como eu esperava, a faca de Ágia havia sido arrancada da veneziana.

XVII

A Espada do Lictor

— Nós vamos embora — Casdoe me disse. — Mas eu vou fazer o desjejum para nós antes de irmos. Você não precisa comer conosco, se não quiser.

Eu assenti e esperei do lado de fora até que ela trouxesse uma tigela de madeira com um mingau simples e uma colher de madeira; então eu os levei até a fonte e comi. Ela estava protegida por juncos, e eu não saí; isso foi, suponho, uma violação do juramento que eu tinha feito ao alzabo, mas esperei lá, vigiando a casa.

Depois de um tempo, Casdoe, seu pai e o pequeno Severian emergiram. Ela carregava uma mochila e o cajado do marido, e o velho e o menino tinham cada um seu saquinho. O cachorro, que deve ter rastejado para baixo do chão quando o alzabo veio (não posso dizer que o culpo, mas Triskele não teria feito isso) estava brincando em volta dos calcanhares deles. Eu vi Casdoe olhar ao redor, procurando por mim. Como não conseguiu me encontrar, colocou um embrulho na porta.

Eu os observei caminharem ao longo da borda de seu pequeno campo, que tinha sido arado e semeado apenas um mês ou mais antes, e agora seria colhido por pássaros. Nem Casdoe nem seu pai olharam para trás; mas o menino, Severian, parou e se virou antes de passar pela primeira crista, para ver mais uma vez o único lar que ele já conhecera. Suas paredes de pedra estavam firmes como sempre, e a fumaça do fogo do desjejum ainda saía da chaminé. Sua mãe deve tê-lo chamado então, porque ele correu atrás dela e, assim, desapareceu de vista.

Deixei o abrigo dos juncos e fui até a porta. O fardo no degrau continha dois cobertores de guanaco macio e carne seca enrolados em um tapete limpo. Coloquei a carne no meu sabretache e dobrei os cobertores para poder usá-los sobre o ombro.

A chuva havia deixado o ar fresco e limpo, e era bom saber que eu logo deixaria a cabana de pedra e seus cheiros de fumaça e comida para trás. Olhei ao redor, vendo a mancha preta do sangue do alzabo e a cadeira quebrada. Casdoe havia movido a mesa de volta para seu antigo lugar, e a Garra, que brilhara tão fracamente ali, não havia deixado nenhuma marca em sua superfície. Nada ali havia restado que parecesse valer a pena carregar. Saí e fechei a porta.

Então parti atrás de Casdoe e seu grupo. Não a perdoei por ter deixado de me dar luz quando lutei contra o alzabo: isso ela poderia facilmente ter feito baixando seu lampião do sótão. No entanto, não poderia culpá-la muito por ter se aliado a Ágia, uma mulher sozinha entre os rostos imóveis e as coroas geladas das montanhas; e a criança e o velho, nenhum dos quais poderia ser considerado muito culpado no assunto, eram pelo menos tão vulneráveis quanto ela.

O caminho era suave, tanto que eu podia rastreá-los no sentido mais literal, vendo as pequenas pegadas de Casdoe, as ainda menores do menino ao lado deles dando dois passos para cada passo dela, e as do velho, com os dedos virados para fora. Andei devagar para não alcançá-los e, embora soubesse que meu próprio perigo aumentava a cada passo que dava, ousei esperar que as patrulhas do arconte, ao questioná-los, me avisassem. Casdoe não poderia me trair, pois qualquer informação honesta que ela pudesse dar aos dimarchi os conduziria a caminhos errados; e se o alzabo estivesse por perto, eu esperava ouvi-lo ou farejá-lo antes que ele atacasse: eu não tinha jurado, afinal, deixar sua presa indefesa, apenas não caçá-la, ou permanecer na casa.

O caminho não deve ter sido mais do que uma trilha de caça ampliada por Becan; ela logo desapareceu. O cenário ali era menos austero do que tinha sido acima da linha das árvores. As encostas voltadas para o sul eram frequentemente cobertas de pequenas samambaias e musgos, e coníferas cresciam das encostas. Era raro não ouvir o som da água caindo em cascatas. Em mim, Thecla se lembrava de ir a um lugar muito parecido com este para pintar, acompanhada por seu professor e dois guarda-costas rudes. Comecei a sentir que logo encontraria o cavalete, a paleta e o estojo de pincéis desorganizados, abandonados ao lado de alguma cascata quando o sol não mais permanecesse na cortina d'água.

Claro que isso não aconteceu, e por várias vigílias não houve nenhum sinal de humanidade. Mescladas às pegadas do grupo de Casdoe estavam as pegadas de veados, e por duas vezes as marcas de patas de um dos felinos fulvos que os caçam. Elas tinham sido certamente feitas logo ao amanhecer, quando a chuva tinha parado.

Então vi uma fileira de impressões deixadas por um pé descalço maior que o do velho. Cada uma era tão grande, na verdade, quanto a marca da minha própria bota, e a passada do seu criador tinha sido, se tanto, mais longa. As pegadas cruzavam em ângulos retos com aquelas que eu seguia, mas uma marca caiu sobre uma do garoto, mostrando que seu criador tinha passado entre nós.

Avancei apressado.

Presumi que as pegadas fossem de um autóctone, embora mesmo assim eu tivesse me admirado com sua longa passada: aqueles selvagens das montanhas são normalmente bem pequenos. Se fosse de fato um autóctone, era improvável que ele causasse a Casdoe e aos outros algum dano real, embora pudesse pilhar os bens que ela carregava. Por tudo que eu tinha ouvido sobre eles, os autóctones eram caçadores inteligentes, mas não tinham temperamento de guerreiros.

As impressões de pés descalços recomeçaram. Mais dois ou três indivíduos, pelo menos, juntaram-se ao primeiro.

Desertores do exército seriam outra questão; cerca de um quarto de nossos prisioneiros na Víncula eram homens desse tipo e suas mulheres, e muitos deles tinham cometido os crimes mais atrozes. Desertores estariam bem armados, mas eu esperaria que eles estivessem bem calçados também, certamente não descalços.

Uma subida íngreme surgiu à minha frente. Eu podia ver os sulcos feitos pelo cajado de Casdoe, e os galhos quebrados onde ela e o velho os usaram para se levantar: alguns quebrados, possivelmente, por seus perseguidores também. Refleti que o velho já devia estar exausto, que era surpreendente que sua filha ainda pudesse incitá-lo a prosseguir; talvez ele, talvez todos eles, soubessem agora que estavam sendo perseguidos. Quando me aproximei do cume, ouvi o cachorro latir e então (ao mesmo tempo, parecia quase um eco da noite anterior) um grito selvagem e sem palavras.

Mas não era o grito horrível e meio humano do alzabo. Era um som que eu já tinha ouvido muitas vezes antes, às vezes, fracamente, mesmo enquanto estava deitado no catre ao lado do de Roche, e muitas vezes quando eu levava suas refeições e as dos clientes para os oficiais de plantão em nosso ergástulo. Era precisamente o grito de um dos clientes no terceiro andar, um daqueles que não conseguiam mais falar coerentemente e por essa razão nunca foram, por razões práticas, trazidos novamente para a sala de exames.

Eram zoantropos, como eu tinha visto em fingimento no ridotto de Abdiesus. Quando cheguei ao topo, pude vê-los, assim como Casdoe com seu pai e filho. Não se pode chamá-los de homens; mas eles pareciam homens àquela distância, nove homens nus que cercavam os três, saltando e se agachando. Corri para frente até que vi um deles atacar com sua clava, e o velho cair.

Então hesitei, e não foi o medo de Thecla que me deteve, mas o meu.

Eu tinha lutado bravamente contra os homens-macacos da mina, talvez, mas fui obrigado a lutar contra eles. Eu tinha enfrentado o alzabo até chegarmos a um impasse, mas não havia para onde correr, exceto a escuridão lá fora, onde certamente ele teria me matado.

Agora havia uma escolha, e eu fiquei para trás.

Vivendo onde ela vivia, Casdoe devia saber deles, embora possivelmente nunca os tivesse encontrado antes. Enquanto o garoto se agarrava à saia dela, ela golpeava com o cajado como se fosse um sabre. Sua voz chegou até mim por cima dos gritos dos zoantropos, estridente, ininteligível e aparentemente distante. Eu senti o horror que sempre sentimos quando uma mulher é atacada, mas ao lado disso ou talvez sob isso estava o pensamento de que aquela que não lutaria ao meu lado agora deveria lutar sozinha.

Não poderia durar, é claro. Essas criaturas ou se assustam imediatamente ou não são assustadas de forma alguma. Eu vi uma arrancar o cajado da mão dela, e eu saquei *Terminus Est* e comecei a correr pela longa encosta em direção a ela. A figura nua a jogou no chão e estava (como eu supunha) se preparando para estuprá-la.

Então algo enorme mergulhou das árvores à minha esquerda. Era tão grande e se movia tão rapidamente que a princípio pensei que fosse um destrier vermelho, sem cavaleiro e sem sela. Somente quando vi o brilho de seus dentes e ouvi o grito de um zoantropo é que percebi que era o alzabo.

Os outros caíram em cima dele imediatamente. Subindo e descendo, as cabeças de seus porretes de pau-ferro pareciam por um momento grotescamente como as cabeças de galinhas alimentando-se com milho quando ele se espalha no chão. Então um zoantropo foi jogado no ar, e ele, que estava nu antes, agora parecia estar envolto em um manto de escarlate.

Quando entrei na luta, o alzabo estava caído, e por um momento eu não consegui dar atenção a ele. *Terminus Est* cantava em órbita sobre minha cabeça. Uma figura nua caiu, depois outra. Uma pedra do tamanho de um punho passou zunindo pela minha orelha, tão perto que pude ouvir o som; se tivesse me atingido, eu teria morrido no instante seguinte.

Mas esses não eram os homens-macacos da mina, tão numerosos que não poderiam, no final, ser superados. Cortei um do ombro à cintura, sentindo cada costela se partir por sua vez e chacoalhar em minha lâmina, cortei outro aqui, rachei um crânio ali.

Então houve apenas silêncio e o choramingo do garoto. Sete zoantropos jaziam na relva da montanha, quatro mortos por *Terminus Est*, eu acho, e três pelo alzabo. O corpo de Casdoe estava em suas mandíbulas, sua cabeça e ombros já devorados. O velho que conhecera Fechin jazia desmilinguido como uma boneca; aquele artista famoso teria feito algo maravilhoso de sua morte, mostrando-a de uma perspectiva que ninguém mais poderia ter encontrado, e incorporando a dignidade e a futilidade de toda a vida humana na cabeça disforme. Mas Fechin não estava aqui. O cachorro estava deitado ao lado do velho, suas mandíbulas ensanguentadas.

Olhei em volta procurando o garoto. Para meu horror, ele estava encolhido contra as costas do alzabo. Sem dúvida a coisa o havia chamado na voz de seu pai e ele tinha vindo. Agora os quartos traseiros da criatura tremiam espasmodicamente e seus olhos estavam fechados. Quando o peguei pelo braço, sua língua, mais larga e grossa que a de um touro, emergiu como se fosse lamber sua mão; então seus ombros estremeceram tão violentamente que recuei num susto. A língua nunca retornou totalmente à boca, mas caiu flácida sobre a relva.

Eu puxei o garoto para longe e disse:

— Agora acabou, pequeno Severian. Você está bem?

Ele assentiu e começou a chorar, e por um longo tempo eu o segurei e fiquei andando para cima e para baixo.

†

Por um momento pensei em usar a Garra, embora ela tivesse falhado comigo na casa de Casdoe, como falhara comigo algumas vezes antes. No entanto, se tivesse tido sucesso, quem poderia dizer qual teria sido o resultado? Eu não tinha desejo de dar aos zoantropos ou ao alzabo uma nova vida, e que vida poderia ser concedida ao cadáver sem cabeça de Casdoe? Quanto ao velho, ele já estava sentado às portas da morte; agora ele havia morrido, e rapidamente. Ele teria me agradecido por chamá-lo de volta, para morrer novamente em um ou dois anos? A gema brilhava na luz do sol, mas seu brilho era apenas um raio de sol, e não a luz do Conciliador, o gegenschein do Novo Sol, e a guardei novamente. O garoto me observou com os olhos arregalados.

Terminus Est estava ensanguentada até sua guarda e além. Sentei-me em uma árvore caída e a limpei com a madeira podre enquanto debatia o que fazer, então afiei e lubrifiquei sua lâmina. Não me importava nada com os zoantropos ou o alzabo, mas deixar o corpo de Casdoe, e o do velho, para serem desmembrados por feras parecia uma coisa vil.

A prudência também alertava contra isso. E se outro alzabo viesse, e quando tivesse se empanturrado com a carne de Casdoe partisse atrás do garoto? Pensei em levar os dois de volta para a cabana. Entretanto, era uma distância considerável; eu não poderia carregar os dois juntos, e parecia certo que qualquer coisa que eu deixasse para trás seria violada quando eu voltasse para buscá-la. Atraídos pela visão de tanto sangue, os teratornis carniceiros já estavam circulando acima, cada um deles dono de asas tão largas quanto a verga principal de uma caravela.

Por um tempo sondei o chão, procurando algum lugar macio o suficiente para que eu pudesse cavá-lo com o cajado de Casdoe; no final, carreguei os dois corpos para um trecho de solo rochoso perto de um curso de água, e lá construí um marco tumular sobre eles. Debaixo dele, eles repousariam, eu esperava, por quase um ano, até que o derretimento da neve, por volta da época da festa da Sagrada Catarina, varresse os ossos da filha e do pai para longe.

O pequeno Severian, que só tinha observado no início, carregou ele próprio pedras pequenas antes que o marco estivesse completo. Quando estávamos nos lavando da areia e do suor no riacho, ele perguntou:

— Você é meu tio?

— Eu sou seu pai… — respondi. — Por enquanto, pelo menos. Quando o pai de alguém morre, ele precisa ter um novo, se é tão jovem quanto você. Esse homem sou eu.

Ele assentiu, perdido em pensamentos; e, de repente, lembrei-me de como eu tinha sonhado, apenas duas noites antes, com um mundo em que todas as pessoas se sabiam unidas por laços de sangue, sendo todas descendentes do mesmo par de colonos. Eu, que não sabia o nome da minha própria mãe ou do meu pai, poderia muito bem ser parente dessa criança cujo nome era o meu, ou, nesse caso, de qualquer pessoa que eu conhecesse. O mundo com o qual eu tinha sonhado tinha sido, para mim, a cama em que eu havia me deitado. Eu queria poder descrever o quão sérios estávamos lá à beira do riacho risonho, quão solene e limpo ele parecia com seu rosto molhado e as gotas brilhando nos cílios de seus olhos arregalados.

XVIII

Severian e Severian

Bebi o máximo de água que pude e disse ao garoto que ele também deveria fazer isso, que havia muitos lugares secos nas montanhas e que não poderíamos beber novamente até a manhã seguinte. Ele perguntou se não iríamos para casa agora, e, embora eu tivesse planejado até então refazer nossa rota de volta para a casa que havia sido de Casdoe e Becan, eu disse que não, porque sabia que seria terrível demais para ele ver aquele telhado novamente, e o campo e o pequeno jardim, e então deixá-los pela segunda vez. Na sua idade, ele poderia até supor que seu pai e sua mãe, sua irmã e seu avô ainda estavam de alguma forma ali dentro.

No entanto, não podíamos descer muito mais: já estávamos bem abaixo do nível em que viajar era perigoso para mim. O braço do arconte de Thrax se estendia por cem léguas ou mais, e agora havia todas as chances de que Ágia tivesse colocado seus dimarchi no meu rastro.

Ao nordeste ficava o pico mais alto que eu já tinha visto. Não apenas sua cabeça, mas seus ombros também carregavam um sudário de neve, que descia quase até sua cintura. Eu não sabia dizer, e talvez ninguém agora soubesse, que rosto orgulhoso era aquele que olhava para o oeste por cima de picos menores; mas certamente ele havia governado nos primeiros dos maiores dias da humanidade, e havia comandado energias que poderiam moldar granito como a faca de um entalhador faz com madeira. Olhando para sua imagem, pareceu-me que até mesmo os duros dimarchi, que conheciam as terras altas selvagens tão bem, poderiam ficar admirados com ele. E então fomos até ele, ou melhor, para a alta passagem que ligava a cortina dobrada de seu manto à montanha onde Becan havia estabelecido um lar. Por enquanto, as subidas não eram severas, e nos esforçamos muito mais caminhando do que escalando.

O garoto Severian segurava minha mão frequentemente quando não havia necessidade do meu apoio. Não sou grande juiz das idades das crianças, mas ele me pareceu ter aproximadamente o mesmo tamanho de quando, se fosse um dos nossos aprendizes, teria entrado pela primeira vez na sala de aula do Mestre Palaemon: isto é, tinha idade suficiente para andar bem e falar o suficiente para entender e se fazer entender.

Por uma vigília ou mais, ele não disse nada além do que já relatei. Então, enquanto descíamos uma encosta aberta e gramada cercada por pinheiros, um lugar muito parecido com aquele em que sua mãe havia morrido, ele perguntou:

— Severian, quem eram aqueles homens?

Eu sabia a quem ele se referia.

— Não eram homens, embora já tenham sido e ainda se pareçam com homens. Eles eram zoantropos, uma palavra que indica animais que têm forma humana. Você entende o que estou dizendo?

O garotinho assentiu solenemente e perguntou:

— Por que eles não usam roupas?

— Porque eles não são mais seres humanos, como eu disse a você. Um cachorro nasce cachorro e um pássaro nasce pássaro, mas se tornar um ser humano é uma conquista: você precisa pensar sobre isso. Você tem pensado sobre isso pelos últimos três ou quatro anos pelo menos, pequeno Severian, mesmo que nunca tenha pensado sobre o pensamento.

— Um cachorro só procura coisas para comer — disse o garoto.

— Exatamente. Mas isso levanta a questão de se uma pessoa deveria ser forçada a pensar assim, e algumas pessoas decidiram há muito tempo que não deveriam. Podemos forçar um cachorro, às vezes, a agir como um homem: andar sobre as patas traseiras, usar uma coleira e assim por diante. Mas não deveríamos e não poderíamos forçar um homem a agir como um homem. Você já quis dormir quando não estava com sono ou mesmo cansado?

Ele assentiu.

— Isso foi porque você queria largar o fardo de ser um menino, pelo menos por um tempo. Às vezes, eu bebo muito vinho, e isso é porque por um tempo eu gostaria de parar de ser um homem. Às vezes, as pessoas tiram suas próprias vidas por esse motivo. Sabia disso?

— Ou fazem coisas que podem machucá-las — comentou ele. A maneira como o garoto disse isso me falou de discussões ouvidas sem querer. Becan provavelmente era esse tipo de homem, ou não teria levado sua família para um lugar tão remoto e perigoso.

— Sim — concordei. — Isso pode ser a mesma coisa. E às vezes certos homens, e até mesmo mulheres, passam a odiar o fardo do pensamento, mas sem amar a morte.

Eles veem os animais e desejam se tornar como eles, respondendo apenas ao instinto, e não ao pensamento. Você sabe o que te faz pensar, pequeno Severian?

— Minha cabeça — disse o menino prontamente, e a agarrou com as mãos.

— Os animais também têm cabeças: até mesmo animais muito burros, como lagostins, bois e carrapatos. O que faz você pensar é apenas uma pequena parte da sua cabeça, lá dentro, logo acima dos olhos. — Toquei a testa dele. — Agora, se por algum motivo você quisesse ter uma de suas mãos cortada, há homens a quem você pode recorrer que são habilidosos em fazer isso. Suponha, por exemplo, que sua mão tenha sofrido algum ferimento do qual nunca ficaria bem. Eles poderiam tirá-la de tal forma que haveria pouca chance de qualquer dano acontecer ao resto de você.

O garoto assentiu.

— Muito bem. Esses mesmos homens podem tirar aquela pequena parte da sua cabeça que faz você pensar. Eles não podem colocá-la de volta, entende? E mesmo que pudessem, você não poderia pedir a eles para fazer isso, uma vez que essa parte se foi. Mas, às vezes, as pessoas pagam esses homens para tirar essa parte. Eles querem parar de pensar para sempre, e muitas vezes dizem que desejam dar as costas a tudo o que a humanidade fez. Então, não é mais justo tratá-los como seres humanos: eles se tornaram animais, embora animais que ainda têm forma humana. Você perguntou por que eles não usavam roupas. Eles não entendem mais o que são roupas, e então não as vestiam, mesmo se estivessem com muito frio, embora pudessem se deitar sobre elas ou até mesmo se enrolar nelas.

— Você é assim, um pouco? — indagou o garoto, e apontou para meu peito nu.

O pensamento que ele estava sugerindo nunca tinha me ocorrido, e por um momento fiquei surpreso.

— É a regra da minha guilda — revelei. — Não tive nenhuma parte da minha cabeça removida, se é isso que você está perguntando, e eu costumava usar uma camisa... Mas, sim, suponho que eu seja um pouco assim, porque nunca pensei nisso, mesmo quando estava com muito frio.

Sua expressão me disse que eu tinha confirmado suas suspeitas.

— É por isso que você está fugindo?

— Não, não é por isso que estou fugindo. Se tanto, suponho que você poderia dizer que é o outro lado disso. Talvez essa parte da minha cabeça tenha crescido demais. Mas você tem razão quanto aos zoantropos, é por isso que eles estão nas montanhas. Quando um homem se torna um animal, ele se torna um animal perigoso, e animais assim não podem ser tolerados em lugares mais povoados, onde há fazendas e muitas pessoas. Então eles são levados para essas montanhas, ou trazidos aqui por seus velhos amigos, ou por alguém que eles pagaram para fazer isso antes de descartarem o poder do pensamento humano. Eles ainda podem pensar um pouco, é claro, como todos os animais. O suficiente para encontrar comida na natureza, embora muitos morram a cada inverno. O suficiente para atirar pedras como macacos atiram nozes, e usar seus porretes, e até mesmo para caçar parceiras, pois há fêmeas entre eles, como eu disse. Seus filhos e filhas raramente vivem muito, no entanto, e suponho que seja melhor assim, porque eles nascem assim como você nasceu, e eu, com o fardo do pensamento.

Esse fardo pesava muito sobre mim quando terminamos de falar; era de fato tão pesado que pela primeira vez eu realmente entendi que isso poderia ser uma maldição tão grande para os outros quanto a memória às vezes tem sido para mim.

Nunca fui muito sensível à beleza, mas a beleza do céu e da encosta da montanha eram tais que pareciam colorir todos os meus devaneios, de modo que eu senti que quase consegui apreender coisas inapreensíveis. Quando o Mestre Malrubius apareceu para mim após nossa primeira apresentação da peça do Dr. Talos — algo que eu não consegui entender então e ainda não conseguia entender, embora eu tenha ficado mais confiante de que isso havia ocorrido, e não menos — ele havia me falado da circularidade da governança, embora eu não tivesse nenhuma preocupação com governança. Agora me ocorria que a própria vontade era governada, e se não pela razão, então por coisas abaixo ou acima dela. No entanto, era muito difícil dizer de que lado da razão essas coisas estavam. O instinto, certamente, estava abaixo dela; mas não poderia estar acima dela também? Quando o alzabo disparou para cima dos zoantropos, seu instinto ordenou que preservasse sua presa dos outros; quando Becan fez isso, seu instinto, acredito, era o de preservar sua esposa e filho. Ambos realizaram o mesmo ato, e eles, na verdade, realizaram-no dentro do mesmo corpo. O instinto superior e o inferior deram as mãos nas costas da razão? Ou há apenas um instinto por trás de toda a razão, de modo que a razão vê uma mão para cada lado?

Mas o instinto é realmente aquele "apego à pessoa do monarca" que o Mestre Malrubius insinuou ser ao mesmo tempo a mais alta e a mais baixa forma de governança? Pois claramente, o próprio instinto não pode ter surgido do nada: os falcões que voavam sobre nossas cabeças construíram seus ninhos, sem dúvida, por instinto. No entanto, deve ter existido um tempo em que os ninhos não eram construídos, e o primeiro falcão a construir um não pode ter herdado seu instinto de construir de seus pais, já que eles não o possuíam. Nem poderia tal instinto ter se desenvolvido lentamente, mil gerações de falcões buscando um graveto antes que algum falcão buscasse dois; porque nem um graveto nem dois poderiam ser de menor utilidade para os falcões em nidificação. Talvez o que veio antes do instinto fosse o mais alto, bem como o mais baixo princípio da governança da vontade. Talvez não. Os pássaros voando em roda traçavam seus hieróglifos no ar, mas lê-los não era para mim.

†

À medida que nos aproximávamos da sela que unia a montanha àquela outra ainda mais alta que descrevi, parecíamos nos mover pela face de toda Urth, traçando uma linha do polo ao equador. De fato, a superfície sobre a qual rastejávamos como formigas poderia ter sido o próprio globo virado do avesso. Bem atrás de nós e bem à nossa frente assomavam os amplos e reluzentes campos de neve. Abaixo deles, havia encostas pedregosas como a costa do mar coberto de gelo do sul. Abaixo deles, havia prados altos de grama grossa, agora pontilhados de flores silvestres. Eu me lembrava bem daqueles pelos quais havia passado no dia anterior, e sob a névoa azul que envolvia a montanha à frente, eu conseguia discernir a faixa deles sobre o peito, como um *fourragere* verde. Abaixo dele, os pinheiros brilhavam tão escuramente que pareciam pretos.

A sela para a qual descemos era bem diferente, uma extensão de floresta montanhosa onde árvores de madeira-de-lei com folhas lustrosas erguiam cabeças doentias de trezentos côvados em direção ao sol poente. Entre eles, seus irmãos mortos permaneciam eretos, apoiados pelos vivos e envoltos em lençóis sinuosos de lianas. Perto do pequeno riacho onde paramos para passar a noite, a vegetação já havia perdido a maior parte de sua delicadeza montanhosa e estava adquirindo algo da exuberância das terras baixas; e agora que estávamos suficientemente perto da sela para que ele tivesse uma visão clara dela, e sua atenção não estava mais monopolizada pela necessidade de andar e escalar, o garoto apontou e perguntou se iríamos descer ali.

— Amanhã — falei. — Vai escurecer em breve, e eu gostaria de atravessar aquela selva em um só dia.

Seus olhos se arregalaram com a palavra *selva*.

— É perigoso?

— Eu realmente não sei. Pelo que ouvi em Thrax, os insetos não devem ser tão ruins quanto em lugares mais baixos, e não é provável que sejamos incomodados por morcegos hematófagos lá: um amigo meu foi mordido por um morcego hematófago uma vez, e não é muito agradável. Mas é lá que os grandes macacos estão, e haverá felinos caçadores e assim por diante.

— E lobis.

— E *lobos*, claro. Só que também há lobos lá em cima. Tão lá no alto quanto sua casa estava, e muito mais além.

No instante em que mencionei sua antiga casa, me arrependi, pois algo da alegria de viver que estava retornando ao seu rosto desapareceu com a palavra. Por um momento, ele pareceu perdido em pensamentos. Então ele disse:

— Quando aqueles homens…

— Zoantropos.

Ele assentiu.

— Quando os zoantropos vieram e machucaram mamãe, você veio ajudar o mais rápido que pôde?

— Sim — respondi. — Eu vim o mais rápido que pude me fazer vir. — Era verdade, pelo menos em algum sentido, mas mesmo assim era doloroso dizer.

— Ótimo — disse o garoto. Eu tinha lhe estendido um cobertor, e foi ali que se deitou naquele momento. Eu o dobrei sobre ele. — As estrelas ficaram mais brilhantes, não é? Elas ficam mais brilhantes quando o sol vai embora.

Deitei-me ao lado dele olhando para cima.

— Na verdade, ele não vai embora. Urth apenas vira o rosto de lado, para que pensemos que ele faz isso. Se você não olhar para mim, eu não vou embora, mesmo que não me veja.

— Se o sol ainda está lá, por que as estrelas brilham mais?

Sua voz me disse que ele estava satisfeito com sua própria inteligência na argumentação, e eu também estava satisfeito com isso. De repente, entendi por que o Mestre Palaemon gostava de conversar comigo quando eu era criança. Disse:

— A chama de uma vela é quase invisível sob o sol forte, e as estrelas, que na verdade são sóis, parecem desaparecer da mesma maneira. Imagens pintadas nos tempos antigos, quando nosso sol era mais brilhante, parecem mostrar que as estrelas não podiam ser vistas até o crepúsculo. As velhas lendas; eu tenho um livro marrom no meu sabretache que conta muitas delas; estão cheias de seres mágicos que desaparecem lentamente e reaparecem do mesmo jeito. Sem dúvida, essas histórias são baseadas na aparência das estrelas naquela época.

Ele apontou.

— Lá está a hidra.

— Acho que você está certo — concordei. — Conhece mais alguma?

Ele me mostrou a cruz e o grande touro, e eu apontei minha anfisbena e várias outras.

— E ali está o lobo, perto do unicórnio. Há um lobinho também, mas não consigo encontrá-lo.

Nós o descobrimos juntos, perto do horizonte.

— Eles são como nós, não são? O lobo grande e o lobo pequeno. Somos o grande Severian e o pequeno Severian.

Concordei que era isso mesmo, e ele ficou olhando para as estrelas por um longo tempo, mastigando o pedaço de carne seca que eu havia lhe dado. Então ele perguntou:

— Onde está o livro com histórias?

Mostrei a ele.

— A gente também tinha um livro, e às vezes mamãe lia pra Severa e pra mim.

— Ela era sua irmã, não era?

Ele assentiu.

— Nós éramos gêmeos. Severian grande, você já teve uma irmã?

— Não sei. Minha família está toda morta. Eles estão mortos desde que eu era um bebê. Que tipo de história você gostaria?

Ele pediu para ver o livro, e eu o entreguei a ele. Depois que ele virou algumas páginas, devolveu-o para mim.

— Não é igual ao nosso.

— Não achei que fosse.

— Veja se você consegue encontrar uma história com um garoto que tem um amigo grande e uma irmã gêmea. Tem que haver lobos nela.

Fiz o melhor que pude, lendo rapidamente para evitar a luz que desvanecia.

XIX

A História do Menino que se Chamava Sapo

Parte I
Começo de Verão e Seu Filho

No alto de uma montanha, além das margens de Urth, vivia uma linda mulher chamada Começo de Verão. Ela era a rainha daquela terra, mas seu rei era um homem forte e implacável, e assim como ela tinha ciúmes dele, também ele tinha ciúmes dela, e matava qualquer homem que ele acreditasse ser seu amante.

Um dia, Começo de Verão estava caminhando em seu jardim quando viu a mais linda flor de um tipo totalmente novo para ela. Era mais vermelha que qualquer rosa e mais docemente perfumada, mas seu caule forte não tinha espinhos e era liso como marfim. Ela a arrancou e levou para um local isolado, e enquanto se reclinava ali, contemplando-a, começou a se dar conta de que a flor não parecia mais nenhuma flor para ela, mas sim um amante do jeito que ansiava, poderoso e ainda assim tão terno quanto um beijo. Alguns dos sucos da planta entraram nela e ela concebeu. Ela disse ao rei, no entanto, que o filho era dele, e como a mulher vivia bem cercada de guardas, ele acreditou nela.

Era um menino, e por desejo de sua mãe foi chamado de Vento de Primavera. Quando nasceu, todos aqueles que estudam as estrelas se reuniram para fazer seu horóscopo, não apenas aqueles que viviam no topo da montanha, mas muitos dos maiores magos de Urth. Eles trabalharam muito em seus mapas, e nove vezes se encontraram em conclave solene; e finalmente anunciaram que na batalha Vento da Primavera seria irresistível, e que nenhum filho seu morreria antes de atingir o crescimento total. Essas profecias agradaram demasiado ao rei.

À medida que Vento de Primavera crescia, sua mãe viu com secreto prazer que ele se deleitava sobretudo com o campo, as flores e as frutas. Tudo o que era verde prosperava sob sua mão, e era a faca de poda que ele desejava segurar, e não a espada. Mas quando se tornou um jovem, a guerra chegou, e pegou sua lança e seu escudo. Como era calmo e obediente ao rei (que ele acreditava ser seu pai, e que acreditava ser o pai dele), muitos supuseram que a profecia se provaria falsa. Não foi assim. No calor da batalha, lutou friamente, sua ousadia bem avaliada e sua cautela sóbria; nenhum general era mais fértil em estratagemas e truques do que ele, e nenhum oficial mais atento a todos os deveres. Os soldados que liderou contra os inimigos do rei foram treinados até parecerem homens de bronze estimulados pelo fogo, e sua lealdade a ele era tal que o teriam seguido até o Mundo das Sombras, o reino mais distante do sol. Então, os homens disseram que era o vento da primavera que derrubava torres, e o vento da primavera que virava navios, embora não fosse isso que Começo de Verão pretendia. Agora, aconteceu que as chances de guerra frequentemente traziam Vento de Primavera para Urth, e lá ele veio a saber de dois irmãos que eram reis. Destes, o mais velho tinha vários filhos, mas o mais novo apenas uma única filha, uma garota chamada Pássaro do Bosque. Quando essa garota se tornou mulher, seu pai foi morto; e seu tio, para que ela nunca pudesse gerar filhos que reivindicassem o reino de seu avô, colocou seu nome no rol das sacerdotisas virgens. Isso desagradou a Vento de Primavera, porque a princesa era bela e o pai dela tinha sido seu amigo. Um dia, ele calhou de ir sozinho para o mundo de Urth, e lá viu Pássaro do Bosque dormindo ao lado de um riacho, e a acordou com seus beijos.

De sua cópula foram gerados filhos gêmeos, mas embora as sacerdotisas de sua ordem tivessem ajudado Pássaro do Bosque a esconder do rei seu tio o crescimento deles em seu útero, não conseguiram esconder os bebês. Antes que Pássaro do Bosque os visse, as sacerdotisas os colocaram em uma cesta de peneirar forrada com cobertores de penas e os levaram para a margem do mesmo riacho onde Vento de Primavera a havia surpreendido, e lançando a cesta na água, foram embora.

†

Parte II.
De Como Sapo Achou uma Nova Mãe

Longe, aquela cesta navegou sobre águas doces e salgadas. Outras crianças teriam morrido, mas os filhos de Vento de Primavera não podiam morrer, porque ainda não estavam crescidos. Os monstros blindados da água espirravam em sua cesta e os macacos jogavam gravetos e nozes nela, mas ela continuou à deriva até que finalmente chegou a uma margem onde duas pobres irmãs lavavam roupas. Essas boas mulheres viram a cesta e gritaram, e como gritar não adiantou nada, enfiaram as saias nos cintos, entraram no rio e a trouxeram para a margem.

Por terem sido encontrados na água, os meninos foram chamados de Peixe e Sapo, e quando as irmãs os mostraram aos seus maridos, e foi visto que eram crianças de força e beleza notáveis, cada irmã escolheu um bebê. A irmã que escolheu Peixe era a esposa de um pastor, e o marido da irmã que escolheu Sapo era lenhador.

Esta irmã cuidou bem de Sapo e o amamentou em seu próprio peito, pois sucedeu que havia perdido recentemente um filho. Ela o carregava pendurado atrás de si em um xale enquanto seu marido ia para as terras selvagens para cortar lenha, e assim é dito pelos tecelões da tradição que era a mais forte de todas as mulheres, pois carregava um império nas costas.

Um ano se passou e, no final dele, Sapo aprendeu a ficar de pé e dar alguns passos. Certa noite, o lenhador e sua esposa estavam sentados ao lado de sua própria pequena fogueira em uma clareira nas terras selvagens; e enquanto a esposa do lenhador preparava a ceia, Sapo caminhou nu até o fogo e ficou aquecendo-se diante das chamas. Então, o lenhador, que era um homem rude e gentil, perguntou a ele: "Você gosta disso?", e embora nunca tivesse falado antes, Sapo assentiu e respondeu: "Flor vermelha". Com isso, diz-se, Começo de Verão se agitou em sua cama no topo da montanha, além das margens de Urth.

O lenhador e sua esposa ficaram atônitos, mas não tiveram tempo de contar um ao outro o que tinha acontecido, ou tentar persuadir Sapo a falar novamente, ou mesmo ensaiar o que diriam ao pastor e sua esposa quando os encontrassem novamente. Pois então chegou à clareira um som terrível: aqueles que já o ouviram dizem que é o mais assustador do mundo de Urth. Tão poucos dos que o ouviram sobreviveram que isso não tem nome, mas é algo como o zumbido das abelhas, e algo como o som que um gato poderia fazer se fosse maior que uma vaca, e algo como o barulho que ventríloquos aprendem a fazer primeiro, um zumbido na garganta que parece vir de todos os lugares ao mesmo tempo. A canção que um esmilodonte canta quando se aproxima de sua presa, a canção que assusta tanto até mesmo os mastodontes, que eles frequentemente atacam na direção errada e são esfaqueados por trás.

Certamente o Pancriador conhece todos os mistérios. Ele pronunciou a longa palavra que é o nosso universo, e poucas coisas acontecem que não sejam parte dessa palavra. Por sua vontade, então, surgiu uma colina não muito longe do fogo, onde havia uma grande tumba nos dias mais antigos; e embora o pobre lenhador e sua esposa não soubessem nada a esse respeito, dois lobos construíram sua casa ali, uma casa de teto baixo e paredes grossas, com galerias iluminadas por lâmpadas verdes descendo entre os memoriais em ruínas e urnas quebradas, uma casa, isto é, do tipo que os lobos amam. Lá o lobo macho estava sentado, chupando o fêmur de um corifodonte; e a loba fêmea, sua esposa, segurava seus filhotes em seus seios.

De perto, eles ouviram a canção do esmilodonte e o amaldiçoaram na Língua Cinzenta do jeito que os lobos sabem amaldiçoar, pois nenhuma fera que age pela lei caça perto da casa de outro da espécie caçadora, e os lobos têm boas relações com a lua.

Quando a maldição terminou, a loba disse:

— Que presa pode ser essa, que o Açougueiro, aquele assassino estúpido de cavalos de rio, encontrou, quando você, ó meu marido, que enrola os lagartos que brincam nas rochas das montanhas que ficam além de Urth, se contentou em mordiscar um pedaço de pau ressecado?

— Eu não devoro carniça — foi a resposta ríspida do lobo. — Nem puxo vermes da grama da manhã, nem pesco sapos nos baixios.

— Nem tampouco o Açougueiro canta mais para eles — disse sua esposa.

Então o lobo levantou a cabeça e farejou o ar.

— Ele caça o filho de Meschia e a filha de Meschiane, e você sabe que nada de bom pode vir de tal carne.

Com isso, a loba assentiu, pois sabia que somente entre as criaturas vivas, os filhos de Meschia matam todos quando um dos seus é morto. Isso é porque o Pancriador deu Urth a eles, e eles rejeitaram o presente.

Sua canção terminada, o Açougueiro rugiu de modo a sacudir as folhas das árvores; então ele gritou, pois as maldições dos lobos são fortes enquanto a lua brilhar.

— Como ele chegou ao sofrimento? — perguntou a loba, que estava lambendo o rosto de uma de suas filhas.

O lobo farejou novamente.

— Carne queimada! Ele pulou na fogueira deles. — Ele e a esposa riram como os lobos riem, silenciosamente, mostrando todos os dentes; suas orelhas se levantaram como tendas no deserto, pois estavam ouvindo o Açougueiro enquanto ele tropeçava pelos arbustos procurando por sua presa.

Agora a porta da casa dos lobos estava aberta, porque quando qualquer um dos lobos adultos estava em casa, eles não se importavam com quem entrava, e a quantidade dos que saíam era menor do que a dos que entravam. Ela estava cheia de luar (pois a lua é sempre uma hóspede bem-vinda nas casas dos lobos), mas escureceu. Uma criança estava parada ali, um pouco com medo, talvez, da escuridão, mas sentindo o cheiro forte de leite. O lobo rosnou, mas a loba chamou com sua voz mais maternal:

— Entre, filhinho de Meschia. Aqui você pode beber, e ficar aquecido e limpo. Aqui estão os companheiros de brincadeira de olhos brilhantes e pés rápidos, os melhores de todo o mundo.

Ouvindo isso, o menino entrou, e a loba colocou seus filhotes empanturrados de leite no chão e o levou ao peito.

— Para que serve uma criatura dessas? — perguntou o lobo.

A loba riu.

— Você pode chupar um osso da caça da última lua e perguntar isso? Você não se lembra quando a guerra se alastrou por aqui, e os exércitos do Príncipe Vento de Primavera varreram a terra? Naquele tempo, nenhum filho de Meschia nos caçou, pois eles caçavam uns aos outros. Depois das batalhas deles, nós saímos, você e eu e todo o Senado dos Lobos, e até mesmo o Açougueiro, e Aquele que Ri, e o Assassino Negro, e nos movemos entre os mortos e moribundos, escolhendo o que queríamos.

— Isso é verdade — disse o lobo. — O Príncipe Vento de Primavera fez grandes coisas por nós. Mas esse filhote de Meschia não é ele.

A loba apenas sorriu e disse:

— Sinto o cheiro da fumaça da batalha no pelo da cabeça dele, e em sua pele. — (Era a fumaça da Flor Vermelha.) — Você e eu seremos pó quando a primeira coluna marchar do portão de sua muralha, mas ela antes haverá de gerar mais mil para alimentar nossos filhos e os filhos deles, e os filhos de seus filhos.

O lobo assentiu para isso, pois sabia que a loba era mais sábia do que ele, e assim como ele conseguia farejar coisas que estavam além das margens de Urth, ela também podia ver os dias além das chuvas do ano seguinte.

— Eu o chamarei de Sapo — disse a loba. — Pois, de fato, o Açougueiro pescava rãs, como você disse, ó, meu marido. — Ela acreditava dizer isso em elogio ao lobo, porque ele havia concordado muito prontamente com seus desejos; mas a verdade era que o sangue do povo do topo da montanha além de Urth corria em Sapo, e os nomes daqueles que carregam o sangue não podem ser escondidos por muito tempo.

Lá fora, uma risada selvagem ecoou. Era a voz d'Aquele que Ri, chamando:

— Está lá, Senhor! Lá, lá, lá! Aqui, aqui, aqui está o rastro! Ele entrou pela porta!

— Você vê — observou o lobo — o que acontece ao mencionar o mal. Nomear é chamar. Essa é a lei. — E ele abaixou sua espada e tocou a lâmina.

A entrada estava escura novamente. Era uma entrada estreita, pois ninguém além de tolos e templos possui portas largas, e lobos não são tolos. Sapo havia preenchido a maior parte dela. Agora, o Açougueiro preenchia tudo, virando os ombros para entrar e abaixando sua cabeça grande. Como a parede era muito grossa, a entrada era como um corredor.

— O que procuras? — perguntou o lobo, e ele lambeu a parte achatada de sua lâmina.

— O que é meu, e somente isso — disse o Açougueiro. Esmilodontes lutam com uma faca curva em cada mão, e ele era muito maior que o lobo, mas não queria ter que enfrentá-lo naquele lugar fechado.

— Nunca foi seu — disse a loba. Colocando Sapo no chão, ela chegou tão perto do Açougueiro que ele poderia tê-la atacado se ousasse. Seus olhos reluziram fogo. — A caça era ilegal, para uma presa ilegal. Agora ele bebeu de mim e é um lobo para sempre, sagrado para a lua.

— Eu já vi lobos mortos — disse o Açougueiro.

— Sim, e comeu a carne deles, embora estivesse estragada demais até para as moscas, ouso dizer. Pode ser que você coma a minha, se uma árvore caindo me matar.

— Você diz que ele é um lobo. Ele deve ser levado perante o Senado. — O Açougueiro lambeu os lábios, mas com a língua seca. Talvez tivesse enfrentado o lobo a céu aberto, mas não tinha coragem de enfrentar os dois juntos, e sabia que se chegasse à entrada, eles pegariam Sapo e recuariam para as passagens abaixo do solo entre as cantarias caídas da tumba, onde a loba logo estaria atrás dele.

— E o que você tem a ver com o Senado dos Lobos? — perguntou a loba.

— Talvez tanto quanto ele — respondeu o Açougueiro, e foi procurar carne mais fácil.

†

Parte III.
O Ouro do Assassino Negro

O Senado dos Lobos se reúne sob cada lua cheia. Todos que podem aparecem, pois se supõe que qualquer um que não venha planeja traição, oferecendo-se, talvez, para guardar o gado dos filhos de Meschia em troca de restos. O lobo que se ausenta por dois Senados deve ser julgado quando retornar, e ele é morto pelas lobas se considerado culpado por esse plenário.

Os filhotes também devem comparecer perante o Senado, para que qualquer lobo adulto que desejar possa inspecioná-los, a fim de se certificar de que seu pai era um lobo de verdade. (Às vezes, uma loba se deita com um cachorro por despeito, mas embora os filhos dos cachorros frequentemente se pareçam muito com filhotes de lobo, eles sempre têm uma mancha branca em algum lugar, pois o branco era a cor de Meschia, que se lembrava da pura luz do Pancriador; e seus filhos ainda a deixam como uma marca em tudo que tocam.)

Assim, a loba se apresentou diante do Senado dos Lobos na lua cheia, e seus filhotes brincavam diante de seus pés, e Sapo — que parecia um sapo de fato quando o luar através das janelas manchava sua pele de verde — estava em pé ao seu lado e se agarrava ao pelo de sua saia. O Presidente da Matilha estava sentado no assento mais alto, e se ele ficou surpreso ao ver um filho de Meschia trazido perante o Senado, suas orelhas não demonstraram. Ele cantou:

"Aqui estão os cinco!
Os filhos e filhas nascidos vivos!
Se forem falsos, digam como é FAU-AU-AUso!
Se quiserem falar, falem AU-AU-Gora!!"

Quando os filhotes são levados perante o Senado, seus pais não podem defendê-los se forem desafiados; mas em qualquer momento diverso é assassinato se qualquer outro tentar prejudicá-los.

— Falem AU-AU-GORA! — As paredes ecoaram de volta, de modo que nas cabanas do vale os filhos de Meschia barricaram suas portas, e as filhas de Meschiane agarraram seus próprios filhos.

Então, o Açougueiro, que estava esperando atrás do último lobo, avançou.

— Por que você demora? — indagou. — Eu não sou inteligente: sou forte demais para inteligência, como você bem entende. Mas há quatro filhotes de lobo aqui, e um quinto que não é um lobo, mas minha presa.

Com isso, o lobo perguntou:

— Que direito ele tem de falar aqui? Com certeza, lobo ele não é.

Uma dezena de vozes responderam:

— Qualquer um pode falar, se um lobo pedir seu testemunho. Fale, Açougueiro!

Então, a loba soltou sua espada na bainha e se preparou para sua última luta, se a coisa chegasse ao ponto de lutar. Um demônio, ela parecia, com seu rosto magro e olhos brilhantes, pois um anjo é frequentemente apenas um demônio que fica entre nós e nosso inimigo.

— Você diz que não sou um lobo — continuou o Açougueiro. — E diz com razão. Nós sabemos como um lobo cheira, e o som e a aparência de um lobo. Aquela loba tomou este filho de Meschia como seu filhote, mas todos nós sabemos que ter uma loba como mãe não faz de um filhote um lobo.

O lobo gritou:

— Lobos são aqueles cujas mães e pais são lobos! Eu tomo esse filhote como meu filho!

Risos irromperam, e quando o riso morreu, uma voz estranha continuou rindo. Era Aquele que Ri, vindo aconselhar o Açougueiro perante o Senado dos Lobos. Ele gritou:

— Muitos falaram assim, ho, ho! Mas seus filhotes alimentaram a matilha.

O Açougueiro disse:

— Eles foram mortos por sua pele branca. A pele está sob o pelo. Como isso pode viver? Dê para mim!

— Dois devem falar — anunciou o Presidente. — Essa é a lei. Quem fala pelo filhote aqui? É um filho de Meschia, mas também é um lobo? Dois que não sejam seus pais devem falar por ele.

Então o Nu, que é considerado um membro do Senado por ensinar aos jovens lobos, se levantou.

— Eu nunca tive um filho de Meschia para ensinar — contou. — Posso aprender algo com ele. Eu falo por ele.

— Outro — disse o Presidente. — Outro também deve falar.

Houve apenas silêncio. Então o Assassino Negro saiu do fundo do salão. Todos o temem, pois, embora sua capa seja tão macia quanto o pelo do filhote mais novo, seus olhos queimam na noite.

— Dois que não são lobos já falaram aqui — pontuou ele. — Não posso falar também? Eu tenho ouro. — E ergueu uma bolsa.

— Fale! Fale! — gritaram uma centena de vozes.

— A lei também diz que a vida de um filhote pode ser comprada — disse o Assassino Negro, e despejou ouro em sua mão, e assim pagou o resgate de um império.

†

Parte IV.
O Peixe na Plantação

Se todas as aventuras de Sapo fossem contadas — de como ele viveu entre os lobos e aprendeu a caçar e lutar, encheria muitos livros. Mas aqueles que carregam o sangue do povo do topo da montanha além de Urth sempre sentem seu chamado no final; e chegou a hora em que ele levou fogo ao Senado dos Lobos e disse:

— Aqui está a Flor Vermelha. Em seu nome, eu governo. — E como ninguém se opôs a ele, Sapo liderou os lobos e os chamou de povo de seu reino, e logo os homens vieram até ele, assim como os lobos, e embora ainda fosse apenas um menino, parecia sempre mais alto do que os homens ao seu redor, pois carregava o sangue de Começo de Verão.

Uma noite, quando as rosas silvestres estavam se abrindo, ela veio até ele em um sonho e lhe contou sobre sua mãe, Pássaro da Floresta, e sobre seu pai e seu tio, e sobre seu irmão. Ele encontrou seu irmão, que havia se tornado um pastor, e com os lobos e o Assassino Negro e muitos homens, eles foram até o rei e exigiram sua herança. Ele estava velho e seus filhos haviam morrido sem filhos, e ele lhes deu sua herança, e dela Peixe tomou a cidade e as terras agrícolas, e Sapo as colinas selvagens.

Mas o número de homens que o seguiram cresceu. Eles roubaram mulheres de outros povos e geraram filhos, e quando os lobos não foram mais necessários e retornaram para as florestas, Sapo julgou que seu povo deveria ter uma cidade para morar, com muralhas para protegê-los quando os homens estivessem em guerra. Foi até os rebanhos de Peixe e pegou uma vaca branca e um touro branco e os atrelou a um arado, e com eles arou um sulco que deveria marcar a muralha. Peixe veio para buscar o retorno de seu gado enquanto as pessoas se preparavam para construir. Quando o povo de Sapo lhe mostrou o sulco e disse que seria a muralha deles, ele riu e pulou sobre ela; e eles, sabendo que pequenas coisas ridicularizadas nunca podem crescer, mataram-no. Mas era, então, um homem crescido, então a profecia feita no nascimento de Vento de Primavera foi cumprida.

Quando Sapo viu o Peixe morto, enterrou-o no sulco para garantir a fertilidade da terra. Pois assim havia sido ensinado pelo Nu, que também era chamado de Selvagem, ou Squanto.

XX

O Círculo dos Feiticeiros

À primeira luz da manhã, entramos na selva da montanha como quem entra em uma casa. Atrás de nós, a luz do sol brincava sobre a relva, os arbustos e as pedras; passamos por uma cortina de videiras emaranhadas tão espessa que tive que cortá-la com minha espada e vimos diante de nós apenas sombras e os troncos altos das árvores. Nenhum inseto zumbia ali dentro, e nenhum pássaro cantava. Nenhum vento se movia. No início, o solo nu que pisávamos era quase tão pedregoso quanto as encostas das montanhas, mas antes de caminharmos uma légua, ele ficou mais liso, e finalmente chegamos a uma escada curta que certamente tinha sido esculpida com a pá.

— Olhe — disse o garoto, e apontou para algo vermelho e de formato estranho que estava no degrau mais alto.

Parei para olhar. Era uma cabeça de galo. Agulhas de algum metal escuro tinham trespassado seus olhos, e ela tinha uma tira de pele de cobra presa em seu bico.

— O que é isso? — O garoto arregalou os olhos.

— Um feitiço, eu acho.

— Deixado aqui por uma bruxa? O que significa?

Tentei lembrar o pouco que sabia sobre a falsa arte. Quando criança, Thecla tinha estado sob os cuidados de uma babá que fazia e desfazia nós para acelerar o parto e alegava ter visto o rosto do futuro marido de Thecla (seria o meu, eu me pergunto?) à meia-noite, refletido em uma bandeja na qual um bolo de noiva havia sido colocado antes.

— O galo — expliquei ao garoto — é o arauto do dia, e em um sentido mágico dizem que seu cacarejar ao amanhecer pode trazer o sol. Ele foi cegado, talvez, para que não saiba quando o amanhecer aparece. A troca de pele de uma cobra significa limpeza ou rejuvenescimento. O galo cego segura a pele velha.

— Mas o que isso significa? — o garoto tornou a perguntar.

Eu disse que não sabia; mas no meu coração eu tinha certeza de que era um feitiço contra a vinda do Novo Sol, e de alguma forma me doeu descobrir que essa renovação, pela qual eu esperava tão fervorosamente quando garoto, mas na qual eu dificilmente acreditava, encontrava oposição de alguém. Ao mesmo tempo, eu estava consciente de que carregava a Garra. Inimigos do Novo Sol certamente destruiriam a Garra, caso ela caísse em suas mãos.

Antes de darmos mais cem passos, vimos tiras de pano vermelho suspensas nas árvores; algumas delas eram simples, mas outras tinham escritas em preto um caractere que eu não entendia: ou, como parecia mais provável, símbolos e ideogramas do tipo que aqueles que fingem ter mais conhecimento do que possuem usam para imitar a escrita dos astrônomos.

— É melhor voltarmos — falei. — Ou darmos a volta.

Mal falei e ouvi um farfalhar atrás de mim. Por um momento, eu realmente pensei que as figuras que pisavam no caminho eram demônios, de olhos enormes e listrados de preto, branco e escarlate; então vi que eram apenas homens nus com corpos pintados. Suas mãos estavam equipadas com garras de aço, que eles ergueram para me mostrar. Saquei *Terminus Est*.

— Não vamos deter vocês — disse um deles. — Vá. Deixe-nos, se desejar. — Pareceu-me que por baixo da tinta ele tinha a pele pálida e o cabelo claro do sul.

— O melhor conselho realmente é não tentar nos deter. Com esta lâmina longa eu poderia matar vocês dois antes que me tocassem.

— Mate, então — o homem louro me disse. — Se não tiver objeção em deixar a criança conosco.

Com isso, olhei ao redor procurando pelo pequeno Severian. Ele tinha, de alguma forma, desaparecido do meu lado.

— Se deseja que ele retorne a você, no entanto, entregará sua espada a mim e virá conosco. — Sem mostrar nenhum sinal de medo, o homem pintado caminhou até mim e estendeu suas mãos. As garras de aço emergiram de entre seus dedos, estando presas a uma estreita barra de ferro que ele segurava na palma. — Não vou pedir novamente — ele disse.

Embainhei a lâmina, então tirei o talabarte que segurava a bainha e entreguei tudo a ele.

Ele fechou os olhos. Suas pálpebras tinham sido pintadas com pontos escuros com bordas brancas, como as marcas de certas lagartas que fariam os pássaros pensarem que eram cobras.

— Ela bebeu muito sangue.

— Sim — eu disse.

Seus olhos se abriram novamente, e ele lançou um olhar fixo. Seu rosto pintado; como o do outro, que estava logo atrás dele, era inexpressivo como uma máscara.

— Uma espada recém-forjada teria pouco poder aqui, mas esta aqui pode causar danos.

— Espero que me seja devolvida quando meu filho e eu formos embora. O que vocês fizeram com ele?

Não houve resposta. Os dois caminharam ao meu redor, um de cada lado, e seguiram pela trilha na direção em que o garoto e eu estávamos indo. Depois de um instante, eu os segui.

†

Poderia chamar o lugar para onde me levaram de uma aldeia, mas não era uma no sentido comum, não como Saltus, ou sequer um lugar como os aglomerados de cabanas autóctones que às vezes são chamadas de aldeias. Ali as árvores eram maiores e mais afastadas umas das outras do que eu jamais vira em árvores de floresta antes, e a copa de suas folhas formava um teto impenetrável várias centenas de côvados acima. Tão grandes eram essas árvores que pareciam ter crescido por eras inteiras; uma escada levava a uma porta no tronco de uma delas, que tinha sido perfurada para abrir janelas. Havia uma casa de vários andares construída sobre os galhos de outra, e uma coisa parecida com um grande ninho de papa-figo balançava nos galhos de uma terceira. Alçapões abertos mostravam que o chão aos nossos pés estava minado.

Fui levado a um desses alçapões e me disseram para descer uma escada rústica que ia dar na escuridão. Por um momento (não sei por quê) temi que ela pudesse ir longe demais, para cavernas tão profundas quanto as que ficavam abaixo do tesouro noturno dos homens-macacos. Não foi assim. Depois de descer o que certamente não tinha mais do que quatro vezes a minha altura e escalar o que então parecia ser uma esteira em ruínas, eu me vi em uma sala subterrânea.

O alçapão tinha sido fechado sobre minha cabeça, deixando tudo escuro. Tateando, explorei o lugar e descobri que tinha cerca de três passos por quatro. O chão e as paredes eram de terra, e o teto de troncos não descascados; não havia quaisquer móveis ali.

Havíamos sido levados por volta do meio da manhã. Em mais sete vigílias, estaria escuro. Antes disso, poderia ser que eu me encontrasse levado à presença de alguém com autoridade. Se assim fosse, eu faria o que pudesse para persuadi-lo de que a criança e eu éramos inofensivos e deveríamos ser soltos em paz. Senão, então, eu subiria a escada novamente e veria se não conseguia escapar pelo alçapão. Sentei-me para esperar.

Tenho certeza de que não dormi, mas usei a facilidade que tenho para invocar o tempo passado, e assim, pelo menos em espírito, deixei aquele lugar escuro. Por um tempo, observei os animais na necrópole além do muro da Cidadela, como fazia quando era menino. Eu vi os gansos formarem pontas de flechas contra o céu, e as idas e vindas da raposa e da lebre. Eles correram pela grama para mim mais uma vez, e com o tempo deixaram seus rastros na neve. Triskele estava morto, ao que parecia, no lixo atrás da Torre do Urso; fui até ele, o vi estremecer e levantar a cabeça para lamber minha mão. Sentei-me com Thecla em sua cela estreita, onde lemos em voz alta um para o outro e paramos para discutir o que tínhamos lido.

— O mundo vai parando de funcionar como um relógio — disse ela. — O Incriado está morto, e quem o recriará? Quem poderia?

— Certamente os relógios devem parar quando seus donos morrem.

— Isso é superstição. — Ela pegou o livro das minhas mãos para poder segurá-los nas suas, que eram de dedos longos e muito frias. — Quando o dono está em seu leito de morte, ninguém despeja água fresca. Ele morre, e suas enfermeiras olham para o mostrador para anotar a hora. Mais tarde, elas o encontram parado, e a hora é a mesma.

Eu disse a ela:

— Você está dizendo que ele para antes do dono, então, se o universo está parando de funcionar agora, não significa que o Incriado está morto, apenas que nunca existiu.

— Mas ele está doente. Olhe ao seu redor. Veja este lugar e as torres acima de você. Sabia, Severian, que você nunca fez isso?

— Ele ainda poderia dizer a outra pessoa para encher o mecanismo novamente — sugeri, e então, percebendo o que eu tinha dito, corei.

Thecla riu.

— Eu não vi você fazer isso desde que tirei meu vestido para você pela primeira vez. Coloquei suas mãos em meus seios e você ficou vermelho como uma baga. Você se lembra? Disse a alguém para encher? Onde está o jovem ateu agora?

Eu coloquei minha mão em sua coxa.

— Confuso, como ele estava então, pela presença da divindade.

— Você não acredita em mim, então? Acho que está certo. Devo ser o que vocês, jovens torturadores, sonham: uma bela prisioneira, ainda não mutilada, que os chama para saciar sua luxúria.

Tentando ser galante, eu disse:

— Sonhos como você estão além do meu poder.

— Certamente, não. Já que estou em seu poder agora.

Algo estava na cela conosco. Olhei para a porta gradeada e para o lampião de Thecla com seu refletor prateado, depois para todos os cantos. A cela ficou mais escura, e Thecla e até eu desaparecemos com a luz, mas a coisa que tinha se intrometido em minha memória de nós, não.

— Quem é você e o que deseja conosco?— perguntei.

— Você sabe bem quem somos, e nós sabemos quem você é. — A voz era fria e, eu acho, talvez a mais autoritária que já ouvi. O próprio Autarca não falava assim.

— Quem sou eu, então?

— Severian de Nessus, o lictor de Thrax.

— Eu sou Severian de Nessus — falei. — Mas não sou mais lictor de Thrax.

— É o que você quer que acreditemos.

Houve silêncio novamente, e depois de um tempo entendi que meu interrogador não me questionaria, mas, sim, me forçaria, se eu desejasse minha liberdade, a me explicar a ele. Eu queria muito lutar com ele, que não poderia estar a mais que alguns côvados de distância, mas eu sabia que, com toda a probabilidade, ele estava armado com as garras de aço que os guardas no caminho me mostraram. Eu queria também, como já desejava havia algum tempo, tirar a Garra de seu saco de couro, embora nada poderia ter sido mais tolo. Eu disse:

— O arconte de Thrax queria que eu matasse uma certa mulher. Eu a libertei, em vez disso, e tive que fugir da cidade.

— Por magia, passando pelos postos dos soldados.

Sempre acreditei que todos os autoproclamados fazedores de milagres eram fraudes; agora, algo na voz do meu interrogador sugeria que, assim como tentavam enganar os outros, eles também poderiam enganar a si mesmos. Havia zombaria nisso, mas era zombaria de mim, nao de magia.

— Talvez — respondi. — O que sabe dos meus poderes?

— Que são insuficientes para libertar você deste lugar.

— Não tentei me libertar, e, ainda assim, eu estava livre.

Isso o perturbou.

— Você não estava livre. Apenas trouxe a mulher aqui em espírito!

Soltei a respiração, tentando manter o suspiro inaudível. Na antecâmara da Casa Absoluta, uma garotinha uma vez me confundiu com uma mulher alta, quando Thecla havia deslocado minha própria personalidade por um tempo. Agora, ao que parecia, a lembrada Thecla devia ter falado pela minha boca. Eu disse:

— Certamente sou um necromante, então, que pode comandar os espíritos dos mortos. Pois aquela mulher está morta.

— Você nos disse que a libertou.

— Outra mulher, que só se parecia um pouco com aquela. O que você fez com meu filho?

— Ele não chama você de pai.

— Ele sofre de fantasias — inventei.

Não houve resposta. Depois de um tempo, levantei-me e passei as mãos mais uma vez pelas paredes da minha prisão subterrânea; elas eram de terra lisa, como antes. Eu não tinha visto nenhuma luz e não tinha ouvido nenhum som, mas me pareceu que teria sido possível cobrir o alçapão com alguma estrutura portátil para excluir o dia, e se o alçapão fosse habilmente construído, poderia ser levantado silenciosamente. Subi o primeiro degrau da escada, que rangeu sob meu peso.

Eu subi um degrau e outro, e ela rangeu em cada um deles. Tentei subir para o quarto degrau, e senti meu couro cabeludo e ombros cutucados como se com as pontas de punhais. Um fio de sangue da minha orelha direita molhou meu pescoço.

Recuei para o terceiro degrau e tateei acima da cabeça. A coisa que tinha parecido um tapete rasgado quando entrei na câmara subterrânea provou ser uma vintena ou mais de lascas afiadas de bambu, ancoradas, de alguma forma, ao poço, com suas pontas direcionadas para baixo. Eu havia descido com facilidade, porque meu corpo as havia forçado para um lado; agora, elas me impediam de subir da mesma forma que as farpas em uma lança de peixe impediam que o peixe fugisse. Peguei uma e tentei quebrá-la, mas embora eu pudesse ter feito isso com as duas mãos, era impossível com uma só. Com luz e tempo, eu poderia ter passado por elas; luz talvez eu pudesse ter, mas não ousei correr o risco. Tornei a saltar para o chão.

Outra volta pelo aposento não me disse nada além do que eu sabia antes, mas parecia inacreditável que meu questionador tivesse usado a escada sem fazer um som, embora ele talvez pudesse possuir algum conhecimento especial que lhe permitisse passar pelo bambu. Andei pelo chão de quatro, e não aprendi nada além do que antes.

Tentei mover a escada, mas ela estava fixa naquela posição; então, começando no canto mais próximo do poço, pulei e toquei a parede em um ponto tão alto quanto pude alcançar, então me movi meio passo para um lado e pulei novamente. Quando cheguei a um lugar que devia ser mais ou menos oposto ao local onde estava sentado, eu o encontrei: um buraco retangular de talvez um côvado de altura e dois de largura, com sua borda inferior ligeiramente mais alta que minha cabeça. Meu interrogador poderia ter subido silenciosamente, talvez com a ajuda de uma corda, e retornado pelo mesmo caminho; mas parecia mais provável que ele tivesse apenas enfiado a cabeça e ombros, de modo que sua voz soara como se estivesse realmente na sala comigo. Agarrei a borda do buraco o melhor que pude, pulei e me puxei para o alto.

XXI

O Duelo de Magia

A câmara além daquela em que eu tinha sido aprisionado se parecia muito com ela, embora seu piso fosse mais alto. Estava, óbvio, completamente escura; mas agora que eu estava confiante de que não estava mais sendo observado, tirei a Garra de seu saquinho e olhei ao redor com sua luz, que, embora não fosse brilhante, era suficiente.

Não havia escada, mas uma porta estreita dava acesso ao que presumi ser uma terceira sala subterrânea. Escondendo a Garra novamente, atravessei-a, mas me vi, em vez disso, em um túnel não mais largo do que a porta, que fez várias curvas antes que eu desse meia dúzia de passos. A princípio, supus que era simplesmente uma passagem confusa para evitar que a luz traísse a abertura na parede do aposento onde eu estava confinado. Mas não mais do que três voltas deveriam ter sido necessárias. As paredes pareciam se dobrar e se dividir; ainda assim, permaneci em uma escuridão impenetrável. Saquei a Garra mais uma vez.

Talvez por causa do espaço confinado em que eu estava, ela pareceu um pouco mais brilhante; mas não havia nada para ver além do que minhas mãos já tinham me dito. Eu estava só em um labirinto com paredes de terra e um teto (agora logo acima da minha cabeça) de postes ásperos; suas curvas estreitas derrotaram rapidamente a luz.

Estava prestes a estender a Garra novamente quando detectei um odor ao mesmo tempo pungente e estranho. Meu nariz não é, de forma alguma, o focinho sensível do lobo da história — é até provável que eu tenha um olfato um pouco pior do que o da maioria das pessoas. Pensei ter reconhecido o cheiro, mas levei alguns instantes para defini-lo como o que eu havia sentido na antecâmara na manhã da nossa fuga, quando voltei para buscar Jonas depois de falar com a garotinha. Ela havia dito que algo, algum buscador sem nome, estava farejando entre os prisioneiros ali; e eu havia encontrado uma substância viscosa no chão e na parede onde Jonas estava deitado.

Não pus a Garra de volta ao seu saco depois disso; mas embora eu tenha cruzado uma trilha fétida várias vezes enquanto vagava pelo labirinto, nunca vislumbrei a criatura que a deixou. Depois do que deve ter sido uma vigília ou mais de perambulação, cheguei a uma escada que levava a um pequeno poço aberto. O quadrado de luz do dia no topo era, ao mesmo tempo, ofuscante e delicioso. Por um tempo, banhei-me nele sem nem mesmo colocar os pés na escada. Se eu subisse, parecia quase certo que seria recapturado imediatamente; e, no entanto, eu estava com tanta fome e sede que mal conseguia me impedir de fazê-lo, e o pensamento da coisa imunda que me procurava — certamente era um dos animais de estimação de Hethor — me fez querer subir correndo de imediato.

Por fim, subi cautelosamente e coloquei minha cabeça acima do nível do solo. Eu não estava (como supusera) na aldeia que tinha visto; as curvas do labirinto tinham me levado além dele, para alguma saída secreta. As grandes árvores silenciosas estavam mais próximas aqui, e a luz que me pareceu tão brilhante era o sombreado verde filtrado de suas folhas. Emergi e descobri que havia saído de um buraco entre duas raízes, um lugar tão obscuro que eu poderia ter andado a um passo dele e ainda assim não o ter visto. Se pudesse, eu o teria bloqueado com algum peso para impedir ou pelo menos atrasar a fuga da criatura que me caçava; mas não havia pedra ou outro objeto à mão que servisse a tal propósito.

Pelo velho truque de observar a inclinação do solo e, na medida do possível, sempre andando ladeira abaixo, logo descobri um pequeno riacho. Havia uma nesga de céu aberto acima dele e, pelo que pude julgar, o dia parecia já estar oito ou nove vigílias à frente. Imaginando que a vila não ficaria longe da fonte da água boa que eu havia encontrado, logo a encontrei também. Envolto em meu manto fuligem e de pé na sombra mais profunda, observei-a por algum tempo. Em determinado momento, um homem — não pintado como os dois que nos pararam no caminho — cruzou a clareira. Depois, outro deixou a cabana suspensa, foi até a fonte e bebeu, depois voltou para a cabana.

Escureceu, e a estranha aldeia acordou. Uma dezena de homens deixou a cabana suspensa e começou a empilhar lenha no centro da clareira. Mais três, vestidos com túnicas e carregando cajados bifurcados, emergiram da casa da árvore. Outros ainda, que deviam estar vigiando os caminhos da selva, saíram das sombras logo depois que a fogueira foi acesa e estenderam um pano diante dele.

Um dos homens vestidos com túnicas ficou de costas para o fogo enquanto os outros dois se agacharam a seus pés. Havia algo extraordinário em todos eles, mas eu me lembrei do porte dos exultantes, em vez dos Hieródulos que tinha visto nos jardins da Casa Absoluta: era a postura que a consciência da liderança confere, mesmo que aparte o líder da humanidade comum. Homens pintados e não pintados estavam sentados de pernas cruzadas no chão, de frente para os três. Ouvi o murmúrio de vozes e a fala forte do homem de pé, mas eu estava longe demais para entender o que foi dito. Depois de um tempo, os homens agachados se levantaram. Um abriu seu manto como uma tenda, e o filho de Becan, que eu tinha tornado meu próprio, deu um passo à frente. O outro apresentou *Terminus Est* da mesma maneira e a puxou, exibindo sua lâmina brilhante e a opala preta em seu punho para a multidão. Então, um dos homens pintados se levantou, veio a alguma distância em minha direção (de modo que temi que ele estivesse prestes a me ver, embora eu tivesse coberto o rosto com minha máscara) e levantou uma porta embutida no chão. Logo depois, emergiu de outra mais perto do fogo e, movendo-se um pouco mais rapidamente, foi até os homens vestidos de túnicas para relatar.

Não havia dúvidas sobre o que ele estava dizendo. Endireitei os ombros e caminhei em direção à luz do fogo.

— Eu não estou lá — falei. — Estou aqui.

Houve uma onda de muitas respirações, e embora eu soubesse que poderia morrer em breve, foi bom ouvir.

O mais central dos homens vestidos disse:

— Como vê, não pode escapar de nós. Você estava livre, mas nós o trouxemos de volta. — Era a voz que me interrogou em minha cela subterrânea.

Eu disse:

— Se você andou muito longe no Caminho, sabe que tem menos autoridade sobre mim do que os ignorantes podem acreditar. — (Não é difícil imitar a maneira como essas pessoas falam, pois é em si própria uma imitação da fala de ascetas e de sacerdotisas como as pelerinas.) — Vocês roubaram meu filho, que também é filho da Fera Que Fala, como você deve saber a essa altura se chegou a interrogá-lo. Para obter seu retorno, entreguei minha espada aos seus escravos e, por um tempo, me submeti a você. Vou pegá-la novamente agora.

Há um lugar no ombro que, quando pressionado firmemente com o polegar, paralisa o braço inteiro. Coloquei minha mão no ombro do homem de túnica que segurava *Terminus Est*, e ele a deixou cair aos meus pés. Com mais presença de espírito do que eu teria creditado a uma criança, o menino Severian a pegou e a entregou para mim. O homem de túnica mais ao meio levantou seu cajado e gritou:

—Armas! — E seus seguidores se levantaram como um só homem. Muitos tinham as garras que descrevi, e muitos dos outros sacaram facas.

Prendi *Terminus Est* sobre o ombro, no lugar de costume, e os intimidei:

— Você certamente não supõe que eu preciso desta espada antiga como arma... Ela tem propriedades superiores, como você, mais do que ninguém, deveria saber.

O homem de túnica que havia trazido o pequeno Severian disse apressadamente:

— Foi o que Abundantius acabou de nos contar. — O outro homem ainda estava esfregando o braço.

Olhei para o homem de túnica mais ao meio, que era claramente aquele a quem se referia. Seus olhos eram inteligentes e duros como pedras.

— Abundantius é sábio — falei. Eu estava tentando pensar em alguma maneira de matá-lo sem atrair os demais para nós. — Ele também sabe, eu acho, da maldição que aflige aqueles que prejudicam a pessoa de um mago.

— Você é um mago, então — disse Abundantius.

— Eu, que tirei a presa do arconte de suas mãos e passei invisível pelo meio de seu exército? Sim, há quem me chame assim.

— Prove, então, que você é um mago e nós o saudaremos como um irmão. Mas se falhar no teste ou recusá-lo... nós somos muitos, e você tem apenas uma espada.

— Eu não falharei em nenhum teste justo — eu disse. —Embora nem você nem seus seguidores tenham autoridade para fazer um.

Ele era esperto demais para ser atraído para tal debate.

— O teste é conhecido por todos aqui, exceto você, e conhecido, também, por ser justo. Todos que você vê ao seu redor tiveram sucesso nele, ou esperam ter.

†

Eles me levaram para um salão que eu nunca tinha visto, um lugar substancialmente construído com troncos, e escondido entre as árvores. Não tinha janelas, e apenas uma única entrada. Quando as tochas foram carregadas para dentro, vi que sua única câmara não tinha mobília a não ser por um tapete de capim trançado, e tão longo em proporção à sua largura que parecia quase um corredor.

Abundantius disse:

— Aqui você terá seu combate com Decuman. — Ele indicou o homem cujo braço eu havia anestesiado, que estava, talvez, um pouco surpreso por ser assim destacado. — Você o derrotou à beira do fogo. Agora ele deve vencer você, se puder. Pode se sentar aqui, mais perto da porta, para que tenha garantia de que não entraremos para ajudá-lo. Ele se sentará na extremidade mais distante. Não devem se aproximar um do outro, ou tocar um no outro como você o tocou à beira do fogo. Teça seus feitiços, e de manhã iremos ver quem venceu.

Pegando o pequeno Severian pela mão, levei-o até a extremidade daquele lugar escuro.

— Vou me sentar aqui — informei. — Tenho toda a confiança de que vocês não virão em auxílio de Decuman, mas você não tem como saber se tenho confederados na selva lá fora. Você se ofereceu para confiar em mim, então confiarei em você.

— Seria melhor — disse Abundantius — se você deixasse a criança sob nossa guarda.

Balancei a cabeça em negativa.

— Preciso tê-la comigo. Ela é minha, e quando você a roubou de mim no caminho, também roubou metade do meu poder. Não serei separado dele novamente.

Depois de um momento, Abundantius assentiu.

— Como desejar. Nós apenas gostaríamos que ele não pudesse sofrer nenhum mal.

— Nenhum mal lhe acontecerá — eu disse.

Havia suportes de ferro nas paredes, e quatro dos homens nus enfiaram suas tochas neles antes de partirem. Decuman se sentou de pernas cruzadas perto da porta, seu cajado no colo. Eu também me sentei e puxei o garoto para mim.

— Estou com medo — ele disse, enterrando seu rostinho na minha capa.

— Tem todo o direito de estar. Os últimos três dias foram ruins para você.

Decuman começou um canto lento e rítmico.

— Pequeno Severian, quero que me conte o que aconteceu com você no caminho. Eu olhei ao redor e tinha sumido.

Foi necessária uma certa dose de conforto e persuasão, mas finalmente seus soluços cessaram.

— Eles saíram... os homens de três cores com garras, e eu fiquei com medo e saí correndo.

— Foi só isso?

— E depois mais homens de três cores apareceram e me pegaram, e me fizeram entrar em um buraco no chão, onde estava escuro. E depois me acordaram e me levantaram, e eu estava dentro do casaco de um homem, e depois você veio e me pegou.

— Ninguém lhe fez perguntas?

— Um homem no escuro.

— Entendo. Pequeno Severian, você nunca mais deve fugir como fez no caminho, entendeu? Só corra se eu correr também. Se você não tivesse corrido quando encontramos os homens de três cores, não estaríamos aqui.

O garoto assentiu.

— Decuman — gritei. — Decuman, podemos conversar?

Ele me ignorou, exceto talvez que seu canto murmurado ficou um pouco mais alto.

Seu rosto estava erguido de modo que parecia estar olhando para os postes do telhado, mas seus olhos estavam fechados.

— O que ele está fazendo? — perguntou o garoto.

— Ele está tecendo um encantamento.

— Isso vai nos machucar?

— Não — eu disse. — Essa magia é basicamente uma farsa: como levantar você por um buraco para que pareça que o outro o fez aparecer sob o manto dele.

No entanto, mesmo enquanto falava, eu estava consciente de que havia algo além. Decuman estava concentrando sua mente em mim como poucas mentes podem se concentrar, e eu senti que estava nu em algum lugar bem-iluminado onde mil olhos observavam. Uma das tochas tremeluziu, piscou e apagou. Conforme a luz no corredor diminuía, a luz que eu não conseguia ver parecia ficar mais brilhante.

Eu me levantei. Há maneiras de matar que não deixam marcas, e eu as revisei mentalmente ao dar um passo à frente.

Imediatamente, lanças saltaram das paredes, uma vara de comprimento de cada lado. Não eram as lanças que os soldados têm, armas de energia cujas cabeças disparam raios de fogo, mas simples postes de madeira com ponta de ferro, como os piletes que os moradores de Saltus usavam. No entanto, podiam matar de perto, e tornei a me sentar. O garoto disse:

— Acho que eles estão lá fora nos observando pelas rachaduras entre os troncos.

— Sim, agora eu também percebi isso.

— O que podemos fazer? — perguntou. E então, como não respondi: — Quem são essas pessoas, pai?

Foi a primeira vez que ele me chamou assim. Eu o puxei para mais perto, e isso pareceu enfraquecer a rede que Decuman estava tecendo em minha mente. Eu disse:
— Estou apenas supondo, mas eu diria que esta é uma academia de mágicos... daqueles cultistas que praticam o que acreditam ser artes secretas. Eles supostamente têm seguidores em todos os lugares — embora eu prefira duvidar disso — e são muito cruéis. Você já ouviu falar do Novo Sol, pequeno Severian? Ele é o homem que os profetas dizem que virá e afastará o gelo e consertará o mundo.

— Ele matará Abaia — falou o garoto, surpreendendo-me.

— Sim, ele supostamente fará isso também, e muitas outras coisas. Dizem que ele veio uma vez antes, há muito tempo. Você sabia disso?

Ele balançou a cabeça em negativa.

— Então sua tarefa era forjar uma paz entre a humanidade e o Incriado, e era chamado de Conciliador. Ele deixou para trás uma relíquia famosa, uma joia chamada de Garra. — Minha mão foi até ela enquanto eu falava, e embora eu não tenha afrouxado os cordões do pequeno saco de pele humana que a segurava, pude senti-la através do couro macio. Assim que o toquei, o brilho invisível que Decuman havia criado em minha mente caiu quase a nada. Não posso dizer agora por que eu havia presumido por tanto tempo que era necessário que a Garra fosse retirada de seu local de ocultação para que fosse eficaz. Naquela noite, aprendi que isso não era verdade, e ri.

Por um momento, Decuman interrompeu seu canto e seus olhos se abriram. O pequeno Severian me agarrou com mais força.

— Você não está mais com medo?

— Não — respondi. — Você conseguiu ver que eu estava assustado?

Ele assentiu solenemente.

— O que eu ia lhe dizer era que a existência daquela relíquia parece ter dado a algumas pessoas a ideia de que o Conciliador usava garras como armas. Eu às vezes duvidei de que ele existisse; mas se tal pessoa já existiu, tenho certeza de que usou suas armas amplamente contra si mesmo. Entende o que estou dizendo?

Duvido que ele tenha entendido, mas assentiu.

— Quando estávamos no caminho, encontramos um amuleto contra a vinda do Novo Sol. Os homens de três cores, que eu acho que são aqueles que passaram neste teste, usam garras de aço. Acho que eles devem querer impedir a vinda do Novo Sol para que possam tomar seu lugar e talvez usurpar seus poderes. Se…

Lá fora, alguém gritou.

XXII

O Sopé da Montanha

Minha risada havia quebrado a concentração de Decuman, ainda que apenas por um momento. O grito de fora, não. Sua rede, grande parte da qual havia se despedaçado quando agarrei a Garra, estava sendo tecida novamente, mais devagar, porém, com mais firmeza.

É sempre uma tentação dizer que tais sentimentos são indescritíveis, embora raramente o sejam. Eu senti que estava pendurado nu entre dois sóis sencientes, e de alguma forma ciente de que esses sóis eram os hemisférios do cérebro de Decuman. Eu estava banhado em luz, mas era o brilho de fornalhas, consumindo e de alguma forma imobilizando. Naquela luz, nada parecia valer a pena; e eu mesmo era infinitamente pequeno e desprezível.

Assim, minha concentração também, em certo sentido, permaneceu ininterrupta. No entanto, eu estava ciente, por mais vagamente que o grito pudesse sinalizar uma oportunidade para mim. Muito mais tarde do que deveria, depois de talvez uma dezena de respirações terem passado pelas minhas narinas, eu me levantei cambaleante.

Algo estava vindo pela porta. Meu primeiro pensamento, por mais absurdo que possa soar, foi que era lama: que uma convulsão havia abalado Urth e o salão estava prestes a ser inundado no que tinha sido o fundo de algum pântano fétido. Ela fluiu ao redor dos batentes da porta cega e suavemente, e quando isso aconteceu, outra tocha se apagou. Logo ela estava prestes a tocar Decuman, e eu gritei para avisá-lo.

Não tenho certeza se foi o toque da criatura ou minha voz, mas ele recuou. Eu estava consciente novamente da quebra do feitiço, da destruição da armadilha que me prendia entre os sóis gêmeos. Eles se separaram violentamente e diminuíram de intensidade enquanto se desvaneciam, e eu parecia expandir e virar em uma direção, nem para cima nem para baixo, nem esquerda nem direita, até que fiquei totalmente no salão de testes, com o pequeno Severian agarrado à minha capa.

A mão de Decuman brilhou com garras, então. Eu nem sequer havia percebido que ele as tinha. O que quer que fosse aquela criatura escura e quase disforme, seu flanco foi cortado como gordura sob o ataque da garra. Seu sangue também era preto, ou talvez verde-escuro. O de Decuman era vermelho; quando a criatura fluiu sobre ele, foi como se derretesse sua pele como cera.

Levantei o garoto e o fiz se agarrar ao meu pescoço e apertar minha cintura com suas pernas, então pulei com toda a minha força. Mas embora as pontas dos meus dedos tocassem uma viga do telhado, não consegui agarrá-la. A criatura estava se virando, cegamente, mas com propósito. Talvez ela caçasse pelo cheiro, mas sempre senti que era pelo pensamento: isso explicaria por que foi tão lenta para me encontrar na antecâmara, onde eu tinha sonhado com

Thecla, e tão rápida no salão de testes, quando a mente de Decuman estava concentrada na minha.

Pulei de novo, mas dessa vez errei a viga por pelo menos um palmo. Para pegar uma das duas tochas restantes, tive que correr em direção à criatura. Corri e peguei uma, mas se apagou quando a tirei do suporte.

Segurando o suporte com uma das mãos, pulei uma terceira vez, auxiliando as pernas com a força do meu braço; e agora eu pegava uma viga lisa e estreita com a mão esquerda. A viga dobrou sob meu peso, mas consegui me levantar, com o garoto nos ombros, até conseguir colocar um pé no suporte.

Abaixo de mim, a criatura escura e disforme empinou, caiu e se levantou novamente. Ainda segurando a viga, puxei *Terminus Est*. Um golpe cortou fundo na carne que escorria, mas mal a lâmina saiu e a ferida pareceu fechar e se costurar. Virei minha espada sobre a palha do telhado, então, um expediente que confesso ter roubado de Ágia. O telhado era grosso, de folhas da selva presas com fibras resistentes; meus primeiros golpes frenéticos pareceram causar pouca impressão nele, mas no terceiro um grande pedaço caiu. Parte dele atingiu a tocha restante, sufocando-a, e depois fazendo saltar uma gota de chama. Pulei pela abertura e para dentro da noite.

Pulando cegamente como fiz com aquela lâmina afiada desembainhada, é um espanto que eu não tenha matado o garoto e a mim mesmo. Deixei cair ambos quando atingi o chão, e caí de joelhos. A chama vermelha da palha do telhado ficava mais fulgurante a cada momento. Ouvi o garoto choramingar e gritei para ele não correr, então o coloquei de pé com uma das mãos, agarrei *Terminus Est* com a outra e corri.

Durante o resto daquela noite, fugimos às cegas pela selva. Até onde pude, tentei direcionar nossos passos morro acima: não apenas porque nosso caminho para o norte significaria subir, mas porque eu sabia que era menos provável que fôssemos tropeçar em alguma queda. Quando amanheceu, ainda estávamos na selva, sem mais ideia do que tínhamos antes de onde estávamos. Carreguei o menino então, e ele adormeceu em meus braços.

Em mais uma vigília não havia dúvidas de que o solo estava subindo abruptamente diante de nós, e finalmente chegamos a uma cortina de lianas como a que eu havia cortado no dia anterior. Assim que eu estava pronto para tentar colocar o garoto no chão sem acordá-lo, para que eu pudesse sacar minha espada, vi a luz do dia brilhante fluindo por uma fenda à minha esquerda. Fui até lá, andando o mais rápido que pude, quase correndo; então atravessei e saí numa montanha rochosa de grama espessa e arbustos. Mais alguns passos me levaram a um riacho claro que cantava sobre as pedras: sem dúvida o riacho ao lado do qual o garoto e eu tínhamos dormido duas noites antes. Sem saber ou me importar se a criatura disforme ainda estava em nosso rastro, deitei-me ao lado do rio e dormi novamente.

†

Eu estava em um labirinto igual e, no entanto, diferente do labirinto subterrâneo escuro dos mágicos. Os corredores eram mais largos aqui, e às vezes pareciam galerias tão poderosas quanto as da Casa Absoluta. Alguns, de fato, eram alinhados com espelhos trumeau, nos quais eu me vi com capa esfarrapada e rosto abatido, e Thecla, semitransparente em um lindo vestido longo, bem ao meu lado. Planetas passavam assobiando por trilhas longas, oblíquas e curvas que só eles podiam ver. A Urth azul carregava a lua verde como uma criança, mas não a tocava. O Verthandi vermelho se tornou Decuman, sua pele carcomida, revirando-se em seu próprio sangue.

Fugi e caí, estrebuchando todos os meus membros. Vi estrelas verdadeiras no céu ensolarado por um momento, mas o sono me atraiu tão irresistivelmente quanto a gravidade. Ao lado de uma parede de vidro, andei; e através dela vi o garoto, correndo e assustado, na velha camisa cinza remendada que eu usara como aprendiz, correndo do quarto nível, pensei, para o Átrio do Tempo. Dorcas e Jolenta vieram de mãos dadas, sorrindo uma para a outra, e não me viram. Então, autóctones, de pele acobreada e pernas arqueadas, emplumados e adornados com joias, estavam dançando atrás de seu xamã, dançando na chuva. A ondina nadava no ar, vasta como uma nuvem, bloqueando o sol.

†

Acordei. Uma chuva suave batia no meu rosto. Ao meu lado, o pequeno Severian dormia tranquilo. Enrolei-o da melhor forma que pude em meu manto e o carreguei novamente para a fenda na cortina de lianas. Além daquela cortina, sob as árvores de galhos largos, a chuva mal penetrava; e lá nos deitamos e dormimos mais uma vez. Desta vez não houve sonhos, e quando acordei tínhamos dormido um dia e uma noite, e a luz pálida do amanhecer estava por toda parte.

O menino já estava de pé, vagando por entre os troncos das árvores. Ele me mostrou onde ficava o riacho naquele lugar, e eu me lavei e me barbeei o melhor que pude sem água quente, o que não fazia desde a primeira tarde na casa abaixo da encosta. Então encontramos o caminho familiar e seguimos para o norte novamente.

— Não vamos encontrar os homens de três cores? — perguntou, e respondi para não se preocupar e não correr: que eu lidaria com os homens de três cores. A verdade era que eu estava muito mais preocupado com Hethor e a criatura que ele havia soltado em meu rastro. Se não tivesse morrido no fogo, poderia estar se movendo em nossa direção agora; pois embora parecesse um animal que temeria o sol, a penumbra da selva era a própria matéria do crepúsculo.

Apenas um homem pintado entrou no caminho, e ele não o fez para barrar o caminho, mas, sim, para se prostrar. Fiquei tentado a matá-lo e acabar logo com isso; somos ensinados estritamente a matar e mutilar apenas por ordem de um juiz, mas esse treinamento estava enfraquecendo em mim à medida que eu me afastava cada vez mais de Nessus e em direção à guerra e às montanhas selvagens. Alguns místicos sustentam que os vapores que surgem das batalhas afetam o cérebro, mesmo muito longe a favor do vento; e pode ser assim. No entanto, eu o levantei e apenas disse para se afastar.

— Grande Mago — disse ele —, o que o senhor fez com a escuridão rastejante?

— Eu a enviei de volta para o poço, de onde a tirei — contei, pois, como nós não tínhamos encontrado a criatura, eu tinha quase certeza de que Hethor a havia chamado de volta, se ela não estivesse morta.

— Cinco de nós transmigraram — disse o homem pintado.

— Seus poderes, então, são maiores do que eu teria lhes dado crédito. Ela já matou centenas em uma só noite.

Eu não sabia se ele atacaria quando lhe déssemos as costas, mas não fez isso. O caminho que eu havia percorrido como prisioneiro no dia anterior parecia deserto agora. Nenhum guarda apareceu para nos desafiar; algumas das tiras de pano vermelho tinham sido rasgadas e pisoteadas, embora eu não pudesse imaginar o porquê. Vi muitas pegadas no caminho, que antes eram lisas (talvez alisadas) antes.

— O que você está procurando? — perguntou o garoto.

Mantive a voz baixa, ainda sem ter certeza se não havia ouvintes atrás das árvores.

— A gosma do animal do qual fugimos ontem à noite.

— Você está vendo ela?

Balancei a cabeça em negativa.

Por um tempo, o garoto ficou em silêncio. Então ele disse:

— Severian grande, de onde ela veio?

— Lembra da história? De um dos topos das montanhas além das margens de Urth?

— Onde Vento de Primavera morava?

— Não acho que seja o mesmo.

— Como ele chegou aqui?

— Um homem mau o trouxe — eu disse. — Agora fique quieto um instante, pequeno Severian.

Se fui rude com o garoto, foi porque estava incomodado pelo mesmo pensamento. Hethor devia ter contrabandeado seus animais de estimação a bordo da nave em que servia, isso parecia bastante claro; e quando ele me seguiu para fora de Nessus, poderia facilmente ter carregado os notulos em algum pequeno recipiente selado em sua pessoa: por mais terríveis que fossem, não eram mais grossos que um lenço de papel, como Jonas sabia.

Mas e a criatura que vimos no salão de testes? Ela também tinha aparecido na antecâmara da Casa Absoluta depois que Hethor chegou, mas como? E havia seguido Hethor e Ágia como um cachorro enquanto viajavam para o norte, para Thrax? Invoquei a lembrança dele, como eu o tinha visto quando matou Decuman, e tentei estimar seu peso: devia ser tão pesado quanto vários homens, e talvez tanto quanto um destrier. Uma grande carroça, certamente, teria sido necessária para transportá-lo e escondê-lo. Hethor teria dirigido tal carroça por aquelas montanhas? Eu não conseguia crer. O horror viscoso que tínhamos visto haveria compartilhado tal carroça com a salamandra que eu vira ser destruída em Thrax? Também não conseguia acreditar nisso.

A aldeia parecia deserta quando chegamos. Algumas partes do salão de testes ainda estavam de pé e queimavam. Procurei em vão pelos restos do corpo de Decuman ali, embora tenha encontrado seu cajado meio queimado. Era oco, e pela lisura de seu interior, suspeitei que com a cabeça removida ele havia formado uma sabarcane para atirar dardos envenenados. Sem dúvida teria sido usado se eu tivesse me mostrado muito resistente ao feitiço que ele teceu.

O garoto deve ter seguido meus pensamentos pela minha expressão e pela direção do meu olhar. Ele disse:

— Aquele homem realmente era mágico, não era? Ele quase magicou você.

Eu assenti.

— Você disse que isso não era real.

— De certa forma, pequeno Severian, não sou muito mais sábio do que você. Não achei que fosse. Eu tinha visto tanta falsificação: a porta secreta para a sala subterrânea onde me mantiveram, e a maneira como fizeram você aparecer sob o manto do outro homem. Ainda assim, há coisas obscuras em todos os lugares, e suponho que aqueles que procuram bastante por elas não conseguem deixar de encontrar algumas. Então eles se tornam, como você disse, verdadeiros mágicos.

— Eles poderiam dizer a todos o que fazer, se soubessem magia de verdade.

Apenas balancei a cabeça para isso, mas pensei muito a respeito desde então. Parece-me que há duas objeções à ideia do garoto, embora expressas em uma forma mais madura devam parecer mais convincentes.

A primeira é que muito pouco conhecimento é passado de uma geração para a outra pelos mágicos. Meu próprio treinamento foi no que pode ser chamado de mais fundamental das ciências aplicadas; e sei por isso que o progresso da ciência depende muito menos de considerações teóricas ou investigação sistemática do que comumente se acredita, mas, sim, da transmissão de informações confiáveis, obtidas por acaso ou insight, de um conjunto de homens para seus sucessores. A natureza daqueles que buscam conhecimento obscuro é acumulá-lo mesmo na morte, ou transmiti-lo tão disfarçado e obscurecido com mentiras egoístas que acabam sendo de pouco valor. Às vezes, ouvimos falar daqueles que ensinam bem seus amantes ou filhos; mas é da natureza dessas pessoas raramente ter qualquer um dos dois, e pode ser que sua arte seja enfraquecida quando o fazem.

A segunda é que a própria existência de tais poderes argumenta uma força contrária. Chamamos os poderes do primeiro tipo de sombrios, embora eles possam usar uma espécie de luz mortal como Decuman fez; e chamamos os do segundo tipo de brilhantes, embora eu ache que eles podem, às vezes, empregar a escuridão, como um homem bom não obstante fecha as cortinas de sua cama para dormir.

No entanto, há verdade na conversa sobre escuridão e luz, porque mostra claramente que uma implica a outra. A história que li para o pequeno Severian dizia que o universo era apenas uma longa palavra do Incriado. Nós, então, somos as sílabas dessa palavra. Mas falar qualquer palavra é fútil a menos que existam outras palavras; palavras que não são ditas. Se uma fera tem apenas um grito, o grito não diz nada; e até mesmo o vento tem uma multidão de vozes, de modo que aqueles que se sentam dentro de casa podem ouvi-lo e saber se o tempo está turbulento ou ameno. Os poderes que chamamos de sombrios me parecem ser as palavras que o Incriado *não* falou, se é que o Incriado existe; e essas palavras devem ser mantidas em uma quase-existência, se a outra palavra, a palavra falada, deve ser distinguida. O que não é dito pode ser importante... mas o que é dito é mais importante. Assim, meu próprio conhecimento da existência da Garra foi quase suficiente para que eu contra-atacasse o feitiço de Decuman.

E se os buscadores de coisas obscuras as encontram, não pode ser também que os buscadores de coisas brilhantes as encontrem? E eles não são mais aptos a transmitir sua sabedoria? Então as pelerinas guardaram a Garra, de geração em geração; e, pensando nisso, fiquei mais determinado do que nunca a encontrá-las e devolvê-la a elas; pois, se eu não soubesse disso antes, a noite com o alzabo havia me feito lembrar que eu era apenas carne, e certamente morreria com o tempo, e talvez em breve.

†

Como a montanha que nos aproximamos ficava ao norte e, assim, projetava sua sombra em direção à sela da selva, nenhuma cortina de lianas crescia daquele lado. O verde-claro das folhas apenas desbotava para um ainda mais pálido, e o número de árvores mortas aumentava, embora todas as árvores fossem menores. O dossel de folhas sob o qual havíamos caminhado o dia todo quebrou, e em outras cem passadas se quebrou novamente, e enfim desapareceu por completo.

Então a montanha se ergueu diante de nós, perto demais para que a víssemos como a imagem de um homem. Grandes encostas dobradas rolavam para baixo de um banco de nuvens; elas eram, eu sabia, apenas a cortina esculpida de suas vestes. Quantas vezes ele deve ter se levantado do sono e as colocado, talvez sem refletir que elas seriam preservadas ali pelas eras, tão grandes que quase escapavam das vistas da humanidade.

XXIII

A Cidade Amaldiçoada

Por volta do meio-dia do dia seguinte, encontramos água novamente, a única que nós dois haveríamos de provar naquela montanha. Restavam apenas algumas tiras da carne seca que Casdoe tinha deixado para mim. Eu as dividi e bebemos do riacho, que não era mais que um fio do tamanho do polegar de um homem. Isso me pareceu estranho, porque eu tinha visto muita neve na cabeça e nos ombros da montanha; eu descobriria mais tarde que as encostas abaixo da neve, onde a neve poderia ter derretido com a chegada do verão, haviam sido limpas pelo vento. Mais acima, os montes brancos poderiam se acumular por séculos.

Nossos cobertores estavam úmidos de orvalho, e os estendemos ali sobre pedras para secar. Mesmo sem o sol, as rajadas secas de ar da montanha os secaram em cerca de uma vigília. Eu sabia que passaríamos a noite seguinte no alto das encostas, assim como passei a primeira noite depois de deixar Thrax. De alguma forma, esse conhecimento não teve poder para deprimir meu espírito. Não tanto porque estivéssemos deixando os perigos que havíamos encontrado na sela da selva, mas porque uma certa sordidez estava ficando para trás. Senti que tinha sido contaminado e que a atmosfera fria da montanha me purificaria. Por um tempo, esse sentimento permaneceu comigo quase sem ser examinado; então, quando começamos a subir para valer, percebi que o que me perturbava era a lembrança das mentiras que eu havia contado aos mágicos, fingindo, como eles faziam, comandar grandes poderes e estar a par de vastos segredos. Essas mentiras haviam sido totalmente justificáveis: elas ajudaram a salvar minha vida e a do pequeno Severian. No entanto, me senti um pouco menos homem por ter recorrido a elas. Mestre Gurloes, a quem eu tinha passado a odiar antes de deixar a guilda, tinha mentido frequentemente; e agora eu não tinha certeza se eu o odiava porque ele mentia, ou odiava mentir porque ele o fazia.

E, ainda assim, Mestre Gurloes tinha uma desculpa tão boa quanto eu, e talvez melhor. Ele tinha mentido para preservar a guilda e aumentar suas fortunas, dando a vários funcionários e oficiais relatos exagerados de nosso trabalho, e quando necessário escondendo nossos erros. Ao fazer isso, ele, o líder de fato da guilda, tinha avançado sua própria posição, com certeza; e, no entanto, também tinha avançado a minha, e a de Drotte, Roche, Eata, e todos os outros aprendizes e oficiais que um dia a herdariam. Se tivesse sido o homem simples e brutal que queria que todos acreditassem que ele era, eu poderia ter certeza agora de que sua desonestidade tinha sido para seu benefício somente. Eu sabia que ele não era isso; talvez por anos tivesse se visto como eu agora me via.

E, ainda assim, eu não podia ter certeza de que tinha agido para salvar o pequeno Severian. Quando ele correu e eu entreguei minha espada, poderia ter sido mais vantajoso para ele se eu tivesse lutado: eu mesmo era aquele cuja vantagem imediata tinha sido servida pela minha dócil capitulação, já que, se eu tivesse lutado, poderia ter sido morto. Mais tarde, quando escapei, certamente tinha retornado tanto por *Terminus Est* quanto pelo garoto; tinha retornado para ela na mina dos homens-macacos, quando ele não estava comigo; e sem ela, teria me tornado um mero vagabundo.

Uma vigília depois de ter pensado nisso, eu estava escalando uma rocha com tanto a espada quanto o garoto nas costas, e sem mais certeza sobre o quanto eu me importava com ambos do que antes. Felizmente eu estava bem descansado, não foi uma escalada difícil como essas coisas costumam ser, e no topo nós demos de cara com uma antiga rodovia.

Embora eu tenha caminhado em muitos lugares estranhos, não andei em nenhum que me desse uma sensação tão grande de anomalia. À nossa esquerda, a não mais de vinte passos de distância, eu podia ver o término dessa estrada larga, onde um deslizamento de pedras havia arrancado sua extremidade inferior. Diante de nós, ela se estendia tão perfeita quanto no dia em que fora concluída, uma faixa de pedra preta sem emendas subindo tortuosa em direção àquela imensa figura cujo rosto estava perdido acima das nuvens.

O garoto agarrou minha mão quando o coloquei no chão.

— Minha mãe disse que não poderíamos usar as estradas por causa dos soldados.

— Sua mãe estava certa — concordei. — Mas ela iria descer, para onde os soldados estão. Sem dúvida, já houve soldados nesta estrada um dia, mas morreram muito tempo antes que a maior árvore da selva lá embaixo fosse uma semente. — Ele estava com frio, e lhe dei um dos cobertores e mostrei como envolvê-lo em si e mantê-lo fechado para fazer uma capa. Se alguém nos tivesse visto, então, teríamos parecido um pequeno sujeito cinzento seguido por uma sombra desproporcional.

†

Penetramos em uma névoa e achei estranho encontrar isso a uma altura daquelas. Foi somente depois que subimos acima dela e pudemos olhar para baixo, para seu topo iluminado pelo sol, que percebi que era uma das nuvens que pareciam tão remotas quando eu havia olhado para elas da sela.

E, ainda assim, aquela sela de selva, tão abaixo de nós agora, estava sem dúvida milhares de côvados acima de Nessus e dos limites mais baixos do Gyoll. Pensei então quão longe eu deveria ter chegado, a ponto de selvas poderem existir em tais altitudes: quase na cintura do mundo, onde era sempre verão, e somente a altura produzia alguma diferença no clima. Se eu fosse viajar para o oeste, saindo dessas montanhas, então, pelo que eu tinha aprendido com o Mestre Palaemon, eu me encontraria em uma selva tão pestilenta a ponto de fazer a que tínhamos deixado parecer um paraíso, uma selva costeira de calor fumegante e enxames de insetos. No entanto, eu também veria as evidências da morte, pois embora aquela selva recebesse tanto da força do sol quanto qualquer ponto em Urth, ainda era menos do que havia recebido em tempos passados, e assim como o gelo avançou no sul e a vegetação da zona temperada fugiu dele, as árvores e outras plantas dos trópicos morreram para dar espaço aos recém-chegados.

Enquanto eu olhava para a nuvem, o garoto estava caminhando à frente. Agora ele olhava para mim com olhos brilhantes e gritou:

— Quem fez esta estrada?

— Sem dúvida, os trabalhadores que esculpiram a montanha. Eles devem ter tido grandes energias sob seu comando e máquinas mais poderosas do que qualquer uma que conhecemos. Ainda assim, teriam que carregar os escombros para longe de alguma forma. Mil carrinhos e carroças devem ter rolado aqui um dia. — E ainda assim eu me perguntei se era isso mesmo, porque as rodas de ferro desses veículos marcam até mesmo os paralelepípedos duros de Thrax e Nessus, e aquela estrada era tão lisa quanto uma via processional. Certamente, pensei, apenas o sol e o vento passaram por aqui.

— Grande Severian, olhe! Está vendo a mão?

O garoto estava apontando para um pico da montanha bem acima de nós. Estiquei meu pescoço, mas por um momento não vi nada além do que já tinha visto: um longo promontório de rocha cinza inóspita. Então, a luz do sol brilhou em algo perto da ponta. Parecia, inconfundivelmente, o brilho do ouro; quando vi isso, vi também que o ouro era um anel, e sob ele vi o polegar congelado na pedra ao longo da rocha, um polegar talvez com cem passos de comprimento, com os dedos acima das colinas.

Não tínhamos dinheiro, e eu sabia o quão valioso o dinheiro poderia ser quando fôssemos forçados, como no fim das contas deveríamos ser, a reentrar nas terras habitadas. Se eu ainda fosse procurado, o ouro poderia persuadir os buscadores a procurar em outro lugar. O ouro poderia também comprar para o pequeno Severian um aprendizado em alguma guilda digna, pois estava claro que ele não poderia continuar viajando comigo. Parecia mais provável que o grande anel fosse apenas folha de ouro sobre pedra; mesmo assim, uma quantidade tão vasta de folha de ouro, se pudesse ser descascada e enrolada, deveria dar uma soma considerável. E embora eu tenha envidado um esforço para não fazer isso, peguei-me pensando se uma mera folha de ouro poderia ter durado tantos séculos. Não teria se soltado e caído há muito tempo? Se o anel fosse de ouro maciço, valeria uma fortuna; mas todas as fortunas de Urth não poderiam ter comprado esta imagem poderosa, e aquele que ordenou sua construção deve ter possuído riqueza incalculável. Mesmo que o anel não fosse sólido até o dedo abaixo, poderia haver alguma espessura substancial de metal.

Enquanto eu considerava tudo isso, seguia pelejando para subir, minhas pernas longas logo ultrapassando as curtas do garoto. Às vezes, a estrada subia tão íngreme que eu mal conseguia acreditar que veículos carregados de pedras já a haviam atravessado. Duas vezes cruzamos fissuras, uma delas tão larga que fui forçado a jogar o garoto por cima antes de pular sobre ela eu mesmo. Eu esperava encontrar água antes de pararmos; não encontrei nenhuma, e quando a noite caiu, não tínhamos abrigo melhor que uma fenda de pedra onde nos enrolamos nos cobertores e em minha capa e dormimos o melhor que pudemos.

†

De manhã, nós dois estávamos com sede. Embora a estação chuvosa não viesse até o outono, eu disse ao garoto que achava que poderia chover hoje, e seguimos novamente de bom humor. Então ele me mostrou como carregar uma pedrinha na boca ajuda a matar a sede. É um truque de montanha, um que eu não conhecia. O vento estava mais frio agora do que antes, e eu comecei a sentir a rarefação do ar. Ocasionalmente, a estrada serpenteava até um ponto onde recebíamos alguns momentos de sol.

Ao fazer isso, ela serpenteava cada vez mais para longe do anel, até que finalmente nos encontramos na sombra total, completamente fora da vista do anel e em algum lugar perto dos joelhos da figura sentada. Havia uma última subida íngreme, tão abrupta que eu teria ficado grato se houvesse algum degrau. E então, à nossa frente, onde pareciam flutuar no ar límpido, um aglomerado de torres esbeltas. O garoto gritou "Thrax!" tão feliz que eu sabia que sua mãe devia ter lhe contado histórias a respeito, e dito a ele também, quando ela e o velho o tiraram da casa onde havia nascido, que ela o levaria para lá.

— Não — neguei. — Não é Thrax. Isso parece mais com minha própria Cidadela: nossa Torre Matachin, e a torre das bruxas, e a Torre do Urso e a Torre do Sino.

Ele olhou para mim com os olhos arregalados.

— Não, também não é isso, claro. Só que eu já estive em Thrax, e Thrax é uma cidade de pedra. Essas torres são de metal, como as nossas eram.

— Elas têm olhos — disse o pequeno Severian.

E tinham mesmo. A princípio, pensei que minha imaginação estava me enganando, particularmente porque nem todas as torres os possuíam. Por fim, percebi que algumas estavam de costas para nós, e que as torres não tinham apenas olhos, mas também ombros e braços; que eram, de fato, figuras metálicas de catafractários, guerreiros blindados da cabeça aos pés.

— Não é uma cidade de verdade — contei ao garoto. — O que descobrimos são os guardas do Autarca, esperando em seu colo para destruir aqueles que lhe querem fazer mal.

— Eles vão nos machucar?

— É um pensamento assustador, não é? Eles poderiam esmagar você e eu sob seus pés como ratos. Entretanto, tenho certeza de que não farão isso. São apenas estátuas, guardas espirituais deixados aqui como memoriais dos poderes dele.

— Tem casas grandes também — disse o garoto.

Ele estava certo. Os edifícios não chegavam mais que à altura da cintura das imponentes figuras de metal, então nós os ignoramos a princípio. Isso novamente me fez lembrar da Cidadela, onde estruturas nunca destinadas a desafiar as estrelas se misturam com as torres. Talvez fosse apenas o ar rarefeito, mas eu tive uma visão repentina desses homens de metal subindo lentamente, e então cada vez mais rapidamente, levantando as mãos em direção ao céu enquanto mergulhavam nele como nós costumávamos mergulhar nas águas escuras da cisterna à luz de tochas.

Embora minhas botas devam ter raspado na rocha varrida pelo vento, acho que não tenho memória de tal som. Talvez ele tenha se perdido na imensidão do topo da montanha, de modo que nos aproximamos das figuras em pé tão silenciosamente quanto se estivéssemos caminhando sobre musgo. Nossas sombras, que se espalharam atrás de nós e à nossa esquerda quando apareceram pela primeira vez, estavam contraídas em poças ao redor de nossos pés; e notei que conseguia ver os olhos de cada figura. Eu disse a mim mesmo que tinha esquecido alguns no começo, mas eles brilhavam ao sol.

Por fim, seguimos um caminho entre eles e os edifícios que os cercavam. Eu esperava que esses edifícios fossem ruínas, como aqueles na cidade esquecida de Apu-Punchau. Eles eram fechados, secretos e silenciosos; mas poderiam ter sido construídos apenas alguns anos antes.

Nenhum telhado havia caído, nenhuma liana havia desalojado as pedras cinzentas quadradas de suas paredes. Eles não tinham janelas, e sua arquitetura não sugeria templos, fortalezas, tumbas ou qualquer outro tipo de estrutura com a qual eu estivesse familiarizado. Eram totalmente sem ornamentos e sem graça. Ainda assim, seu acabamento era excelente, e suas formas diferentes pareciam indicar diferenças em função. As figuras brilhantes estavam entre eles como se tivessem sido paralisadas em seus lugares por algum vento repentino e congelante, e não como os monumentos costumam ficar.

Selecionei um prédio e disse ao garoto que o invadiríamos, e que se tivéssemos sorte, poderíamos encontrar água lá, e talvez até comida em conserva. Isso provou ser uma ostentação tola. As portas eram tão sólidas quanto as paredes, o teto tão forte quanto a fundação. Mesmo que eu tivesse um machado, não acho que conseguiria ter aberto caminho à força, e não ousei cortar com *Terminus Est*. Cutucando e bisbilhotando em busca de alguma fraqueza, desperdiçamos várias vigílias. O segundo e o terceiro prédios que tentamos não foram mais fáceis do que o primeiro.

— Há uma casa redonda ali — disse o garoto, finalmente. — Vou dar uma olhada nela para você.

Como eu tinha certeza de que não havia nada naquele lugar deserto que pudesse lhe fazer mal, disse a ele para ir em frente.

Logo ele estava de volta.

— A porta está aberta!

XXIV

O Cadáver

Nunca descobri para que serviam os outros edifícios. Tampouco entendia aquele, que era circular e coberto por uma cúpula. Suas paredes eram de metal: não o metal escuro e lustroso das torres da nossa Cidadela, mas alguma liga brilhante como prata polida.

Esse edifício reluzente ficava no topo de um pedestal com degraus, e estranhei vê-lo ali quando as grandes imagens dos catafractários em suas armaduras antigas estavam visivelmente nas ruas. Havia cinco portas em sua circunferência (pois andamos ao redor dela antes de nos aventurarmos a entrar), e todas elas estavam abertas. Ao examiná-las, e ao chão diante delas, tentei julgar se tinham permanecido assim por tantos anos. Havia pouca poeira nessa elevação, e, ao fim e ao cabo, eu não tinha certeza. Quando terminamos nossa inspeção, disse ao garoto para me deixar ir primeiro e entrei.

Nada aconteceu. Mesmo quando o garoto me seguiu, as portas não se fecharam, nenhum inimigo correu para cima de nós, nenhuma energia coloriu o ar, e o chão permaneceu firme sob nossos pés. No entanto, tive a sensação de que, de alguma forma, tínhamos entrado em uma armadilha: que lá fora, na montanha, nós éramos livres, por mais famintos e sedentos que estivéssemos, e que ali não éramos. Acho que eu teria me virado e saído correndo se ele não estivesse comigo. Mas, naquele momento, não quis parecer supersticioso ou com medo, e senti a obrigação de tentar encontrar comida e água.

Havia muitos dispositivos naquele edifício aos quais não posso dar nome. Não eram móveis nem caixas, nem máquinas como eu entendo o termo. A maioria era estranhamente angulosa; vi alguns que pareciam ter nichos para sentar, embora o sentador fosse ficar apertado, e de frente para alguma parte do dispositivo em vez de para seus companheiros. Outros continham alcovas onde alguém poderia, talvez, ter descansado.

Esses dispositivos ficavam ao lado de corredores; corredores largos que seguiam em direção ao centro da estrutura tão retos quanto os raios de uma roda. Olhando para aquele em que havíamos entrado, pude ver vagamente um objeto vermelho e, em cima dele, muito menor, algo marrom. A princípio, não prestei muita atenção a nenhum dos dois, mas quando me convenci de que os dispositivos que descrevi não tinham valor e nenhum perigo para nós, levei o garoto até eles.

†

O objeto vermelho era uma espécie de divã, muito elaborado, com tiras para que um prisioneiro pudesse ser confinado nele. Ao redor dele havia mecanismos que pareciam feitos para fornecer nutrição e eliminação. Ele estava sobre um pequeno estrado, e nele estava o que outrora fora o corpo de um homem com duas cabeças. O ar seco e rarefeito da montanha havia dessecado aquele corpo há muito tempo: assim como os prédios misteriosos, isso poderia ter acontecido um ano ou mil anos atrás. Ele havia sido um homem mais alto do que eu, talvez até um exultante, e de musculatura poderosa. Agora, eu poderia arrancar um de seus braços da articulação com um gesto, pensei. Não usava tanga ou qualquer outra vestimenta, e embora estejamos acostumados a mudanças repentinas no tamanho dos órgãos de procriação, era estranho vê-los tão enrugados ali. Alguns cabelos permaneciam nas cabeças, e me pareceu que o cabelo da direita era preto; o da cabeça da esquerda era amarelado. Os olhos de ambos estavam fechados, e as bocas abertas, mostrando alguns dentes. Notei que as tiras que poderiam ter prendido essa criatura ao divã não estavam afiveladas.

Naquele momento, entretanto, eu estava muito mais preocupado com o mecanismo que o havia alimentado um dia. Disse a mim mesmo que máquinas antigas eram, muitas vezes, espantosamente duráveis, e, embora tivessem sido abandonadas há muito tempo, tinham desfrutado das condições mais favoráveis para sua preservação; e eu girei todos os botões que pude encontrar, e movi cada alavanca, em uma tentativa de fazê-la produzir algum nutriente. O menino ficou me observando, e depois que eu já estava ali algum tempo, movendo coisas para cá e para lá, ele perguntou se íamos morrer de fome.

— Não — respondi a ele. — Podemos ficar muito mais tempo sem comida do que você imagina. Conseguir algo para beber é muito mais urgente, mas se não conseguirmos encontrar nada aqui, certamente haverá neve mais acima na montanha.

— Como foi que ele morreu? — Por algum motivo, nunca me forcei a tocar no cadáver; agora o menino corria os dedos gordinhos ao longo de um braço murcho.

— Homens morrem. O assombro é que tal monstro tenha sobrevivido. Essas coisas geralmente perecem ao nascer.

— Você acha que os outros deixaram ele aqui quando foram embora? — perguntou ele.

— Deixaram-no aqui vivo, você quer dizer? Suponho que possam ter feito isso. Não haveria lugar para ele, talvez, nas terras abaixo. Ou, quem sabe, ele não tenha querido ir. Talvez tenham confinado ele aqui neste divã quando se comportou mal. Poderia estar sujeito à loucura, ou a ataques de raiva violenta. Se alguma dessas coisas for verdade, deve ter passado seus últimos dias vagando pela montanha, retornando aqui para comer e beber, e morrendo quando a comida e a água das quais ele dependia se esgotaram.

— Então não tem água aí dentro — disse o garoto pragmático.

— É verdade. Ainda assim, não sabemos se aconteceu desse jeito. Ele pode ter morrido por algum outro motivo antes que seus suprimentos acabassem. Além disso, o tipo de coisa que estamos dizendo parece supor que ele era uma espécie de animal de estimação ou mascote para as pessoas que esculpiram a montanha. Este é um lugar muito elaborado para se manter um animal de estimação. Mesmo assim, acho que nunca vou conseguir reativar esta máquina.

— Acho que deveríamos descer — o garoto anunciou quando estávamos saindo do prédio circular.

Virei-me para olhar para trás, pensando em quão tolos todos os meus medos tinham sido. Suas portas permaneceram abertas. Nada se moveu, nada mudou. Se alguma vez isso havia sido uma armadilha, parecia certo que era uma armadilha que enferrujara séculos antes.

— Eu também — falei. — Mas o dia está quase acabando: veja quão longas são nossas sombras agora. Não quero ser ultrapassado pela noite quando estivermos descendo pelo outro lado, então vou descobrir se consigo alcançar o anel que vimos esta manhã. Talvez encontremos água e também ouro. Hoje à noite dormiremos naquele prédio redondo, longe do vento, e amanhã começaremos a descer pelo lado norte logo ao amanhecer.

Ele assentiu para mostrar que entendia e me acompanhou de razoável boa vontade enquanto eu partia para procurar um caminho para o anel. Ele estava no braço sul, de modo que estávamos, de certa forma, retornando para o lado que havíamos escalado primeiro, embora tivéssemos nos aproximado do aglomerado de catafractários esculpidos e edifícios do sudeste. Eu temia que a subida até o braço fosse uma escalada difícil; em vez disso, exatamente onde a vasta altura do peito e do braço superior se erguiam diante de nós, encontrei o que estava desejando muito antes: uma escadaria estreita. Eram centenas de degraus, então ainda era uma subida cansativa, e eu carreguei o garoto por boa parte dela.

O braço em si era de pedra lisa, mas tão largo que parecia haver pouco perigo de que o garoto caísse, desde que nos mantivéssemos no centro. Eu o fiz segurar minha mão e caminhei bastante ansioso, minha capa estalando ao vento.

À nossa esquerda ficava a subida que havíamos começado no dia anterior; além dela estava a sela entre as montanhas, verde sob seu manto de selva. Além disso, nebulosa agora com a distância, erguia-se a montanha onde Becan e Casdoe tinham construído sua casa. Enquanto eu caminhava, tentei distinguir sua cabana, ou pelo menos a área em que ela ficava, e por fim encontrei o que me pareceu a face da encosta que eu tinha descido para alcançar, uma pequena mancha de cor na lateral daquela montanha menos elevada, com o reluzir da água caindo em seu centro como um cisco iridescente. Quando a vi, parei e me virei para olhar para o pico em cuja encosta caminhávamos. Eu podia ver a face agora e sua mitra de gelo, e, abaixo dela, o ombro esquerdo, onde mil cavaleiros poderiam ter sido exercitados por seu quiliarca.

À minha frente, o garoto estava apontando e gritando algo que eu não conseguia entender, apontando para baixo em direção aos edifícios e às figuras em pé dos guardas de metal. Demorou um momento para eu perceber o que ele queria dizer: seus rostos estavam virados três quartos para nós, como tinham estado três quartos para nós naquela manhã. Suas cabeças se moveram. Pela primeira vez, segui a direção de seus olhos... e descobri que eles estavam olhando para o sol.

Acenei para o garoto e gritei:

— Estou vendo!

Estávamos no pulso, com a pequena planície da mão estendida diante de nós, mais larga e segura até do que o braço. Enquanto eu caminhava sobre ela, o garoto correu na minha frente. O anel estava no segundo dedo, um dedo maior do que um tronco cortado da maior árvore. O pequeno Severian correu para ele, equilibrando-se sem dificuldade na crista, e eu o vi estender as mãos para tocar o anel.

Houve um clarão de luz: brilhante, mas não ofuscante no sol da tarde; como ele estava tingido de violeta, parecia quase uma escuridão.

Isso o deixou enegrecido e consumido. Por um momento, eu acho, ele ainda estava vivo; sua cabeça sacudiu para trás e seus braços se abriram. Houve uma nuvem de fumaça, levada imediatamente pelo vento. O corpo caiu, seus membros contraindo-se como as pernas de um inseto morto, e rolou até cair fora de vista na fenda entre o segundo e o terceiro dedos.

Eu, que tinha visto tantas marcações e abacinamentos, e até mesmo usado o ferro de marcar eu mesmo (entre o bilhão de coisas de que me lembro perfeitamente está a carne das bochechas de Morwenna empolando), mal conseguia me forçar a ir e olhar para ele.

Havia ossos ali, naquele lugar estreito entre os dedos, mas eram ossos velhos que quebraram sob meus pés quando pulei para baixo, como os ossos espalhados pelos caminhos em nossa necrópole, e não me dei ao trabalho de examiná-los. Peguei a Garra. Quando me amaldiçoei por não usá-la quando o corpo de Thecla foi trazido à tona no banquete de Vodalus, Jonas me disse para não ser um tolo, que quaisquer poderes que a Garra pudesse possuir não poderiam ter restaurado a vida àquela carne assada.

E não pude deixar de pensar que se ela agisse agora e restaurasse o pequeno Severian para mim, apesar de toda a minha alegria, eu o levaria para algum lugar seguro e cortaria minha própria garganta com *Terminus Est*. Porque se a Garra fizesse isso, teria chamado Thecla de volta também, se ao menos tivesse sido usada; e Thecla era uma parte de mim agora morta para sempre.

Por um momento, pareceu que havia um tremeluzir, uma sombra ou aura brilhante; então o cadáver do garoto se desintegrou em cinzas pretas que se agitaram no ar inquieto.

Fiquei de pé, guardei a Garra e comecei a andar de volta, vagamente perguntando-me quanto trabalho eu teria para deixar aquele lugar estreito e voltar às costas da mão. (No final, tive que colocar *Terminus Est* na ponta de sua própria lâmina e um pé em um quilhão para me levantar, então rastejar de volta, cabeça baixa, até poder agarrar seu punho e puxá-la para cima atrás de mim.) Não houve confusão de memória, mas por um tempo uma confusão de mentes, na qual o garoto estava fundido naquele outro garoto, Jader, que tinha vivido com sua irmã moribunda no jacal sobre a encosta em Thrax. Aquele, que tinha vindo a significar tanto para mim, eu não pude salvar; o outro, que tinha significado pouco, eu havia curado. De alguma forma, foi para mim como se eles fossem o mesmo garoto. Sem dúvida, era apenas uma reação protetora da minha mente, um abrigo que ela buscava da tempestade da loucura; mas me pareceu, de alguma forma, que enquanto Jader vivesse, o menino que sua mãe havia chamado Severian não poderia realmente perecer.

Eu pretendia parar na mão e olhar para trás; não consegui: a verdade é que eu temia ir até a borda e me jogar. Na verdade, não parei até quase ter voltado a trilhar a escada estreita que descia tantas centenas de degraus até o colo largo da montanha. Então me sentei e mais uma vez encontrei aquele ponto de cor que era a encosta abaixo da qual a casa de Casdoe estava. Lembrei-me do latido do cachorro marrom quando eu tinha atravessado a floresta em direção a ele. Tinha sido um covarde, aquele cachorro, quando o alzabo chegou, mas morreu com os dentes na carne contaminada de um zoantropo, enquanto eu, um covarde também, fiquei para trás. Lembrei-me do rosto cansado e adorável de Casdoe, do garoto espiando por trás da saia dela, do jeito que o velho tinha se sentado de pernas cruzadas, de costas para o fogo, falando de Fechin. Eles estavam todos mortos agora, Severa e Becan, os quais eu nunca tinha visto; o velho, o cão, Casdoe, agora o pequeno Severian, até mesmo Fechin, todos mortos, todos perdidos nas brumas que obscurecem nossos dias. O tempo em si é uma coisa, assim me parece, que se mantém sólida como uma cerca de estacas de ferro com sua fileira infinita de anos; e nós passando, fluindo como o Gyoll, em nosso caminho para um mar do qual retornaremos apenas como chuva.

Então percebi, no braço daquela figura gigante, a ambição de conquistar o tempo, uma ambição ao lado da qual o desejo dos sóis distantes é apenas a luxúria de algum líder de tribo medíocre e emplumado para subjugar alguma outra tribo.

Ali fiquei sentado até que o sol estivesse quase escondido pelo surgimento das montanhas no oeste. Deveria ter sido mais fácil descer a escada do que tinha sido subi-la, mas eu estava com muita sede agora, e o solavanco de cada passo machucava meus joelhos. A luz estava quase acabando, e o vento era como gelo. Um cobertor tinha sido queimado com o menino; desdobrei o outro e enrolei meu peito e ombros nele sob minha capa.

Quando eu estava, talvez, na metade do caminho, parei para descansar. Apenas um fino crescente de marrom avermelhado restava do dia. Ele estreitou, então desapareceu; e enquanto fazia isso, cada um dos grandes catafractários de metal abaixo de mim levantou uma mão em saudação. Tão silenciosos eles eram, e tão firmes, que eu quase poderia ter acreditado que tinham sido esculpidos com braços erguidos, como eu os vi.

Por um tempo, a maravilha disso lavou toda a minha tristeza de mim, e eu só conseguia me maravilhar. Fiquei onde estava, olhando para eles sem ousar me mover. A noite chegou correndo pelas montanhas; no último crepúsculo, vi os braços poderosos se abaixaram.

Ainda atordoado, entrei novamente no aglomerado silencioso de edifícios que ficavam no colo da figura. Se eu tinha visto um milagre falhar, havia testemunhado outro; e mesmo um milagre aparentemente sem propósito é uma fonte inesgotável de esperança, pois nos prova que, como não entendemos tudo, nossas derrotas — bem mais numerosas que nossas poucas e vazias vitórias — podem ser igualmente ilusórias.

Por algum erro idiota, consegui me perder quando tentei retornar ao prédio circular onde havia dito ao garoto que passaríamos a noite, e eu estava cansado demais para procurá-lo. Em vez disso, encontrei um lugar abrigado bem longe do guarda de metal mais próximo, onde esfreguei minhas pernas doloridas e me enrolei contra o frio o melhor que pude. Embora eu deva ter adormecido quase imediatamente, logo fui acordado pelo som de passos suaves.

XXV

Typhon e Piaton

Quando ouvi os passos, tinha me levantado e desembainhado minha espada, e esperei em uma sombra pelo que pareceu pelo menos uma vigília, embora fosse sem dúvida muito menos.

Mais duas vezes eu os ouvi, rápidos e suaves, mas de alguma forma sugestivos de um homem grande: um homem poderoso apressado, quase correndo, de pés leves e atlético.

Ali, as estrelas estavam em toda a sua glória; tão brilhantes quanto devem ser vistas pelos marinheiros em cujos portos estão quando sobem para espalhar a gaze dourada que envolveria um continente. Eu podia ver os guardas imóveis quase como se estivesse de dia, e os edifícios ao meu redor, banhados pelas luzes multicoloridas de dez mil sóis. Pensamos com horror nas planícies congeladas de Dis, o companheiro mais externo do nosso sol: mas de quantos sóis somos o companheiro mais externo? Para o povo de Dis (se é que esse povo existe), tudo é uma longa noite estrelada.

Por diversas vezes, ali de pé sob as estrelas, quase adormeci; e nas fímbrias do sono me preocupei com o menino, pensando que provavelmente o tinha acordado quando me levantei e imaginando onde encontraria comida para ele quando o sol pudesse ser visto novamente. Depois de tais pensamentos, a lembrança de sua morte veio à minha mente quando a noite chegou à montanha, uma onda de trevas e desespero. Eu soube então como Dorcas se sentiu quando Jolenta morreu. Claro que não houve nenhuma brincadeira sexual entre o menino e eu, como acredito que houve em algum momento entre Dorcas e Jolenta; mas também nunca foi o amor carnal delas que despertou meu ciúme. A profundidade do meu sentimento pelo menino tinha sido tão grande quanto o de Dorcas por Jolenta, certamente (e certamente muito maior que o de Jolenta por Dorcas). Se Dorcas soubesse disso, teria ficado tão cheia de ciúmes quanto eu às vezes ficava, pensei, se ao menos ela tivesse me amado como eu a amara.

†

Por fim, quando não ouvi mais os passos, escondi-me o melhor que pude, deitei-me e dormi. Eu meio que esperava não acordar daquele sono, ou que acordaria com uma faca na garganta, mas nada disso aconteceu. Sonhando com água, dormi para bem além da aurora e acordei sozinho, frio e rígido em todos os membros.

Não dei a mínima então para o segredo dos passos, ou dos guardas, ou do anel, ou de qualquer outra coisa naquele lugar amaldiçoado. Meu único desejo era deixá-lo, e o mais rápido possível; e fiquei encantado — embora não pudesse explicar o porquê — quando descobri que não teria que passar novamente pelo prédio circular no meu caminho para o lado noroeste da montanha.

Houve muitas vezes em que senti que tinha enlouquecido, pois já tive muitas grandes aventuras, e as maiores aventuras são aquelas que agem mais fortemente em nossas mentes. Assim foi, então. Um homem, maior do que eu e muito mais largo de ombros, saiu de entre os pés de um catafractário, e foi como se uma das monstruosas constelações do céu noturno tivesse caído em Urth e se revestido da carne da humanidade. Pois o homem tinha duas cabeças, como um ogro em algum conto esquecido em *As Maravilhas de Urth e do Céu.*

Instintivamente, coloquei minha mão no punho da espada em meu ombro. Uma das cabeças riu; acho que foi a única risada que eu jamais ouviria ao desnudar aquela grande lâmina.

— Por que você está alarmado? — gritou. — Vejo que está tão bem equipado quanto eu. Qual é o nome da sua amiga?

Mesmo surpreso, admirei sua ousadia.

— Ela é *Terminus Est* — falei, e virei a espada para que ele pudesse ver a escrita no aço.

— "Este é o lugar da divisão". Muito bom. Muito bom mesmo, e particularmente bom que seja lido aqui e agora, porque desta vez será verdadeiramente uma linha entre o velho e o novo como o mundo nunca viu. O nome do meu amigo é Piaton, o que temo que não signifique muito. Ele é um servo inferior ao que você tem, embora talvez seja um corcel melhor.

Ao ouvir seu nome, a outra cabeça abriu bem os olhos, que estavam meio fechados, e os revirou. Sua boca se moveu como se fosse falar, mas nenhum som emergiu. Pensei que fosse uma espécie de idiota.

— Mas agora você pode guardar sua arma. Como vê, estou desarmado, embora já decapitado, e de qualquer forma, não lhe desejo mal algum.

Ele levantou as mãos enquanto falava, e se virou para um lado e depois para o outro, para que eu pudesse ver que ele estava completamente nu, algo que já estava claro o suficiente. Perguntei:

— Você seria, talvez, o filho do homem morto que vi no prédio redondo lá atrás?

Eu tinha embainhado *Terminus Est* enquanto falava, e ele deu um passo mais para perto, dizendo:

— De jeito nenhum. Eu sou aquele homem.

Dorcas surgiu em meus pensamentos como se através das águas marrons do Lago dos Pássaros, e eu senti novamente sua mão morta agarrar a minha. Antes que eu soubesse que estava falando, falei num jato:

— Eu lhe restaurei a vida?

— Diga antes que sua vinda me despertou. Você me pensou morto quando eu estava apenas seco. Eu bebi, e como você vê, vivo novamente. Beber é viver, ser banhado em água é ter um novo nascimento.

— Se o que você me diz é verdade, é maravilhoso. Mas eu estou precisando muito de água para pensar sobre isso agora. Você diz que bebeu, e a maneira como diz isso implica pelo menos que você é amigável comigo. Prove, por favor. Eu não como ou bebo há muito tempo.

A cabeça que falou, sorriu.

— Você tem a maneira mais maravilhosa de se encaixar em tudo o que eu planejo: há uma adequação em você, até mesmo em suas roupas, que eu acho encantadora. Eu estava prestes a sugerir que fôssemos aonde há comida e bebida em abundância. Venha comigo.

Naquele momento, acho que eu teria seguido para qualquer lugar qualquer um que me prometesse água. Desde então, tentei me convencer de que fui por curiosidade, ou porque esperava aprender o segredo dos grandes catafractários; mas quando me lembro daqueles momentos e vasculho minha mente como ela era então, não encontro nada além de desespero e sede. A cachoeira acima da casa de Casdoe teceu suas colunas prateadas diante dos meus olhos, e me lembrei da Fonte Vática da Casa Absoluta, e do jorro de água do topo do penhasco em Thrax quando abri a comporta para inundar a Víncula.

O homem de duas cabeças andava na minha frente como se estivesse confiante de que eu iria segui-lo, e igualmente confiante de que eu não iria atacá-lo. Quando dobramos uma esquina, percebi pela primeira vez que não estava, como havia pensado, em uma das ruas irradiantes que levavam ao edifício circular. Ele estava diante de nós agora. Uma porta — embora não fosse aquela pela qual o pequeno Severian e eu tínhamos passado — estava aberta como antes, e entramos.

— Aqui — disse a cabeça que falava. — Entre.

A coisa na direção da qual ele gesticulou era como um barco, e acolchoado em todos os lugares como o barco de nenúfar no jardim do Autarca tinha sido; e, no entanto, flutuava não na água, mas no ar. Quando toquei na borda, o barco balançou e sacudiu sob minha mão, embora o movimento fosse quase pequeno demais para ser visto. Afirmei:

— Isto deve ser um voador. Nunca vi um tão de perto.

— Se um voador fosse uma andorinha, este aqui seria... não sei... um pardal, talvez. Ou uma toupeira, ou o pássaro de brinquedo que as crianças batem com remos para fazê-lo voar de um lado para outro entre eles. A cortesia, temo, exige que você entre primeiro. Eu lhe asseguro de que não há perigo.

Ainda assim, hesitei. Parecia haver algo tão misterioso sobre aquela embarcação que por um momento não consegui me obrigar a pôr os pés nela. Disse:

— Venho de Nessus e da margem oriental do Gyoll, e fomos ensinados lá que o lugar de honra em qualquer embarcação é ser o último a entrar e o primeiro a sair.

— Exatamente — respondeu a cabeça que falava, e antes que eu percebesse o que estava acontecendo, o homem de duas cabeças me agarrou pela cintura e me jogou dentro do barco como eu poderia ter jogado o menino. Ele mergulhou e rolou sob o impacto do meu corpo, e um momento depois guinou violentamente quando o homem de duas cabeças saltou ao meu lado. — Espero que não tenha pensado que teria precedência sobre mim.

Ele sussurrou algo e a embarcação começou a se mover. Ela deslizou para frente, devagar no início, mas estava ganhando velocidade.

— A verdadeira cortesia — prosseguiu ele — faz jus ao nome. É a cortesia que honra a verdade. Quando o plebeu se ajoelha para o monarca, ele está oferecendo seu pescoço. Ele o oferece porque sabe que seu governante pode pegá-lo, se desejar. Pessoas comuns assim dizem, ou melhor, costumavam dizer, em tempos mais antigos e melhores, que eu não tenho amor pela verdade. Mas a verdade é que é precisamente a verdade que eu amo, um reconhecimento aberto de um fato.

Todo esse tempo estávamos deitados de corpo inteiro, com pouco mais que a largura de uma mão entre nós. A cabeça idiota que o outro chamava de Piaton arregalou os olhos para mim e moveu os lábios enquanto falava, resmungando confusamente.

Tentei me sentar. O homem de duas cabeças me pegou com um braço de ferro e me puxou para baixo novamente, dizendo:

— É perigoso. Essas coisas foram feitas para se deitar dentro. Você não gostaria de perder a cabeça, não é? É quase tão ruim, acredite em mim, quanto ganhar uma extra.

O barco abaixou e mergulhou na escuridão. Por um momento, pensei que íamos morrer, mas a sensação se tornou uma de velocidade estimulante, o tipo de sensação que eu conhecia quando menino, quando costumávamos deslizar em galhos de sempre-vivas entre os mausoléus no inverno. Quando percebi quc já estava mc acostumando um pouco com isso, perguntei:

— Você nasceu assim como é? Ou Piaton lhe foi, na verdade, imposto de alguma forma? — Acho que eu já havia começado a perceber que minha vida dependeria de descobrir o máximo quc pudcssc sobrc cssc scr cstranho.

A cabeça que falou riu.

— Meu nome é Typhon. Você pode muito bem me chamar assim. Já ouviu falar de mim? Um dia eu governei este planeta e muitos outros.

Eu tinha certeza de que ele mentia, então falei:

— Rumores de seu poder ainda ecoam... Typhon.

Ele riu de novo.

— Você estava prestes a me chamar de Imperador ou algo do tipo, não estava? Ainda haverá de fazer isso. Não, eu não nasci como sou, ou nem sequer nasci, como você quis dizer. Tampouco Piaton foi enxertado em mim. Eu fui enxertado nele. O que acha disso?

O barco se movia tão rapidamente agora que o ar estava assobiando acima de nossas cabeças, mas a descida parecia menos íngreme do que tinha sido. Enquanto eu falava, ela se tornou quase nivelada.

— Você desejou isso?

— Eu ordenei.

— Então acho muito estranho. Por que você desejaria que tal coisa fosse feita?

— Para que eu pudesse ter vida, é claro. — Estava escuro demais agora para eu ver qualquer rosto, embora o de Typhon estivesse a menos de um côvado do meu. — Toda vida age para preservar sua vida: é isso que chamamos de Lei da Existência. Nossos corpos, você vê, morrem muito antes de nós. Na verdade, seria justo dizer que nós só morremos porque eles morrem. Meus médicos, e eu naturalmente tinha os melhores de muitos mundos, me disseram que talvez fosse possível eu assumir um novo corpo, sendo o primeiro pensamento deles encerrar meu cérebro no crânio previamente ocupado por outro. Você vê a falha nisso?

Imaginando se ele estava falando sério, respondi:

— Não, receio que não.

— O rosto: o rosto! O rosto estaria perdido, e é o rosto que os homens estão acostumados a obedecer! — Sua mão agarrou meu braço no escuro. — Eu disse a eles que isso não serviria. Então veio um que sugeriu que a cabeça inteira poderia ser substituída. Seria até mais fácil, ele disse, porque as complexas conexões neurais que controlam a fala e a visão seriam deixadas intactas. Prometi-lhe um palatinado se ele tivesse sucesso.

— Parece-me... — comecei.

Typhon riu mais uma vez.

— Que seria melhor se a cabeça original fosse removida primeiro. Sim, eu sempre pensei assim. Mas a técnica de fazer as conexões neurais era difícil, e ele descobriu que a melhor maneira; tudo isso foi com cobaias experimentais que forneci para ele; era transferir apenas as funções voluntárias por cirurgia. Quando isso fosse feito, as involuntárias se transferiam sozinhas depois de um tempo. Então a cabeça original poderia ser removida. Deixaria uma cicatriz, é claro, mas uma camisa a cobriria.

— Mas algo deu errado? — Eu já tinha me afastado dele o máximo que pude no barco estreito.

— Era principalmente uma questão de tempo. — O terrível vigor de sua voz, que havia sido implacável, agora parecia diminuir. — Piaton era um dos meus escravos; não o maior, mas o mais forte de todos. Nós os testamos. Nunca me ocorreu que alguém com sua força poderia ser forte também em manter a ação do coração...

— Entendo — eu disse, embora não entendesse nada.

— Foi um período de grande confusão também. Meus astrônomos me disseram que a atividade deste sol decairia lentamente. Muito lentamente, na verdade, para que a mudança fosse perceptível em uma vida humana. Eles estavam errados. O calor do mundo declinou em quase duas partes em mil ao longo de alguns anos, depois se estabilizou. As colheitas falharam, e houve fome e tumultos. Eu deveria ter ido embora naquela época.

— Por que não o fez? — perguntei.

— Senti que uma mão firme era necessária. Só pode haver uma mão firme, seja a do governante ou de outra pessoa...

— Então também, um fazedor de milagres havia surgido, como só acontece com essa gente. Ele não era realmente um encrenqueiro, embora alguns dos meus ministros dissessem que sim. Eu havia me recolhido para cá até que meu tratamento estivesse completo, e como doenças e deformidades pareciam fugir dele, ordenei que o trouxessem a mim.

— O Conciliador — falei, e um momento depois poderia ter aberto meu próprio pulso por isso.

— Sim, esse era um dos nomes dele. Você sabe onde ele está agora?

— Ele morreu há muitas quilíadas.

— E ainda assim permanece, eu acho?

Essa observação me assustou tanto que olhei para o saco suspenso em meu pescoço para ver se uma luz azul não estava escapando dele.

Nesse instante, a embarcação na qual viajávamos levantou sua proa e começou a subir. O gemido do ar ao nosso redor se tornou o rugido de um redemoinho.

XXVI

Os Olhos do Mundo

Talvez o barco fosse controlado pela luz: quando a luz faiscou ao nosso redor, ele parou imediatamente. No colo da montanha, eu tinha sofrido com o frio, mas isso não era nada comparado ao que sentia agora. Não soprava vento, mas estava mais frio que o inverno mais rigoroso que eu conseguia lembrar, e fiquei tonto com o esforço de me sentar.

Typhon se levantou de um salto.

— Faz muito tempo desde a última vez que estive aqui. Bem, é bom estar em casa novamente.

Estávamos em uma câmara vazia escavada em rocha sólida, um lugar tão grande quanto um salão de baile. Duas janelas circulares na extremidade mais distante deixavam a luz entrar; Typhon correu em direção a elas. Estavam, talvez, a cem passos de distância, e cada uma tinha uns dez côvados de largura. Eu o segui até perceber que seus pés descalços deixaram pegadas escuras e distintas. A neve tinha entrado pelas janelas e se espalhado no chão de pedra. Eu caí de joelhos, peguei um punhado dessa neve com as mãos e enchi minha boca com ela.

Eu nunca havia provado nada tão delicioso. O calor da minha língua pareceu derreter tudo em néctar no mesmo instante. Eu realmente senti que poderia permanecer onde estava por toda a minha vida, de joelhos, devorando a neve. Typhon se virou e, ao me ver, riu.

— Eu tinha esquecido o quanto você estava com sede. Vá em frente. Temos muito tempo. O que eu queria mostrar a você pode esperar.

A boca de Piaton também se moveu como antes, e pensei ter visto uma expressão de simpatia no rosto idiota. Isso me fez voltar a mim, possivelmente só porque eu já tinha engolido vários bocados da neve derretida. Quando engoli novamente, fiquei onde estava, juntando uma nova pilha, mas falei:

— Você me contou sobre Piaton. Por que ele não consegue falar?

— Ele não consegue respirar, pobre sujeito — disse Typhon. Agora eu vi que ele tinha uma ereção, que acalentava com uma das mãos. — Como falei, controlo todas as funções voluntárias: controlarei as involuntárias também, em breve. Então, embora o pobre Piaton ainda consiga mover a língua e moldar os lábios, ele é como um músico que dedilha os pistões de uma trompa que não consegue tocar. Quando você tiver o suficiente dessa neve, me diga, e eu lhe mostrarei onde você pode comer alguma coisa.

Enchi minha boca novamente e engoli.

— Já chega. Sim, estou com muita fome.

— Ótimo — disse ele, e afastando-se das janelas, foi até a parede de um lado da câmara. Quando me aproximei, vi que, pelo menos, não era (como eu havia pensado) pedra simples. Em vez disso, parecia uma espécie de cristal, ou vidro grosso e esfumaçado; através dele eu podia ver côdeas de pão e muitos pratos estranhos, tão parados e perfeitos quanto comida em uma pintura.

— Você tem um talismã de poder — Typhon me disse. — Agora deve dá-lo para mim, para que possamos abrir este armário.

— Receio não entender o que você quer dizer. Você quer minha espada?

— Eu quero a coisa que você usa em seu pescoço — disse Typhon, e estendeu a mão para ela.

Dei um passo para trás.

— Não há poder nela.

— Então você não perde nada. Entregue-a para mim. — Enquanto Typhon falava, a cabeça de Piaton se movia quase imperceptivelmente de um lado para o outro.

— É apenas uma curiosidade — comentei. — Certa vez, achei que ela tinha grande poder, mas quando tentei reviver uma linda mulher que estava morrendo, não surtiu efeito, e ontem não conseguiu restaurar o garoto que viajava comigo. Como você sabia disso?

— Eu estava observando você, é claro. Subi alto o suficiente para vê-lo bem. Quando meu anel matou a criança e você foi até ela, vi o fogo sagrado. Você não precisa realmente colocá-lo na minha mão se não quiser: apenas faça o que eu lhe disser.

— Você poderia ter nos avisado, então — reclamei.

— Por que deveria? Naquele momento, você não era nada para mim. Quer comer ou não?

Peguei a gema. Afinal, Dorcas e Jonas a tinham visto, e eu tinha ouvido falar que as pelerinas a tinham exibido em uma custódia em grandes ocasiões. Ela estava na minha palma, como um pedaço de vidro azul, todo o fogo apagado. Typhon se inclinou sobre ela, curioso.

— Não é nada impressionante. Agora, ajoelhe-se.

Eu me ajoelhei.

— Repita comigo: juro por tudo que este talismã representa que, pela comida que receberei, serei a criatura daquele que conheço como Typhon, para todo o sempre...

Uma armadilha estava se fechando ao lado da qual a rede de Decuman era uma primeira tentativa primitiva. Esta era tão sutil que eu mal sabia que estava lá, e ainda assim sentia que cada fio era de aço duro.

— ...dando a ele tudo o que tenho e tudo o que serei, o que possuo agora e o que possuirei nos dias que virão, vivendo ou morrendo conforme sua vontade.

— Já quebrei juramentos antes — avisei. — Se eu fizesse esse juramento, também o quebraria.

— Então aceite — pediu ele. — Não é mais do que uma formalidade que devemos seguir. Aceite, e eu posso liberá-lo assim que você terminar de comer.

Em vez disso, fiquei de pé.

— Você disse que amava a verdade. Agora entendo o porquê: é a verdade que une os homens. — Guardei a Garra.

Se eu não tivesse feito isso, ela teria se perdido para sempre um momento depois. Typhon me agarrou, prendendo meus braços ao lado do corpo para que eu não pudesse puxar *Terminus Est*, e correu comigo para uma das janelas. Eu lutei, mas foi como um cachorrinho lutando nas mãos de um homem forte.

Quando nos aproximamos, o grande tamanho da janela fez com que ela parecesse não uma janela; era como se uma parte do mundo exterior tivesse se intrometido na câmara, e era uma parte que consistia não nos campos e árvores na base da montanha, que era o que eu esperava, mas de mera extensão, um fragmento do céu. A parede de pedra da câmara, com menos de um côvado de espessura, flutuava para trás no canto da minha visão como a linha confusa que vemos, nadando com os olhos abertos, que é a demarcação entre a água e o ar.

Então eu estava do lado de fora. O domínio de Typhon havia mudado para meus tornozelos, mas fosse por causa da espessura das minhas botas, ou meramente por causa do meu pânico, por um momento senti que não estava sendo segurado de forma alguma. Minhas costas estavam voltadas para a massa da montanha. A Garra, em sua bolsa macia, balançava abaixo da minha cabeça, segura pelo meu queixo. Lembro-me de sentir um medo repentino e absurdo de que *Terminus Est* escorregasse de sua bainha.

Levantei-me com os músculos da barriga, como um ginasta faz quando se pendura na barra pelos pés. Typhon soltou um dos meus tornozelos para golpear minha boca com o punho, então eu caí para trás novamente. Gritei e tentei limpar meus olhos do sangue que escorria dos meus lábios.

A tentação de sacar minha espada, me levantar novamente e golpear com ela era quase grande demais para resistir. No entanto, eu sabia que não poderia fazer isso sem dar a Typhon tempo suficiente para ver o que eu pretendia e me deixar cair. Mesmo que conseguisse, eu morreria.

— Eu imploro a você agora... — A voz de Typhon veio acima de mim, parecendo distante naquela imensidão dourada. — ...que exija do seu talismã a ajuda que ele pode lhe fornecer.

Ele fez uma pausa, e cada momento parecia a própria Eternidade.

— Ele pode ajudá-lo?

Eu consegui gritar:

— Não.

— Você entende onde está?

— Eu vi. No rosto. O autarca da montanha.

— É meu rosto: você viu isso? Eu era o autarca. Sou eu quem vem de novo. Você está nos meus olhos, e é a íris do meu olho direito que está atrás de você, entende? Você é uma lágrima, uma única lágrima preta que eu choro. Em um instante, posso deixar você cair para manchar minha vestimenta. Quem pode salvá-lo, Portador do Talismã?

— Você. Typhon.

— Só eu?

— Só, Typhon.

Ele me puxou de volta, e eu me agarrei a ele como o garoto havia antes se agarrado a mim, até que estivéssemos bem dentro da grande câmara que era a cavidade craniana da montanha.

— Agora — disse ele — faremos mais uma tentativa. Você deve vir comigo para o olho novamente, e desta vez deve vir de boa vontade. Talvez seja mais fácil para você se formos para o olho esquerdo ao invés do direito.

Ele pegou meu braço. Suponho que eu poderia dizer que fui por vontade própria, já que caminhei; mas acho que nunca na minha vida andei com menos vontade. Era apenas a lembrança da minha humilhação recente que me impedia de recusar. Não paramos até ficarmos na borda do olho; então, com um gesto, Typhon me forçou a olhar para fora. Abaixo de nós, havia um oceano de nuvens ondulantes, azul com sombra onde não era rosa com a luz do sol.

— Autarca — comecei — como estamos aqui, quando a embarcação em que viajamos mergulhou em um túnel tão comprido?

Ele desprezou minha pergunta com um dar de ombros.

— Por que a gravidade deveria servir a Urth, quando pode servir a Typhon? No entanto, Urth é bela. Olhe! Você vê o manto do mundo. Não é lindo?

— Muito lindo — concordei.

— Pode ser seu manto. Eu lhe disse que fui autarca em muitos mundos. Eu serei novamente, e desta vez em muitos outros. Deste mundo, o mais antigo de todos, fiz minha capital. Isso foi um erro, porque demorei muito quando o desastre veio. Quando eu deveria ter escapado, a fuga não estava mais aberta para mim: aqueles a quem eu tinha dado o controle de tais naves que poderiam alcançar as estrelas fugiram nelas, e eu fiquei sitiado nesta montanha. Não cometerei esse erro de novo. Minha capital estará em outro lugar, e eu darei este mundo a você, para governar como meu administrador.

Respondi:

— Nada fiz para merecer uma posição tão exaltada.

— Portador do talismã, ninguém, nem mesmo você, pode exigir que eu justifique meus atos. Em vez disso, contemple seu império.

Bem abaixo de nós, um vento nasceu enquanto ele falava. As nuvens ferviam sob seu chicote e se reuniam como soldados em fileiras cerradas, movendo-se para o leste. Abaixo delas, vi montanhas e as planícies costeiras, e além das planícies a tênue linha azul do mar.

— Veja! — Typhon apontou, e quando o fez, um pontinho de luz apareceu nas montanhas ao nordeste. — Alguma grande arma de energia foi usada lá — contou. — Talvez pelo governante desta era, talvez por seus inimigos. O que quer que tenha sido, sua localização foi revelada agora, e será destruída. Os exércitos desta era são fracos. Eles voarão diante de nossos manguais como o joio na colheita.

— Como você pode saber de tudo isso? — perguntei. — Você estava morto, até que meu filho e eu viemos a você.

— Sim. Mas vivi quase um dia e enviei meu pensamento para lugares distantes. Há poderes nos mares agora que querem governar. Eles se tornarão nossos escravos, e as hordas do norte são deles.

— E o povo de Nessus? — Eu estava gelado até os ossos; minhas pernas tremiam debaixo de mim.

— Nessus será sua capital, se você desejar. Do seu trono em Nessus você me enviará tributos de belas mulheres e meninos, de antigos dispositivos e livros, e todas as coisas boas que este mundo de Urth produz.

Ele tornou a apontar. Eu vi os jardins da Casa Absoluta como um xale verde e dourado lançado sobre um gramado, e além dele a Muralha de Nessus, e a poderosa cidade propriamente dita, a Cidade Imperecível, espalhando-se por tantas centenas de léguas que até as torres da Cidadela se perdiam naquela extensão infinita de telhados e ruas sinuosas.

— Nenhuma montanha é tão alta — pontuei. — Se esta fosse a maior de todo o mundo, e se estivesse na coroa da segunda maior, um homem nunca poderia ver tão longe quanto vejo agora.

Typhon me pegou pelo ombro.

— Esta montanha é tão alta quanto eu desejo que seja. Você esqueceu de quem é o rosto que ela carrega?

Eu só conseguia encará-lo.

— Tolo — disse ele. — Você vê através dos meus olhos. Agora, pegue seu talismã. Eu terei seu juramento sobre ele.

Eu tirei a Garra — pela última vez, como pensei — da bolsa de couro que Dorcas havia costurado para ela.

Enquanto eu fazia isso, houve uma leve agitação bem abaixo de mim. A visão do mundo de fora da janela da câmara ainda era grandiosa além da imaginação, mas era apenas o que um homem poderia discernir de um poderoso pico: o prato azul de Urth. Através das nuvens abaixo, eu podia vislumbrar o colo da montanha, com muitos edifícios retangulares, o edifício circular no centro e os catafractários. Lentamente, eles estavam virando seus rostos para longe do sol, para cima, para olhar para nós.

— Eles me honram — disse Typhon. A boca de Piaton também se moveu, mas não com a dele. Desta vez, prestei atenção nisso.

— Você estava no outro olho, anteriormente — disse a Typhon — e eles não o honraram, então. Eles saúdam a Garra. Autarca, e o Novo Sol, se enfim ele vier? Você será seu inimigo também, como você foi o inimigo do Conciliador?

— Jure para mim, e acredite em mim, quando ele vier eu serei seu mestre, e ele meu escravo mais abjeto.

Então ataquei.

Existe uma maneira de esmagar o nariz com o calcanhar da mão para que o osso estilhaçado seja cravado no cérebro. Entretanto, é preciso ser muito rápido, porque sem a necessidade de pensar, um homem levantará as mãos para proteger o rosto quando vir o golpe. Eu não fui tão rápido quanto Typhon, mas foi seu próprio rosto que suas mãos ergueram para proteger. Eu golpeei Piaton e senti o pequeno e terrível estalo que é o símbolo da morte. O coração que não o serviu por tantas quilíadas parou de bater.

Depois de um momento, empurrei o corpo de Typhon sobre a queda com o pé.

XXVII

Em Caminhos Elevados

O barco flutuante não me obedecia, pois eu não tinha a palavra para isso. (Muitas vezes, pensei que sua palavra poderia estar entre as coisas que Piaton havia tentado me dizer, assim como me disse para tirar sua vida; e eu queria ter prestado atenção nele antes.) No final, fui forçado a escalar pelo olho direito: a pior escalada da minha vida. Neste relato longo demais de minhas aventuras, eu disse muitas vezes que não esqueço nada, mas esqueci muito disso, porque estava tão exausto que me movia como se estivesse dormindo. Quando finalmente cambaleei para a silenciosa e selada cidade que ficava entre os pés das cataratas, devia ser quase noite, e me deitei ao lado de um muro que me dava abrigo do vento.

†

Há uma beleza terrível nas montanhas, mesmo quando elas nos levam perto da morte; na verdade, acho que é mais evidente, então, e que os caçadores que penetram nas montanhas bem-vestidos e bem alimentados e as deixam bem alimentados e bem-vestidos raramente as veem. Lá, todo o mundo pode parecer uma bacia natural de água limpa, parada e gelada.

Desci muito naquele dia e encontrei planícies altas que se estendiam por léguas, planícies cheias de grama doce e flores que nunca são vistas em altitudes mais baixas, flores pequenas e rápidas de florescer, perfeitas e puras como rosas nunca podem ser.

Essas planícies eram cercadas com frequência por encostas. Mais de uma vez, pensei que não poderia mais ir para o norte e teria que refazer meus passos; mas eu sempre encontrava um caminho no final, para cima ou para baixo, e então seguia em frente. Não vi soldados cavalgando ou marchando abaixo de mim, e embora isso fosse em certo sentido um alívio — pois eu estava com medo de que a patrulha do arconte ainda pudesse estar me rastreando — também era inquietante, porque mostrava que eu não estava mais perto das rotas pelas quais o exército era abastecido.

A lembrança do alzabo voltou a me assombrar. Eu sabia que devia haver muitos mais de sua espécie nas montanhas. Além do mais, eu não conseguia ter certeza de que ele estivesse morto de verdade. Quem saberia dizer que poderes de recuperação uma criatura dessas poderia possuir? Embora eu pudesse esquecê-lo à luz do dia, forçando-o, por assim dizer, para longe da minha consciência com preocupações sobre a presença ou ausência de soldados, e as mil imagens adoráveis de pico, catarata e vales arrebatadores que assaltavam meus olhos por todos os lados, ele retornava à noite, quando, encolhido em meu cobertor e capa, e queimando de febre, eu acreditava ouvir sua pisada suave, o raspar de suas garras.

Se, como frequentemente se diz, o mundo segue um plano de ordenamento (se é um plano formado antes de sua criação, ou um derivado durante os bilhões de eras de sua existência pela lógica inexorável da ordem e do crescimento, não faz diferença), então, em todas as coisas deve haver tanto a representação em miniatura de glórias superiores quanto a representação aprimorada de questões menores. Para manter minha atenção circulante longe da lembrança de seu horror, tentei algumas vezes fixá-la naquela faceta da natureza do alzabo que lhe permite incorporar as memórias e vontades dos seres humanos à sua própria. O paralelo com questões menores não me trouxe muita dificuldade. O alzabo pode ser comparado a certos insetos, que cobrem seus corpos com galhos e pedaços de grama, para que não sejam descobertos por seus inimigos. Visto de uma maneira, não há engano: os galhos, os fragmentos de folhas estão lá e são reais. No entanto, o inseto está dentro. Com o alzabo ocorre o mesmo. Quando Becan, falando pela boca da criatura, me disse que desejava sua esposa e o menino com ele, acreditava estar descrevendo seus próprios desejos, e assim era; mas esses desejos serviriam para alimentar o alzabo, que estava dentro, cujas necessidades e consciência se escondiam atrás da voz de Becan.

Não surpreendentemente, o problema de correlacionar o alzabo com alguma verdade superior era mais difícil; mas finalmente decidi que isso poderia ser comparado à absorção pelo mundo material dos pensamentos e atos de seres humanos que, embora não mais vivos, o marcaram tanto com atividades que no sentido mais amplo podemos chamar de obras de arte, sejam edifícios, canções, batalhas ou explorações, que por algum tempo após sua morte pode-se dizer que ele carrega suas vidas. Exatamente dessa maneira, a criança Severa sugeriu ao alzabo que ele poderia mover a mesa na casa de Casdoe para chegar ao sótão, embora a criança Severa não existisse mais.

Eu tinha Thecla, então, para me aconselhar, e embora eu tivesse pouca esperança quando a chamei, e ela pouco conselho para dar, ainda assim, tinha sido avisada frequentemente contra os perigos das montanhas, e me incitou a subir e seguir em frente, e descer, sempre descer para terras mais baixas e calor, ao amanhecer.

Não tive mais fome, pois a fome é uma coisa que passa se não se come. Em vez disso, veio a fraqueza, trazendo consigo uma clareza mental imaculada. Então, na noite do segundo dia depois de ter descido da pupila do olho direito, cheguei a uma cabana de pastor, uma espécie de colmeia de pedra, e encontrei nela uma panela e uma quantidade de milho moído.

Uma fonte na montanha estava a apenas uma dezena de passos de distância, mas não havia combustível. Passei a noite coletando os ninhos abandonados de pássaros de uma face rochosa a meia légua de distância, e naquela noite acendi o fogo com o espigão de *Terminus Est* e servi a refeição rústica (que levou muito tempo para cozinhar, por causa da altitude) e comi. Foi, eu acho, o melhor jantar que já provei, e tinha um sabor inconfundível, porém elusivo, de mel, como se o néctar da planta tivesse sido retido nos grãos secos, assim como o sal dos mares, que só a própria Urth lembra, é mantido dentro dos cernes de certas pedras.

Eu estava determinado a pagar pelo que tinha comido, e vasculhei meu sabretache procurando por algo de valor pelo menos igual que eu pudesse deixar para o pastor. Do livro marrom de Thecla eu não abriria mão.

Acalmei minha consciência, lembrando a mim mesmo que era improvável que o pastor soubesse ler de qualquer forma. Nem eu entregaria minha pedra de amolar quebrada: tanto porque ela lembrava o homem verde, quanto porque seria apenas um presente de mau gosto ali, onde pedras quase tão boas jaziam entre a grama nova de todos os lados. Eu não tinha dinheiro, tendo deixado todas as moedas que possuía com Dorcas. Por fim, decidi pela capa escarlate que ela e eu havíamos encontrado na lama da cidade de pedra, muito antes de chegarmos a Thrax. Estava manchada e fina demais para fornecer muito calor, mas eu esperava que as borlas e a cor brilhante agradassem a quem me alimentou.

Nunca entendi completamente como ela viera a estar onde a encontramos, ou mesmo se o estranho indivíduo que nos chamou para si a fim de que pudesse ter aquele breve período de vida renovada a deixara para trás intencional ou acidentalmente quando a chuva o dissolveu novamente naquele pó que ele tinha sido por tanto tempo. A antiga irmandade de sacerdotisas, sem dúvida, possui poderes que raramente ou nunca usa, e não é absurdo supor que tal ressurreição dos mortos esteja entre eles. Se for assim, ele pode tê-las chamado para si como nos chamou, e a capa pode ter sido deixada para trás por acidente.

No entanto, mesmo que seja assim, alguma autoridade maior pode ter sido obedecida. É dessa maneira que a maioria dos sábios explica o aparente paradoxo de que, embora livremente escolhamos fazer isso ou aquilo, cometer algum crime ou, por altruísmo, roubar a distinção sagrada do Empíreo, ainda assim o Incriado comanda a totalidade e é servido igualmente (isto é, totalmente) por aqueles que obedeceriam e aqueles que se rebelariam.

Não apenas isso. Alguns, cujos argumentos li no livro marrom e várias vezes discuti com Tecla, apontaram que, flutuando na Presença, habita uma multidão de seres que, embora pareçam minúsculos — de fato, infinitamente pequenos — em comparação, são correspondentemente vastos aos olhos dos homens, para os quais seu mestre é tão gigantesco que é invisível. (Por esse tamanho ilimitado, ele é diminuído, de modo que estamos em relação a ele como aqueles que andam sobre um continente, mas veem apenas florestas, pântanos, colinas de areia e assim por diante, e embora sintam, talvez, algumas pequenas pedras em seus sapatos, nunca refletem que a terra que ignoraram durante toda a vida está lá, caminhando com eles.)

Há outros sábios também, que duvidam da existência desse poder que esses seres, que podem ser chamados de amschaspands, dizem servir, não obstante afirmam o fato de sua existência. Suas afirmações não são baseadas em testemunho humano — do qual há muito e ao qual acrescento o meu, pois vi tal ser no livro espelhado nas câmaras do Padre Inire — mas, sim, em teoria irrefutável, pois eles dizem que se o universo não foi criado (o que eles, por razões não totalmente filosóficas, acham conveniente desacreditar), então ele deve ter existido para sempre até hoje. E se existiu, o próprio tempo se estende além do presente sem fim, e em um oceano tão ilimitado de tempo, todas as coisas concebíveis devem necessariamente ter acontecido. Tais seres como os amschaspands são concebíveis, pois eles, e muitos outros, conceberam-nos. Mas se criaturas tão poderosas uma vez entraram na existência, como deveriam ser destruídas? Portanto, elas ainda existem.

Assim, pela natureza paradoxal do conhecimento, é visto que, embora a existência do Ylem, a fonte primordial de todas as coisas, possa ser motivo de dúvidas, ainda assim não pode se duvidar da existência de seus servos.

E como tais seres certamente existem, não pode ser que eles interfiram (se é que isso pode ser chamado de interferência) em nossos assuntos por acidentes como o da capa escarlate que deixei no abrigo? Não é preciso poder ilimitado para interferir na economia interna de um formigueiro: uma criança pode mexer nele com um pedaço de pau. Não conheço pensamento mais terrível do que este. (O da minha própria morte, que popularmente se supõe tão terrível a ponto de ser inconcebível, não me incomoda muito; é sobre a minha vida que percebo, talvez por causa da perfeição da minha memória, que não consigo pensar.)

No entanto, há outra explicação: pode ser que todos aqueles que buscam servir à Teofania, e talvez até mesmo todos aqueles que alegam servi-la, embora pareçam a nós diferir tão amplamente e, de fato, travar uma espécie de guerra uns contra os outros, ainda estejam ligados, como as marionetes do menino e do homem de madeira que um dia vi em um sonho, e que, embora parecessem combater um ao outro, estavam, no entanto, sob o controle de um indivíduo invisível que operava as cordas de ambos. Se este for o caso, então o xamã que vimos pode ter sido amigo e aliado daquelas sacerdotisas que se espalham tão amplamente em sua civilização pela mesma terra onde ele, em selvageria primitiva, um dia sacrificou com rigidez litúrgica de tambor e crotal no pequeno templo da cidade de pedra.

†

Na última luz do dia, depois de dormir na cabana do pastor, cheguei ao lago chamado Diuturna. Foi ele, acho, e não o mar, que eu tinha visto no horizonte antes que minha mente fosse acorrentada pela de Typhon: se de fato meu encontro com Typhon e Piaton não fora uma visão ou um sonho, do qual acordei por necessidade no local onde o comecei. No entanto, o Lago Diuturna é quase um mar em si, pois é suficientemente vasto para ser incompreensível para a mente; e é a mente, afinal, que cria as ressonâncias convocadas por essa palavra: sem a mente, existe apenas uma fração de Urth coberta com água salobra. Embora este lago fique em uma altitude substancialmente maior do que a do mar verdadeiro, passei a maior parte da tarde descendo até sua costa.

A caminhada foi uma experiência marcante, e uma que valorizo até hoje, talvez a mais bela que eu consiga recordar, embora agora tenha em minha mente as experiências de tantos homens e mulheres, pois enquanto eu descia caminhava ao longo do ano. Quando deixei o abrigo, eu tinha acima de mim, atrás de mim, e à minha direita grandes campos de neve e gelo, através dos quais apareciam penhascos escuros mais frios ainda do que eles, penhascos varridos demais pelo vento para reter a neve, que peneirava e derretia na grama tenra da campina que eu pisava, a grama da primavera mais precoce. Enquanto eu caminhava, a grama ficava mais grossa e de um verde mais viril. Os sons de insetos, dos quais raramente tenho consciência, a menos que não os tenha ouvido por algum tempo, recomeçaram, com um ruído que me lembrou da afinação das cordas no Salão Azul antes da primeira cantilena começar, um ruído que eu às vezes costumava ouvir quando estava deitado em meu catre perto da porta aberta do dormitório dos aprendizes.

Arbustos, que apesar de toda a sua aparência de força e rigidez, não tinham sido capazes de suportar as alturas onde as gramas tenras viviam, apareciam agora; mas quando eu os examinei com cuidado, descobri que não eram arbustos, mas plantas que eu havia conhecido antes como árvores altas, ali atrofiadas pela brevidade do verão e pela selvageria do inverno, e muitas vezes divididas por esse mau uso em troncos bastante dispersos. Em uma dessas árvores anãs encontrei um tordo em um ninho, o primeiro pássaro que eu tinha visto em algum tempo, exceto pelos raptores voadores dos picos. Uma légua mais adiante e ouvi o assobio de mocós, que tinham seus buracos entre os afloramentos rochosos, e que erguiam suas cabeças malhadas com olhos pretos afiados para avisar seus parentes de minha chegada.

Uma légua adiante, um coelho passou pulando na minha frente com medo do astara giratório que eu não possuía. Eu estava descendo rapidamente àquela altura, e me dei conta de quanta força eu tinha perdido, não apenas para a fome e a doença, mas para a rarefação do ar. Era como se eu tivesse sido afligido por uma segunda doença, da qual não me dera conta até que o retorno das árvores e arbustos reais trouxe sua cura.

Neste ponto, o lago não era mais uma linha de azul enevoado; eu podia vê-lo como uma grande e quase inexpressiva extensão de água cor de aço, pontilhada por alguns barcos que eu mais tarde descobriria que eram construídos em sua maior parte de juncos, com uma pequena vila perfeita no final de uma baía, apenas um pouco à direita da minha atual linha de viagem.

Assim como eu não conhecia minha fraqueza, até ver os barcos e as curvas arredondadas dos telhados de palha da vila, não sabia o quão solitário eu tinha estado desde que o menino morreu. Era mais do que mera solidão, eu acho. Nunca tive muita necessidade de companhia, a menos que fosse a companhia de alguém que eu pudesse chamar de amigo. Certamente eu quase nunca desejei a conversa de estranhos ou a visão de rostos estranhos. Acredito que quando eu estava sozinho sentia que tinha de alguma forma perdido minha individualidade; para o tordo e o coelho eu não era Severian, mas Homem. As muitas pessoas que gostam de estar completamente sozinhas, e em particular de estar completamente sozinhas em um deserto, o fazem, acredito, porque gostam de desempenhar esse papel. Mas eu queria ser uma pessoa específica novamente, e então busquei o espelho de outras pessoas, que me mostrariam que eu não era como elas.

XXVIII

O Jantar do Hetman

Já era quase noite quando cheguei às primeiras casas. O sol espalhou um caminho de ouro vermelho pelo lago, uma trilha que parecia estender a rua da vila até a margem do mundo, de modo que um homem poderia ter caminhado por ele e saído para o universo maior. Mas a aldeia em si, por mais pequena e pobre que tivesse sido aos meus olhos quando cheguei, era boa o suficiente para mim, que estava caminhando há tanto tempo em lugares altos e remotos.

Não havia pousada, e como nenhuma das pessoas que me espiavam por cima dos peitoris das janelas parecia ansiosa para me receber, perguntei onde ficava a casa do hetman, empurrei para o lado a mulher gorda que atendeu a porta e me acomodei confortavelmente. Quando o hetman chegou para ver quem havia se nomeado seu hóspede, eu tinha apanhado minha pedra quebrada e meu óleo e estava debruçado sobre a lâmina de *Terminus Est* enquanto me aquecia diante de seu fogo. Ele começou curvando-se, mas estava tão curioso a meu respeito que não conseguiu resistir a olhar para cima enquanto se curvava; de modo que tive dificuldade em me conter para não rir dele, o que teria sido fatal para meus planos.

— O optimate é bem-vindo — disse o hetman, soprando as bochechas enrugadas. — Muito bem-vindo. Minha pobre casa, todo o nosso pobre pequeno assentamento, está à disposição dele.

— Eu não sou um optimate — avisei. — Sou o Grão-Mestre Severian, da Ordem dos Buscadores da Verdade e Penitência, comumente chamada de guilda dos torturadores. Você, Hetman, vai se dirigir a mim como *Mestre*. Tive uma jornada difícil, e se você me der um bom jantar e uma cama tolerável, não é provável que eu tenha que incomodar você ou seu povo por muito mais antes da manhã.

— O senhor terá minha própria cama — disse ele rapidamente. — E a comida que pudermos fornecer.

— Vocês devem ter peixe fresco aqui e aves aquáticas. Quero as duas coisas. Arroz selvagem, também. — Lembrei-me que uma vez, quando o Mestre Gurloes estava discutindo sobre as relações da nossa guilda com as outras na Cidadela, ele me disse que uma das maneiras mais fáceis de dominar um homem é exigir algo que ele não pode fornecer. — Mel, pão fresco e manteiga devem servir, exceto vegetais e salada, e já que não sou exigente com eles, vou deixar você me surpreender. Algo bom, e que eu não tenha comido antes, para que eu tenha uma história para levar de volta à Casa Absoluta.

Os olhos do hetman estavam ficando cada vez mais arregalados enquanto eu falava, e à menção da Casa Absoluta, que sem dúvida não passava do mais distante dos rumores em sua aldeia, eles pareciam prestes a saltar de seu crânio. Ele tentou murmurar algo sobre gado (presumivelmente que não sobreviveriam para fornecer manteiga naquelas altitudes), mas acenei para que fosse embora, e lhe peguei pela nuca por não fechar a porta.

Quando ele se foi, arrisquei tirar as botas. Nunca vale a pena parecer relaxado perto de prisioneiros (e ele e sua aldeia eram os meus agora, pensei, embora não estivessem confinados), mas eu tinha certeza de que ninguém ousaria entrar na sala até que algum tipo de refeição estivesse pronto. Terminei de limpar e lubrificar *Terminus Est*, e dei a ela golpes suficientes com a pedra de amolar para restaurar seus gumes.

Feito isso, retirei meu outro tesouro (embora não fosse meu, de fato) da bolsa e o examinei à luz do fogo pungente do hetman. Desde que deixei Thrax, ela não pressionava mais meu peito como um dedo de ferro: na verdade, enquanto vaguei pelas montanhas, às vezes esquecia por metade de um dia que a carregava, e por uma ou duas vezes a apertei em pânico, pensando, quando finalmente me lembrei dele, que o havia perdido. Nesta sala quadrada e de teto baixo do hetman, onde as pedras arredondadas nas paredes pareciam aquecer suas barrigas como burgueses, ela não brilhava como no jacal do menino caolho; mas também não era tão sem vida quanto no momento em que a mostrei a Typhon. Agora, em vez disso, ela parecia brilhar, e eu quase poderia imaginar que suas energias brincavam em meu rosto. A marca em forma de crescente em seu coração nunca pareceu mais distinta, e embora estivesse escura, um ponto de luz emanava dela como uma estrela.

Por fim, guardei a gema, um pouco envergonhado de ter brincado com uma coisa tão encantadora como se fosse uma bugiganga. Peguei o livro marrom, e teria lido se pudesse; mas embora minha febre parecesse ter me deixado, eu ainda estava muito fatigado, e a luz bruxuleante do fogo fazia as letras apertadas e antiquadas dançarem na página e logo derrotou meus olhos, de modo que a história que eu estava lendo parecia às vezes não ser mais do que um absurdo, e em outras lidar com minhas próprias preocupações: jornadas sem fim, a crueldade das multidões, riachos correndo com sangue. Uma vez pensei ter visto o nome de Ágia, mas quando olhei pela segunda vez ele havia se tornado a palavra *agora*: "Ágia ela saltava, e se contorcendo em torno das colunas da carapaça..."

A página parecia luminosa, porém indecifrável, como o reflexo de um espelho visto em uma piscina tranquila. Fechei o livro e o coloquei de volta no meu sabretache, sem ter certeza de ter visto alguma das palavras que pensei um instante atrás ter lido. Ágia devia ter realmente pulado do telhado de palha da casa de Casdoe. Certamente ela se contorceu, pois havia distorcido a execução de Agilus em assassinato. A grande tartaruga que, dizem no mito, sustentar o mundo e é, portanto, uma personificação da galáxia, sem cuja ordem giratória nós seríamos um andarilho solitário no espaço, supostamente revelou em tempos antigos a Regra Universal, desde então perdida, pela qual alguém sempre pode ter certeza de agir corretamente. Sua carapaça representava a tigela do céu; seu plastrão, as planícies de todos os mundos. As colunas da carapaça seriam, então, os exércitos da Teologúmena, terrível e brilhante.

No entanto, eu não tinha certeza se tinha lido nada disso, e quando peguei o livro novamente e tentei encontrar a página, não consegui. Embora soubesse que minha confusão era apenas o resultado da fadiga, da fome e da luz, senti o medo que sempre me acometeu nas muitas ocasiões da minha vida em que algum pequeno incidente me fez consciente de uma insanidade incipiente. Enquanto eu olhava para o fogo, parecia mais possível do que eu gostaria de acreditar que algum dia, talvez depois de uma pancada na cabeça, talvez sem causa discernível, minha imaginação e minha razão pudessem inverter seus lugares: assim como dois amigos que vêm todos os dias para os mesmos assentos em algum jardim público podem finalmente decidir, por uma questão de novidade, trocá-los. Então eu veria como se fosse, na realidade, todos os fantasmas da minha mente, e só perceberia daquela maneira tênue em que contemplamos nossos medos e ambições as pessoas e coisas do mundo real. Esses pensamentos, ocorrendo neste ponto da minha narrativa, devem parecer prescientes; só posso me desculpar por eles dizendo que, atormentado como estou por minhas memórias, tenho meditado da mesma maneira com muita frequência.

Uma batida fraca na porta encerrou meu devaneio mórbido. Calcei minhas botas e gritei:

— Entre!

Uma pessoa que tomou cuidado para permanecer fora da minha vista, embora eu tenha quase certeza de que era o hetman, empurrou a porta para trás; e uma jovem entrou carregando uma bandeja de latão cheia de pratos. Só quando ela a pousou é que percebi que ela estava completamente nua, exceto pelo que a princípio considerei joias rudes, e só quando ela se curvou, levantando as mãos à cabeça no estilo do norte, foi que vi que as faixas opacas e brilhantes em seus pulsos, que eu havia tomado por pulseiras, eram, na verdade, grilhões de aço aguado unidos por uma longa corrente.

— Sua ceia, Grão-Mestre — disse ela, e recuou em direção à porta até que eu pudesse ver a carne de seus quadris arredondados achatada onde pressionavam contra ela. Com uma das mãos, ela tentou levantar a trava; mas embora eu ouvisse seu leve barulho, a porta não cedeu.

Sem dúvida, a pessoa que a havia recebido estava segurando a fechada por fora.

— O cheiro é delicioso — elogiei. — Você mesma cozinhou?

— Algumas coisas. O peixe e os bolos fritos.

Fiquei de pé e, apoiando *Terminus Est* contra a alvenaria áspera da parede de modo a não assustá-la, fui examinar a refeição: um pato jovem, esquartejado e grelhado, o peixe que ela havia mencionado, os bolos (que mais tarde percebi serem de farinha de taboa misturada com amêijoas picadas), batatas assadas nas brasas de uma fogueira e uma salada de cogumelos e verduras.

— Nada de pão — avisei. — Nem de manteiga nem de mel. Eles vão ouvir.

— Esperávamos, Grão-Mestre, que os bolos fossem aceitáveis.

— Percebo que não é sua culpa.

Fazia muito tempo desde que eu havia me deitado com Ciríaca, e eu estava tentando não olhar para aquela escrava, mas eu o fiz agora. Seus cabelos longos e pretos pendiam até a cintura e sua pele era quase da cor da bandeja que ela segurava, mas ela tinha uma cintura fina, algo raramente encontrado em mulheres autóctones, e seu rosto era pungente e até um pouco afilado. Ágia, apesar de toda sua pele clara e sardas, tinha bochechas muito mais largas.

— Obrigada, Grão-Mestre. Ele quer que eu fique aqui para servi-lo enquanto o senhor come. Se não quiser isso, deve dizer a ele para abrir a porta e me deixar sair.

— Direi a ele — falei, levantando a voz — para se afastar da porta e parar de escutar minha conversa. Você está falando do seu dono, suponho? Do hetman deste lugar?

— Sim, de Zambdas.

— E qual é seu próprio nome?

— Pia, Grão-Mestre.

— E quantos anos você tem, Pia?

Ela me disse, e eu sorri ao descobrir que tinha exatamente a mesma idade que eu.

— Agora você deve me servir, Pia. Eu vou me sentar aqui à beira do fogo, onde estava antes de você entrar, e pode me trazer a comida. Já serviu à mesa antes?

— Ah, sim, Grão-Mestre. Eu sirvo em todas as refeições.

— Então deve saber o que está fazendo. O que recomenda primeiro? O peixe?

Ela assentiu.

— Então traga isso, e o vinho, e alguns dos seus bolos. Já comeu?

Ela balançou a cabeça até o cabelo preto dançar.

— Ah, não, mas não seria certo eu comer com o senhor.

— Ainda percebo que consigo contar um bom número de costelas.

— Eu levaria uma surra por isso, Grão-Mestre.

— Não enquanto eu estiver aqui, pelo menos. Mas não vou forçá-la. Mesmo assim, gostaria de me certificar de que eles não colocaram nada nisso que eu não daria ao meu cachorro, se eu ainda o tivesse. O vinho seria o lugar mais provável, eu acho. Será forte, mas doce, se for como a maioria dos vinhos do campo. — Servi o cálice de pedra até a metade e entreguei a ela. — Você bebe isto, e se não cair no chão em crises, vou tentar um gole também.

Ela teve alguma dificuldade em engolir, mas finalmente conseguiu e, com os olhos lacrimejantes, devolveu a taça para mim. Servi um pouco de vinho para mim e tomei um gole, achando-o tão ruim quanto esperava.

Eu a fiz se sentar ao meu lado, então, e a alimentei com um dos peixes que ela mesma tinha fritado em óleo. Quando terminou, comi alguns também. Eles eram tão superiores ao vinho quanto seu próprio rosto delicado era ao do velho hetman: pescados naquele dia, eu tinha certeza, e em água muito mais fria e limpa que as partes mais baixas e lamacentas do Gyoll, de onde os peixes que eu estava acostumado a comer na Cidadela tinham vindo.

— Eles sempre acorrentam escravos aqui? — perguntei a ela enquanto dividíamos os bolos. — Ou você tem sido particularmente indisciplinada, Pia?

Ela disse:

— Eu sou do povo do lago. — Como se isso respondesse à minha pergunta, e sem dúvida teria respondido, se eu estivesse familiarizado com a situação local.

— Eu achava que estas aqui fossem as pessoas do lago. — Gesticulei para indicar a casa do hetman e a vila em geral.

— Ah, não. Este aqui é o povo da costa. Nosso povo vive no lago, nas ilhas. Mas às vezes o vento sopra nossas ilhas aqui, e Zambdas tem medo de que eu veja minha casa e nade até ela. A corrente é pesada, o senhor pode ver o quanto ela é comprida, e eu não consigo tirá-la. E assim o peso me afogaria.

— A menos que você encontrasse um pedaço de madeira para suportar o peso enquanto remasse com os pés.

Ela fingiu não ter me ouvido.

— O senhor gostaria de um pouco de pato, Grão-Mestre?

— Sim, mas não antes que você coma um pouco, e antes de comer, quero que me conte mais sobre essas ilhas. Você disse que o vento as trouxe para cá? Confesso que nunca ouvi falar de ilhas que fossem trazidas pelo vento.

Pia estava olhando ansiosamente para o pato, que devia ser uma iguaria naquela parte do mundo.

— Ouvi dizer que há ilhas que não se movem. Isso deve ser muito inconveniente, eu acho, e nunca vi nenhuma. Nossas ilhas viajam de um lugar para outro, e às vezes colocamos velas em suas árvores para fazê-las irem mais rápido. Mas elas não navegam muito bem pelo vento, porque não têm fundos sábios como os fundos de barcos, mas fundos tolos como os fundos de banheiras, e às vezes viram.

— Quero ver suas ilhas algum dia, Pia — afirmei. — Também quero levá-la de volta para elas, já que parece ser para lá que você quer ir. Devo algo a um homem com um nome muito parecido com o seu, então tentarei fazer isso antes de deixar este lugar. Enquanto isso, é melhor você aumentar suas forças com um pouco desse pato.

Ela pegou um pedaço e, depois de engolir alguns bocados, começou a tirar lascas e me dar na boca com as mãos. Estava muito bom, ainda quente o suficiente para cozinhar no vapor e imbuído de um sabor delicado que sugeria salsa, que talvez viesse de alguma planta aquática da qual esses patos se alimentavam; mas também era rico e um tanto gorduroso, e quando comi a maior parte de uma coxa, dei algumas mordidas na salada para limpar meu paladar.

Acho que comi mais um pouco do pato depois disso, então um movimento no fogo chamou minha atenção. Um fragmento de madeira quase consumida brilhando com o calor tinha caído de um dos troncos nas cinzas sob a grelha, mas em vez de ficar lá, e ficar opaco e eventualmente preto, pareceu se endireitar, e ao fazer isso, tornou-se Roche, Roche com seu cabelo vermelho fogo transformado em chamas reais, Roche segurando uma tocha como costumava fazer quando éramos meninos e íamos nadar na cisterna abaixo da Torre do Sino.

Parecia tão extraordinário vê-lo ali, reduzido a um micromorfo brilhante, que me virei para Pia para apontá-lo para ela. Ela parecia não ter visto nada; mas Drotte, não mais alto que meu polegar, estava de pé em seu ombro, meio escondido em seu cabelo preto esvoaçante. Quando tentei dizer a ela que ele estava lá, eu me ouvi falando em uma nova língua, sibilando, grunhindo e estalando a língua. Não senti medo de nada disso, apenas uma admiração distante. Eu podia dizer que o que eu estava falando era fala humana, e observei a expressão horrorizada no rosto de Pia como se eu estivesse contemplando alguma pintura antiga na galeria do velho Rudesind em a Cidadela; e, no entanto, eu não conseguia transformar meus ruídos em palavras, ou mesmo detê-los. Pia gritou.

A porta se abriu. Estava fechada há tanto tempo que eu quase esqueci que não podia ser trancada; mas estava aberta agora, e duas figuras estavam ali. Quando a porta se abriu, eles eram homens. Homens cujos rostos tinham sido substituídos por peles lisas de pelo como as costas de duas lontras, mas ainda homens. Um instante depois, eles se tornaram plantas, altos caules viridianos dos quais sobressaíam as folhas afiadas e estranhamente anguladas do averno. Aranhas, pretas, peludas e com muitas pernas, estavam escondidas ali. Tentei me levantar da cadeira, e elas pularam em cima de mim, arrastando teias de gaze que brilhavam à luz do fogo. Eu só tive tempo de ver e lembrar do rosto de Pia, com seus olhos arregalados e sua delicada boca congelada em um círculo de horror antes que um peregrino com um bico de aço se abaixasse para arrancar a Garra do meu pescoço.

XXIX

O Barco do Hetman

Depois disso, fiquei trancado no escuro pelo que mais tarde descobri terem sido a noite e a maior parte da manhã seguinte. No entanto, embora estivesse escuro ali, quando no início não estava, pois minhas alucinações não precisavam de vela. Ainda consigo me lembrar delas, assim como consigo me lembrar de tudo; mas não vou aborrecer você, meu leitor definitivo, com todo o catálogo de fantasmas, embora fosse fácil o bastante para mim descrevê-los aqui. O que não é fácil é a tarefa de expressar meus sentimentos a respeito deles.

Teria sido um grande alívio para mim acreditar que todos eles estavam de alguma forma contidos na droga que eu havia engolido (que era, como imaginei então e aprendi depois, quando pude questionar aqueles que tratavam dos feridos do exército do Autarca, nada mais do que os cogumelos que haviam sido picados em minha salada) assim como os pensamentos de Thecla e a personalidade de Thecla, reconfortantes em alguns momentos e preocupantes em outros, estavam contidos no fragmento de sua carne que eu havia comido no banquete de Vodalus. No entanto, eu sabia que não podia ser assim, e que todas as coisas que vi, algumas divertidas, algumas horríveis e aterrorizantes, algumas meramente grotescas, eram o produto da minha própria mente. Ou da de Thecla, que agora era uma parte da minha própria.

Ou melhor, como comecei a perceber lá no escuro enquanto observava um desfile de mulheres da corte — exultantes, imensamente altas e imbuídas da rígida graça de porcelanas caras, suas tezes polvilhadas com pó de pérolas ou diamantes, e seus olhos arregalados como os de Thecla tinham sido pela aplicação de pequenas quantidades de certos venenos na infância — produtos da mente que agora existia na combinação das mentes que tinham sido dela e minha.

Severian, o aprendiz que eu fora, o jovem que nadara sob a Torre do Sino, que uma vez quase se afogou no Gyoll, que passeara sozinho em dias de verão na necrópole em ruínas, que entregara à Castelã Thecla, no nadir de seu desespero, a faca roubada, não existia mais.

Morto, não. Por que ele tinha pensado que toda vida deveria terminar em morte, e nunca em outra coisa qualquer? Morto, não, mas desaparecido como uma única nota desaparece, para nunca reaparecer, quando se torna uma parte indistinguível e inseparável de alguma melodia improvisada. Aquele jovem Severian odiava a morte, e pela misericórdia do Incriado, cuja misericórdia de fato (como é sabiamente dito em muitos lugares) nos confunde e destrói, ele não morreu.

As mulheres viraram seus longos pescoços para olhar para mim. Seus rostos ovais eram perfeitos, simétricos, inexpressivos, mas obscenos; e eu entendi, de repente, que não eram — ou pelo menos não mais — as cortesãs da

Casa Absoluta, mas tinham se tornado as cortesãs da Casa Azul Celeste.

Por algum tempo, como me pareceu, o desfile daquelas mulheres sedutoras e inumanas continuou, e a cada batida do meu coração (do qual eu estava consciente naquele momento como raramente estive antes ou depois, de modo que parecia como se um tambor pulsasse em meu peito) elas invertiam seus papéis sem mudar o menor detalhe de sua aparência. Assim como às vezes eu soube em sonhos que uma certa figura era de fato alguém com quem ela não se parecia nem um pouco, então eu soube em um instante que aquelas mulheres eram os ornamentos da presença Autárquica, e no seguinte que elas seriam vendidas por uma noite por um punhado de oricalcos.

Durante todo esse tempo, e todos os períodos muito mais longos que o precederam e o seguiram, fiquei extremamente desconfortável. As teias de aranha, que eu vim gradualmente a perceber que eram redes de pesca comuns, não tinham sido removidas; mas eu tinha sido amarrado com cordas também, de modo que um braço estava firmemente preso ao meu lado e o outro dobrado até que os dedos da minha mão, que logo ficaram dormentes, quase tocavam meu rosto. No auge da ação da droga, eu tinha ficado incontinente, e agora minhas calças estavam encharcadas de urina, frias e fedorentas. À medida que minhas alucinações se tornavam menos violentas e os intervalos entre elas mais longos, a desgraça das minhas circunstâncias me afligia mais, e eu fiquei com medo do que aconteceria comigo quando fosse finalmente tirado do depósito sem janelas no qual havia sido jogado. Eu supus que o hetman tinha ficado sabendo com algum estafeta que eu não era o que fingia ser, e sem dúvida também que eu estava fugindo da justiça do arconte; pois presumi que de outra forma ele não teria ousado me tratar como tratou. Sob essas circunstâncias, eu só podia me perguntar se ele mesmo se livraria de mim (sem dúvida por noyade, em tal lugar), me entregaria a algum etnarca mesquinho ou me devolveria a Thrax. Resolvi tirar minha própria vida se a oportunidade me fosse oferecida, mas parecia muito improvável que eu tivesse a chance ao estar pronto para me matar em meu desespero.

†

Por fim, a porta se abriu. A luz, embora fosse apenas a de um quarto escuro naquela casa de paredes grossas, parecia ofuscante. Dois homens me arrastaram para fora como se pudessem ter puxado um saco de farinha. Eles eram bem barbudos, e então suponho que foram eles que pareceram, quando invadiram o aposento onde Pia e eu estávamos, ter peles de animais como rostos. Eles me colocaram de pé, mas minhas pernas não aguentavam me sustentar, e foram forçados a me desamarrar e remover as redes que me pegaram quando a rede de Typhon falhou. Quando consegui ficar de pé novamente, me deram um copo de água e uma tira de peixe salgado.

Depois de um tempo, o hetman entrou. Embora ele se portasse de forma tão importante quanto sem dúvida se acostumara a ficar quando dirigia os negócios de sua aldeia, não conseguiu evitar que sua voz tremesse. Por que motivo ele ainda deveria ter medo de mim, eu não conseguia entender, mas claramente ele ainda tinha. Como eu não tinha nada a perder e tudo a ganhar com a tentativa, ordenei que ele me libertasse.

— Isso eu não posso fazer, Grão-Mestre — informou. — Estou agindo sob instruções.

— Posso perguntar quem ousou dizer a você para agir dessa maneira com o representante do seu Autarca?

Ele limpou a garganta com um pigarro.

— Instruções do castelo. Meu pássaro mensageiro levou sua safira para lá ontem à noite, e outro pássaro veio esta manhã, com um sinal que significa que devemos trazer você.

A princípio, supus que ele se referia ao Castelo de Acies, onde um dos esquadrões de dimarchi tinha seu quartel-general, mas depois de um momento percebi que ali, a pelo menos duas dezenas de léguas das fortificações de Thrax, era muito improvável que ele fosse tão específico. Perguntei:

— Que castelo é esse? E suas instruções impedem que eu me limpe antes de me apresentar lá? E que minhas roupas sejam lavadas?

— Suponho que isso possa ser feito — respondeu, inseguro; então, para um de seus homens: — Como está o vento?

O homem abordado deu de ombros, o que não significou nada para mim, embora parecesse transmitir informações ao hetman.

— Está certo. — Assentiu. — Não podemos libertá-lo, mas lavaremos suas roupas e lhe daremos algo para comer, se desejar. — Quando estava saindo, ele se virou com uma expressão e era quase apologética. — O castelo está próximo, Grão-Mestre, e o Autarca está longe. O senhor entende. Tivemos grandes dificuldades no passado, mas agora há paz.

Eu teria discutido com ele, mas o hetman não me deu chance. A porta se fechou atrás dele.

Pia, agora trajada com um vestido esfarrapado, chegou pouco depois. Fui forçado a me submeter à indignidade de ser despido e lavado por ela; mas consegui aproveitar o processo para sussurrar para ela, e pedi que cuidasse que minha espada fosse enviada para onde eu estivesse: pois eu esperava escapar, mesmo que apenas confessando ao mestre do misterioso castelo e oferecendo-me para unir forças com ele. Assim como ela me ignorou quando sugeri que poderia flutuar o peso de sua corrente em cima de um pedaço de lenha, ela não deu nenhuma indicação de ter me ouvido então; mas cerca de uma vigília depois, quando, vestido novamente, eu estava sendo conduzido a um barco para a edificação da aldeia, ela veio correndo atrás de nossa pequena procissão com *Terminus Est* embalada em seus braços. O hetman tinha, aparentemente, desejado reter uma arma tão fina, e protestou com ela; mas consegui avisá-lo enquanto estava sendo arrastado a bordo que quando eu chegasse ao castelo eu informaria quem me recebesse lá da existência da minha espada, e, no final, ele se rendeu.

O barco era de um tipo que eu nunca tinha visto. Em forma, era como se fosse um xaveco, afiado na proa e na popa, largo no meio, com uma popa longa e saliente e uma proa ainda mais longa. No entanto, o casco raso era construído com feixes de juncos flutuantes amarrados juntos em uma espécie de vime. Não poderia haver suporte para um mastro convencional em um casco tão frágil, e em seu lugar havia uma amarração triangular de varas. A base estreita do triângulo ia de borda a borda; suas longas laterais isósceles sustentavam um bloco usado, assim que o hetman e eu subimos a bordo, para içar uma verga inclinada que arrastava uma vela de linho de listras largas. O hetman agora segurava minha espada, mas assim que o cabo de amarração foi lançado, Pia pulou para dentro do barco com sua corrente tilintando.

O hetman ficou furioso e bateu nela; mas não é fácil pegar a vela de uma embarcação dessas e girá-la com movimentos bruscos, e no final, embora ele a tenha mandado para a proa chorando, acabou permitindo que ela ficasse. Eu me aventurei a perguntar a ele por que ela queria vir, embora eu achasse que sabia.

— Minha esposa é dura com ela quando não estou em casa — revelou-me. — Bate nela e a faz faxinar o dia todo. É bom para a criança, naturalmente, e a deixa feliz em me ver quando eu volto. Mas ela prefere ir comigo, e eu não a culpo muito.

— Nem eu — falei, tentando desviar meu rosto do seu hálito azedo. — Além disso, verá o castelo, que eu suponho que ela nunca viu.

— Ela viu as muralhas uma centena de vezes. Vem do povo sem-terra do lago, e eles são levados pelo vento e por isso veem tudo.

Se eles foram levados pelo vento, nós também fomos. Ar tão puro quanto o espírito encheu a vela listrada, fez até mesmo aquele casco largo inclinar, e nos fez correr pela água até que a vila desapareceu abaixo da borda do horizonte: embora os picos brancos das montanhas ainda estivessem visíveis, como se parecessem se erguer do próprio lago.

XXX

Natrium

Tão primitivamente armados estavam esses pescadores da orla do lago — na verdade, muito mais primitivamente que os primitivos autóctones que eu tinha visto em Thrax — quc levei um tempo para entender que eles estavam armados. Havia mais a bordo do que o necessário para pilotar e fazer velas, mas presumi a princípio que eles tinham vindo apenas como remadores, ou para aumentar o prestígio de seu hetman quando ele me levasse ao seu mestre no castelo. Em seus cintos, carregavam facas do tipo reto e de lâmina estreita que os pescadores usam em todos os lugares, e havia um feixe de lanças de pesca com ponta farpadas guardadas na frente, mas ignorei. Foi só quando uma das ilhas que eu estava tão ansioso para ver apareceu e notei um dos homens segurando um porrete com dentes animais incrustados que percebi que eles tinham sido trazidos como uma guarda, e havia de fato algo para se guardar.

A pequena ilha propriamente dita parecia normal, até que vi que ela, de fato, se movia. Era baixa e muito verde, com uma cabana diminuta (construída como nosso barco de juncos e coberta com o mesmo material) em seu ponto mais alto. Alguns salgueiros cresciam sobre ela, e um barco longo e estreito, novamente construído de juncos, estava amarrado à beira da água. Quando chegamos mais perto, vi que a ilha também era de juncos, mas de juncos vivos. Seus caules lhe davam sua verdura característica; suas raízes entrelaçadas devem ter formado sua base semelhante a uma jangada. Sobre seu emaranhado vivo e amontoado, o solo havia se acumulado ou sido armazenado pelos habitantes. As árvores haviam brotado ali para deixar suas raízes nas águas do lago. Um pequeno trecho de vegetais florescia.

Como o hetman e todos os outros a bordo, exceto Pia, fizeram cara feia para isso, encarei aquele pedacinho de terra favoravelmente; e vendo-a como eu a via então, um ponto verde contra o azul frio e árido aparentemente infinito do rosto de Diuturna e o azul mais profundo, mais quente, mas verdadeiramente infinito do céu coroado de sol e salpicado de estrelas, era fácil amá-la. Se eu tivesse olhado para aquela cena como poderia ter olhado para uma imagem, ela teria parecido mais fortemente simbólica — a linha de nível do horizonte dividindo a tela em metades iguais, o ponto verde com suas árvores verdes e cabana marrom — do que aquelas imagens que os críticos estão acostumados a ridicularizar por seu simbolismo. No entanto, quem poderia ter dito o que aquilo significava? É impossível, acho eu, que todos os símbolos que vemos em paisagens naturais estejam lá apenas porque nós os vemos. Ninguém hesita em rotular como loucos os solipsistas que realmente acreditam que o mundo existe apenas porque o observam e que edifícios, montanhas e até nós mesmos (com quem eles falaram apenas um momento antes) desaparecem quando eles viram as costas. Não é igualmente louco acreditar que o significado dos mesmos objetos desaparece da mesma maneira? Se Thecla havia simbolizado o amor do qual eu me sentia indigno, como sei agora que ela simbolizava, então sua força simbólica desaparecia quando eu trancava a porta de sua cela atrás de mim? Isso seria como dizer que a escrita neste livro, sobre o qual trabalhei por tantas vigílias, desaparecerá em um borrão vermelho quando eu o fechar pela última vez e o enviar à biblioteca eterna mantida pelo velho Ultan.

A grande questão, então, que eu ponderei enquanto observava a ilha flutuante com olhos ansiosos, sentia a pele irritada com minhas amarras e amaldiçoava o hetman em meu coração, é a de determinar o que esses símbolos significam em si mesmos. Somos como crianças que olham para uma impressão e veem uma serpente na penúltima letra, e uma espada na última.

Que mensagem era destinada a mim na pequena cabana caseira e seu verde jardim suspenso entre dois infinitos, eu não sei. Mas o significado que li nele foi o de liberdade e lar, e eu senti, então, um desejo maior de liberdade, da liberdade de vagar pelos mundos superiores e inferiores à vontade, levando comigo os confortos que me bastassem, do que eu jamais havia sentido: mesmo quando eu era prisioneiro na antecâmara da Casa Absoluta, mesmo quando fui cliente dos torturadores na Velha Cidadela.

Então, bem na hora em que eu mais desejava estar livre e estávamos tão perto da ilha quanto nosso curso nos levaria, dois homens e um garoto de quinze anos ou mais saíram da cabana. Por um momento, eles ficaram parados diante da porta, olhando para nós como se estivessem medindo o barco e a tripulação. Havia cinco aldeões a bordo, além do hetman, e parecia claro que os ilhéus não podiam fazer nada contra nós, mas eles partiram em suas embarcações esguias, os homens remando atrás de nós enquanto o garoto armava uma vela rudimentar de esteira.

O hetman, que se virava de vez em quando para olhar para eles, estava sentado ao meu lado com *Terminus Est* em seu colo. Parecia-me que a cada momento ele estava prestes a deixá-la de lado e ir para a popa para falar com o homem no leme, ou ir para a frente para falar com os outros quatro que descansavam na proa. Minhas mãos estavam amarradas na minha frente, e levaria apenas um instante para puxar a lâmina a uma largura de polegar de sua bainha e cortar as cordas, mas a oportunidade não veio.

Uma segunda ilha surgiu à vista, e fomos acompanhados por outro barco, este carregando dois homens. As chances eram um pouco menores agora, e o hetman chamou um de seus aldeões para ele e deu um ou dois passos para a popa, carregando minha espada. Eles abriram um cilindro de metal que estava escondido sob a plataforma do timoneiro e tiraram uma arma de um tipo que eu nunca tinha visto, um arco feito com a amarração de dois arcos finos, cada um dos quais carregava sua própria corda, a espaçadores que os mantinham a meio palmo de distância. As cordas estavam amarradas juntas em seus centros também, de modo que as amarrações serviam como uma funda para algum tipo de míssil.

Enquanto eu olhava para essa engenhoca curiosa, Pia se aproximou.

— Eles estão me observando — sussurrou. — Não posso desamarrar você agora. Mas quem sabe... — E olhou significativamente para os barcos que seguiam o nosso.

— Eles vão atacar?

— Não, a menos que mais pessoas se juntem a eles. Eles têm apenas lanças de peixe e pachos. — Vendo meu olhar de incompreensão, ela acrescentou: — Paus com dentes: um desses homens também tem um.

O aldeão que o hetman havia convocado estava pegando o que parecia ser um pano amassado de dentro do cilindro. Ele o desembrulhou na tampa aberta e revelou várias balas de metal cinza-prateadas e de aparência oleosa.

— Balas de poder — disse Pia. Ela parecia assustada.

— Você acha que mais gente do seu povo virá?

— Se passarmos por mais ilhas. Se uma ou duas seguirem um barco terrestre, então todas o farão, para compartilhar o que há para ser obtido com ele. Mas logo avistaremos a costa novamente... — Sob seu avental esfarrapado, seus seios arfavam enquanto o aldeão limpava a mão no casaco, pegava uma das balas prateadas e a encaixava na funda do arco duplo.

— É apenas como uma pedra pesada... — comecei. Ele puxou as cordas até a orelha e soltou, enviando a bala zunindo pelo espaço entre os arcos finos. Pia ficou tão assustada que eu meio que esperava que ela passasse por alguma transformação enquanto voava, talvez tornando-se uma daquelas aranhas que eu ainda meio que acreditava ter visto quando, drogado, fui pego nas redes daqueles pescadores.

Nada disso ocorreu. A bala voou, um risco brilhante através da água, e caiu no lago uma dezena de passos ou mais antes da proa do barco mais próximo.

No intervalo de uma respiração, nada mais aconteceu. Então houve uma forte detonação, uma bola de fogo e um gêiser de vapor. Algo escuro, aparentemente o míssil em si, ainda intacto e arremessado para cima pela explosão que havia provocado, foi lançado no ar apenas para cair novamente, desta vez entre os dois barcos perseguidores. Uma nova explosão se seguiu, apenas um pouco menos intensa que a primeira, e um dos barcos quase virou. O outro se desviou. Uma terceira explosão veio, e uma quarta, mas a bala, quaisquer outros poderes que pudesse possuir, parecia incapaz de rastrear os barcos do jeito que os notulos de Hethor seguiram Jonas e eu. Cada explosão a levava para mais longe, e depois da quarta ela parecia sem munição. Os dois barcos perseguidores recuaram para fora do alcance, mas eu admirei a coragem deles em manter a perseguição.

— As balas de poder trazem fogo da água — disse-me Pia.

Eu assenti.

— Assim vi. — Eu estava me firmando nas pernas, encontrando um apoio seguro entre os feixes de juncos.

Não é um grande truque nadar, mesmo quando suas mãos estão amarradas atrás de você: Drotte, Roche, Eata e eu costumávamos praticar natação enquanto segurávamos nossos próprios polegares na parte inferior das costas, e com minhas mãos amarradas diante de mim, eu sabia que poderia ficar flutuando por um longo tempo, se necessário; mas eu estava preocupado com Pia, e disse a ela para ir o mais para frente que pudesse.

— Mas aí não vou ser capaz de desamarrar você.

— Você nunca será capaz enquanto eles estiverem nos observando — sussurrei. — Vá para a frente. Se este barco quebrar, agarre-se em um monte de juncos. Eles ainda vão flutuar. Não discuta.

Os homens na proa não a impediram, e ela parou apenas quando tinha alcançado o ponto em que um cabo de juncos entrelaçados formava a popa do navio. Respirei fundo e pulei no mar.

Se eu quisesse, poderia ter mergulhado sem quase nenhuma ondulação, mas abracei meus joelhos no peito, em vez disso, para fazer o maior impacto possível, e graças ao peso das minhas botas eu afundei muito mais do que teria se eu tivesse me despido para nadar. Foi esse ponto que me preocupou; eu tinha visto quando o arqueiro do hetman disparou seu míssil que houve uma pausa distinta antes da explosão. Eu sabia que, além de encharcar os dois homens, devia ter molhado cada projétil que estava no pano oleado: mas não tinha certeza de que iriam explodir antes de eu vir à superfície.

A água estava fria e ficou mais à medida que eu descia. Abrindo os olhos, vi uma cor cobalto maravilhosa que ficou mais escura conforme girava ao meu redor. Entrei em pânico e senti uma grande vontade de tirar as botas; mas isso me faria subir rapidamente, e enchi minha mente, então, com a maravilha da cor e o pensamento dos cadáveres indestrutíveis que eu tinha visto espalhados pelos montes de lixo ao redor das minas de Saltus: cadáveres afundando para sempre no golfo azul do tempo.

Lentamente, girei sem esforço até que pude ver o casco marrom do barco do hetman suspenso acima. Por um tempo, aquela mancha marrom e eu parecíamos congelados em nossas posições; eu estava deitado abaixo dela como homens mortos estão abaixo de um pássaro carniceiro que, enchendo suas asas com o vento, parece pairar apenas abaixo das estrelas fixas.

Então, com os pulmões estourando, comecei a subir.

Como se tivesse sido um sinal, ouvi a primeira explosão, um estrondo surdo e distante. Nadei para cima como um sapo, ouvindo outra explosão e mais outra, cada uma soando mais forte que a anterior.

Quando minha cabeça saiu da água, vi que a popa do barco do hetman havia se aberto, os feixes de junco espalhando-se como palhas de vassoura. Uma explosão secundária à minha esquerda me ensurdeceu por um momento e atingiu meu rosto com respingos que picavam como granizo. O arqueiro do hetman estava se debatendo não muito longe de mim, mas o próprio hetman (ainda, fiquei feliz em ver, segurando *Terminus Est*), Pia e os outros estavam agarrados ao que restava da proa e, graças à flutuabilidade dos juncos, ele ainda flutuava, embora a extremidade inferior estivesse inundada. Rasguei as cordas em meus pulsos com meus dentes até que dois dos ilhéus me ajudaram a subir em sua embarcação, e um deles me libertou.

XXXI

O Povo do Lago

Pia e eu passamos a noite em uma das ilhas flutuantes, onde eu, que havia penetrado Thecla tantas vezes quando ela estava solta, mas prisioneira, agora penetrava Pia quando ela ainda estava acorrentada, porém, livre. Ela se deitou sobre meu peito depois e chorou de alegria: não tanto a alegria que tinha por mim, acho, mas a alegria de sua liberdade, embora seus parentes, os ilhéus, que não têm metal, mas negociam ou saqueiam do povo da costa, não tivessem ferreiro para lhe tirar as algemas.

Ouvi dizer por homens que conheceram muitas mulheres que por fim eles começam a ver semelhanças no amor entre certas, e agora pela primeira vez descobri que isso era verdade em minha própria experiência, pois Pia com sua boca faminta e corpo macio lembrava Dorcas. Mas também era falso em algum grau; Dorcas e Pia eram parecidas no amor, como os rostos das irmãs às vezes se parecem, mas eu nunca teria confundido uma com a outra.

Eu estava exausto demais quando chegamos à ilha para apreciar totalmente sua beleza, e a noite estava quase chegando. Mesmo agora, tudo que me lembro é de arrastar o barquinho até a costa e entrar em uma cabana onde um dos nossos salvadores acendeu uma pequena chama de madeira flutuante, e eu lubrifiquei *Terminus Est*, que os ilhéus tinham tirado do hetman capturado e devolvido a mim. Mas quando Urth voltou sua face para o sol novamente, foi uma coisa maravilhosa ficar com uma das mãos no tronco gracioso do salgueiro e sentir toda a ilha balançar abaixo de mim!

Nossos anfitriões cozinharam peixe para nosso desjejum; antes de terminarmos, um barco chegou trazendo mais dois ilhéus com mais peixe e vegetais de raiz de um tipo que eu nunca tinha provado. Nós os assamos nas cinzas e os comemos quentes. O sabor era mais parecido com o de uma castanha do que qualquer outra coisa que eu possa imaginar. Mais três barcos chegaram, e depois uma ilha com quatro árvores e velas quadradas armadas nos galhos de cada uma, de modo que quando eu a vi de longe pensei que era uma flotilha. O capitão era um homem idoso, a coisa mais próxima que os ilhéus tinham de um chefe. Seu nome era Llibio. Quando Pia me apresentou a ele, que me abraçou como os pais abraçam seus filhos, algo que ninguém nunca tinha feito comigo.

Depois que nos separamos, todos os outros, incluindo Pia, afastaram-se o suficiente para permitir que conversássemos em particular se mantivéssemos nossas vozes baixas: alguns homens entrando na cabana, e o resto (agora eram cerca de dez no total) indo para o lado mais distante da ilha.

— Ouvi dizer que você é um grande lutador e um matador de homens — Llibio começou.

Eu disse a ele que eu era de fato um matador de homens, mas não grande.

— Assim é. Todo homem luta para trás: para matar os outros. No entanto, sua vitória não vem com a matança de outros, mas com a matança de certas partes de si mesmo.

Para mostrar que o entendi, disse:

— Você deve ter matado todas as piores partes do seu próprio ser. Seu povo ama você.

— Isso também não é confiável. — Ele fez uma pausa, olhando para a água. — Nós somos pobres e poucos, e se o povo tivesse ouvido outro nesses anos... — Ele balançou a cabeça.

— Eu viajei muito, e observei que os pobres geralmente têm mais inteligência e mais virtude que os ricos.

Ele sorriu com isso.

— Você é gentil. Mas nosso povo tem tanta inteligência e virtude agora que pode até morrer. Nunca tivemos um grande número, e muitos pereceram no inverno passado, quando muita água congelou.

— Eu não tinha pensado em quão difícil o inverno deve ser para seu povo, sem lã ou peles. Mas posso ver, agora que você me mostrou, que deve ser realmente difícil.

O velho balançou a cabeça em negativa.

— Nós nos besuntamos, o que ajuda muito, e as focas nos dão capas mais finas que as que o povo da costa possui. Mas quando o gelo chega, nossas ilhas não conseguem se mover, e o povo da costa não precisa de barcos para alcançá-las, e assim pode vir contra nós com toda a sua força. A cada verão, lutamos com eles quando vêm para pegar nossos peixes. Mas a cada inverno eles nos matam, vindo através do gelo para pegar escravos.

Pensei então na Garra, que o hetman havia tirado de mim e enviado para o castelo, e falei:

— O povo da terra obedece ao senhor do castelo. Talvez se você fizesse as pazes com ele, ele os impedisse de atacar você.

— Certa vez, quando eu era jovem, essas brigas tiravam duas ou três vidas em um ano. Então o construtor do castelo veio. Você conhece a história?

Balancei a cabeça em negativa.

— Ele veio do sul, de onde, como me disseram, você também veio. Ele tinha muitas coisas que o povo da costa queria, como tecido, prata e muitas ferramentas bem forjadas. Sob sua orientação, eles construíram seu castelo. Eram os pais e avós daqueles que são o povo da costa agora. Eles usaram as ferramentas para ele, e como ele havia prometido, permitiu que ficassem com elas quando o trabalho estivesse concluído, e ele lhes deu muitas outras coisas. O pai da minha mãe foi até eles enquanto trabalhavam, e perguntou se eles não viam que estariam estabelecendo um governante para si mesmos, já que o construtor do castelo poderia fazer o que quisesse com eles, e depois se recolher para trás dos muros fortes que eles haviam construído para ele, onde ninguém poderia alcançá-lo. Eles riram do pai da minha mãe e disseram que eram muitos, o que era verdade, e o construtor do castelo apenas um, o que também era verdade.

Perguntei se ele já tinha visto o construtor e, se sim, como ele era.

— Uma vez. Ele estava em pé em cima de uma pedra, conversando com pessoas da costa enquanto eu passava no meu barco. Posso dizer que ele era um homem pequeno, um homem que não teria, se você estivesse lá, alcançado mais alto que seu ombro. Não é um homem que inspire medo. — Llibio fez uma pausa novamente, seus olhos turvos não vendo as águas de seu lago, mas tempos há muito passados. — Ainda assim, o medo veio. O muro externo estava completo, e as pessoas da costa retornaram à caça, suas represas e seus rebanhos. Então o maior homem deles veio até nós e disse que tínhamos roubado animais e crianças, e que eles nos destruiriam se não os devolvêssemos.

Llibio olhou para meu rosto e agarrou minha mão com a sua, que era dura como madeira. Ao vê-lo, então, vi os anos desaparecidos também. Eles devem ter parecido sombrios o suficiente na época, embora o futuro que haviam gerado — o futuro no qual eu estava sentado com ele, minha espada no colo, ouvindo sua história — fosse mais sombrio do que poderia ter imaginado na época. No entanto, havia alegria naqueles anos para ele; Llibio tinha sido um jovem forte, e embora não estivesse, talvez, pensando nisso, seus olhos recordavam.

— Nós dissemos a eles que não devoramos crianças e não precisávamos de escravos para pescar para nós, nem de pasto para os animais. Mesmo assim, eles devem ter sabido que não fomos nós, porque não vieram guerrear conosco. Mas quando nossas ilhas se aproximaram da costa, ouvimos suas mulheres lamentando durante a noite.

"Naquela época, cada dia após a lua cheia era um dia de comércio, quando aqueles de nós que desejavam vinham à costa para buscar sal e facas. Quando o próximo dia de comércio chegou, vimos que o povo da costa sabia para onde suas crianças tinham ido, e seus animais, e sussurravam entre si. Então perguntamos por que não foram ao castelo e o tomaram de assalto, pois eram muitos. Mas eles pegaram nossas crianças em vez disso, e homens e mulheres de todas as idades, e os acorrentaram do lado de fora de suas portas para que seu próprio povo não fosse levado... ou chegavam mesmo a levá-los para os portões e amarrá-los lá.

Arrisquei-me a perguntar há quanto tempo isso tinha acontecido.

— Por muitos anos: desde que eu era jovem, como lhe falei. Às vezes, o povo da costa lutava. Mas era mais frequente que não. Duas vezes, guerreiros vieram do sul, enviados pelo povo orgulhoso das casas altas da costa sul. Enquanto eles estavam aqui, a luta parou, mas o que foi dito no castelo, eu não sei. O construtor, de quem eu lhe contei, não foi visto por ninguém depois que seu castelo ficou completo.

Ele esperou que eu falasse. Eu tinha a sensação que sempre tive quando conversava com pessoas velhas, de que as palavras que ele dizia e as que eu ouvia eram bem diferentes, que havia em sua fala um estoque de dicas, pistas e implicações tão invisíveis para mim quanto sua respiração, como se o Tempo fosse uma espécie de espírito branco que estava entre nós e com suas mangas arrastadas apagava antes que eu tivesse ouvido a maior parte de tudo o que foi dito. Por fim, arrisquei:

— Talvez ele esteja morto.

— Um gigante maligno mora lá agora, mas ninguém o viu.

Eu mal conseguia reprimir um sorriso.

— Ainda assim, acho que sua presença deve fazer muito para impedir que as pessoas da costa ataquem o lugar.

— Cinco anos se passaram, e eles o invadiram à noite como os alevinos que se aglomeram sobre um homem morto. Eles queimaram o castelo e mataram aqueles que encontraram lá.

— Eles continuam a fazer guerra contra vocês por hábito, então?

Llibio balançou a cabeça em negativa.

— Após o derretimento do gelo este ano, o povo do castelo retornou. Suas mãos estavam cheias de presentes: riquezas e as estranhas armas que você virou contra o povo da costa. Há outros que vêm para lá também, mas se como servos ou mestres, nós do lago não sabemos.

— Do norte ou do sul?

— Do céu — respondeu, e apontou para onde as estrelas fracas pendiam ofuscadas pela majestade do sol; mas pensei que ele quisesse dizer apenas que os visitantes tinham vindo em voadores, e nada mais perguntei.

Ao longo de todo o dia, os moradores do lago chegaram. Muitos estavam em barcos que seguiram os do hetman; mas outros escolheram navegar em suas ilhas para se juntar aos de Llibio, até que estávamos no meio de um continente flutuante. Nunca me pediram diretamente que os liderasse contra o castelo. No entanto, conforme o dia passava, percebi que desejavam isso, e entenderam que eu os lideraria assim. Em livros, acho, essas coisas são convencionalmente feitas com discursos inflamados; a realidade às vezes é o contrário. Eles admiraram minha altura e minha espada, e Pia disse a eles que eu era o representante do Autarca, e que eu tinha sido enviado para libertá-los. Llibio disse:

— Embora sejamos nós que mais sofremos, o povo da costa conseguiu fazer do castelo seu próprio. Eles são mais fortes na guerra do que nós, mas nem tudo que queimaram foi reconstruído, e eles não tinham um líder do sul. — Eu o interroguei e a outros sobre as terras perto do castelo, e disse a eles que não deveríamos atacar até que a noite tornasse difícil para os sentinelas nas muralhas avistarem nossa aproximação. Embora eu não tivesse dito isso, eu também queria esperar a escuridão para tornar um bom tiro impossível; se o mestre do castelo tivesse dado as balas de poder ao hetman, parecia provável que ele tivesse guardado armas muito mais eficazes para si mesmo.

†

Quando começamos a navegar, eu estava à frente de cerca de cem guerreiros, embora a maior parte deles tivesse apenas lanças pontiagudas com ossos dos ombros de focas, pachos, ou facas. Aumentaria minha autoestima agora escrever que eu havia consentido em liderar aquele pequeno exército por um sentimento de responsabilidade e preocupação com sua situação, mas não seria verdade. Nem fui porque temia o que pudesse ser feito de mim se eu recusasse, embora suspeitasse que, a menos que o fizesse diplomaticamente, fingindo me atrasar ou ver algum benefício para os ilhéus em não lutar, poderia ter sido difícil para mim.

A verdade é que eu sentia uma coerção mais forte que a deles. Llibio usava um peixe esculpido em um dente em volta do pescoço; e quando eu perguntei o que era, ele disse que era Oannes, e cobriu com a mão para que meus olhos não pudessem profaná-lo, pois ele sabia que eu não acreditava em Oannes, que devia certamente ser o deus-peixe daquela gente.

Eu não acreditava, mas sentia que sabia tudo sobre Oannes que importava. Eu sabia que ele devia viver nas profundezas mais escuras do lago, mas que era visto saltando entre as ondas em tempestades. Sabia que ele era o pastor das profundezas, que enchia as redes dos ilhéus, e que assassinos não podiam andar na água sem medo, para que Oannes não aparecesse ao lado deles, com seus olhos tão grandes quanto luas, e virasse o barco.

Eu não acreditava em Oannes nem o temia. Mas sabia, pensava eu, de onde ele veio: eu sabia que existe um poder onipresente no universo do qual todos os outros são a sombra. Eu sabia que, em última análise, minha concepção desse poder era tão risível (e tão séria) quanto Oannes. Eu sabia que a Garra era dele, e sentia que era somente pela Garra que eu sabia disso, somente pela Garra entre todos os altares e vestimentas do mundo. Eu a tinha segurado na mão muitas vezes, eu a levantei acima da minha cabeça na Vincula, eu toquei o ulano do Autarca com ela, e a garota doente no jacal em Thrax. Eu possuía o infinito, e exerci seu poder; não tinha mais certeza se poderia entregá-la mansamente às pelerinas, caso as encontrasse, mas sabia com certeza que não a perderia mansamente para mais ninguém.

Além disso, parecia-me que eu tinha sido escolhido de alguma forma para manter — ainda que apenas por um breve período — aquele poder. Ele tinha sido perdido para as pelerinas por minha irresponsabilidade em permitir que Ágia incitasse nosso condutor a uma corrida; e por isso tinha sido meu dever cuidar dela, usá-la, e talvez devolvê-la, e certamente meu dever resgatá-la das mãos; mãos monstruosas por todos os relatos, nas quais ela tinha agora caído por meu descuido.

Eu não tinha pensado, quando comecei este registro da minha vida, em revelar qualquer um dos segredos da nossa guilda que me foram transmitidos por Mestre Palaemon e Mestre Gurloes pouco antes de eu ser elevado, na festa da Sagrada Catarina, ao posto de oficial. Mas contarei um agora, porque o que fiz naquela noite, no Lago Diuturna, não pode ser compreendido sem antes entender isso.

E o segredo é apenas que nós, torturadores, obedecemos. Em toda a ordem elevada do corpo político, a pirâmide de vidas que é imensamente mais alta que qualquer torre material, mais alta do que a Torre do Sino, mais alta do que a Muralha de Nessus, mais alta do que o Monte Typhon, a pirâmide que se estende do Autarca no Trono da Fênix até o mais humilde funcionário humilhando-se para o comerciante mais desonroso — criatura mais baixa que o mais baixo mendigo — somos a única pedra sólida. Ninguém obedece verdadeiramente a menos que faça o impensável em obediência; ninguém fará o impensável, exceto nós.

Como eu poderia recusar ao Incriado o que tinha dado voluntariamente ao Autarca quando cortei a cabeça de Catarina?

XXXII

Rumo ao Castelo

As ilhas remanescentes estavam separadas agora, e embora os barcos se movessem entre elas e as velas estivessem dobradas em todos os galhos, eu não conseguia deixar de sentir que estávamos parados sob as nuvens que passavam ligeiras, nosso movimento apenas a última ilusão de uma terra submersa.

Muitas das ilhas flutuantes que eu tinha visto mais cedo naquele dia tinham sido deixadas para trás como refúgios para mulheres e crianças. Meia dúzia permaneceu, e eu estava no ponto mais alto da Llibio, a maior das seis. Além do velho e de mim, ela carregava sete lutadores. As outras ilhas carregavam quatro ou cinco cada. Além das ilhas, tínhamos cerca de trinta barcos, cada um tripulado por dois ou três.

Eu não me enganava pensando que nossos cem homens, com suas facas e lanças de pesca, constituíam uma força formidável; um punhado de dimarchi de Abdiesus os teria espalhado como joio. Mas eles eram meus seguidores, e liderar homens para a batalha é um sentimento como nenhum outro.

Nenhum brilho apareceu nas águas do lago, exceto pela luz verde refletida que caía das miríades de folhas da Floresta de Lune, a cinquenta mil léguas de distância. Essas águas me fizeram pensar em aço, polido e oleado. O vento fraco não trouxe espuma branca, embora as movesse em ondas longas e altas como colinas de metal.

Depois de um tempo, uma nuvem obscureceu a lua, e eu me perguntei brevemente se o povo do lago perderia o rumo no escuro. Mas era quase como se fosse meio-dia, pela maneira como eles manejavam seus navios, e embora barcos e ilhas estivessem frequentemente próximos, eu nunca em toda aquela viagem vi dois que estivessem no menor perigo de bater uma na outra.

Ser transportado como eu estava sendo, pela luz das estrelas e na escuridão, no meio do meu próprio arquipélago, sem nenhum som além do sussurro do vento e do mergulho de remos que subiam e desciam tão regularmente quanto o tique-taque de um relógio, sem nenhum movimento que pudesse ser sentido além do suave inchaço das ondas, poderia ter sido algo calmante e até mesmo soporífero, pois eu estava cansado, embora tivesse dormido um pouco antes de partirmos; mas o frio do ar noturno e o pensamento do que iríamos fazer me mantiveram acordado.

Nem Llibio nem nenhum dos outros ilhéus conseguiram me dar mais do que a mais vaga informação sobre o interior do castelo que iríamos invadir. Havia um edifício principal e uma muralha. Se o edifício principal era ou não uma verdadeira fortaleza — isto é, uma torre fortificada, alta o suficiente para olhar para baixo sobre a muralha — eu não tinha ideia. Nem eu sabia se havia outros prédios além do principal (uma barbacã, por exemplo), ou se a muralha era reforçada com torres ou torreões, ou quantos defensores poderia ter. O castelo tinha sido construído no espaço de dois ou três anos com trabalho nativo; então não poderia ser tão formidável quanto, digamos, o Castelo de Acies; mas um lugar com um quarto de sua força seria inexpugnável para nós.

Eu estava profundamente consciente de quão pouco apto era para liderar tal expedição. Eu nunca tinha visto uma batalha, quanto mais participado de uma. Meu conhecimento de arquitetura militar veio da minha criação na Cidadela e alguns passeios turísticos casuais entre as fortificações de Thrax, e o que eu sabia, ou pensava que sabia, de táticas tinha sido colhido de leituras igualmente casuais. Eu me lembrava de como havia brincado na necrópole quando menino, lutando em escaramuças simuladas com espadas de madeira, e o pensamento me deixou quase fisicamente doente. Não porque eu temesse muito pela minha própria vida, mas porque sabia que um erro meu poderia resultar na morte da maioria desses inocentes e ignorantes homens, que olhavam para mim em busca de liderança.

Por um breve instante a lua brilhou novamente, atravessada pelas silhuetas escuras de um voo de cegonhas. Eu podia ver a costa como uma faixa de noite mais densa no horizonte. Uma nova massa de nuvens cortou a luz, e uma gota d'água atingiu meu rosto. Isso me fez sentir alegre, de repente, sem saber por quê: sem dúvida o motivo foi que eu inconscientemente me lembrei da chuva lá fora na noite em que encarei o alzabo. Talvez eu também estivesse pensando nas águas geladas que jorravam da boca da mina dos homens-macacos.

No entanto, deixando de lado todas essas associações casuais, a chuva podia ser uma bênção, de fato. Não tínhamos arcos, e se ela molhasse as cordas dos arcos dos nossos oponentes, tanto melhor. Certamente seria impossível usar as balas de poder que o arqueiro do hetman havia disparado. Além disso, a chuva favoreceria um ataque furtivo, e eu havia decidido há muito tempo que era apenas pela furtividade que nosso ataque poderia ter sucesso.

Eu estava imerso em planos quando a nuvem se dissipou novamente, e vi que estávamos em um curso paralelo à costa, que se erguia em penhascos à nossa direita. À frente, uma península de rocha ainda mais alta se projetava para o lago, e eu caminhei até a ponta da ilha para perguntar ao homem estacionado lá se o castelo estava situado sobre ela. Ele balançou a cabeça em negativa e orientou:

— Vamos dar a volta.

Assim fizemos. Os punhos de todas as velas foram soltos e amarrados novamente em novos membros. Bordas de deriva pesadas com pedras foram abaixadas na água de um lado da ilha enquanto três homens se esforçavam na barra do leme para girar o timão. Fiquei impressionado com o pensamento de que Llibio deve ter ordenado nosso atual desembarque, com sabedoria suficiente para escapar da atenção de qualquer vigia que pudesse observar as águas do lago. Se fosse esse o caso, ainda estaríamos em perigo de sermos vistos quando não tivéssemos mais a península entre o castelo e nossa pequena frota. Também me ocorreu que, como o construtor do castelo não tinha escolhido colocá-lo no alto esporão de rocha que estávamos contornando agora, que parecia quase invulnerável, talvez fosse porque ele tivesse encontrado um lugar ainda mais seguro.

Então contornamos o ponto e avistamos nosso destino não mais do que quatro cadeias abaixo da costa: uma projeção de rocha ainda mais alta e abrupta, com uma parede em seu cume e uma fortaleza que parecia ter a forma impossível de um imenso cogumelo venenoso.

Eu não conseguia acreditar nos meus olhos. Da grande coluna central afilada, que eu não tinha dúvidas de que era uma torre redonda de pedra nativa, espalhava-se uma estrutura em forma de lente de metal dez vezes seu diâmetro e aparentemente tão sólida quanto a própria torre.

Em toda a nossa ilha, os homens nos barcos e nas outras ilhas estavam sussurrando uns para os outros e apontando. Parecia que essa visão incrível era tão nova para eles quanto para mim.

A luz enevoada da lua, o beijo da irmã mais nova no rosto de seu irmão mais velho moribundo, brilhava na superfície superior daquele enorme disco. Abaixo dele, em sua espessa sombra, brilhavam faíscas de luz laranja. Elas se moviam, deslizando para cima ou para baixo, embora seu movimento fosse tão lento que eu as observei por algum tempo antes de ter consciência disso. Depois de algum tempo, uma delas subiu até parecer estar imediatamente sob o disco e desapareceu, e pouco antes de chegarmos à costa, mais duas apareceram no mesmo local.

Uma pequena praia ficava à sombra do penhasco. A ilha de Llibio encalhou antes de chegarmos lá, no entanto; tive que pular na água mais uma vez, desta vez segurando *Terminus Est* acima da minha cabeça. Felizmente, não havia arrebentação, e embora a chuva ainda ameaçasse, ela ainda não tinha chegado. Ajudei alguns dos homens do lago a arrastar seus barcos para o cascalho enquanto outros atracavam ilhas em pedras com amarras de tendões.

Depois da minha viagem pelas montanhas, o caminho estreito e traiçoeiro teria sido fácil se eu não tivesse que escalá-lo no escuro. Foi de um jeito tal que eu preferiria ter feito a descida passando pela cidade enterrada até a casa de Casdoe, embora aí já viesse a ser cinco vezes mais longe.

Quando chegamos ao topo, ainda estávamos a alguma distância da muralha, que estava protegido de nós por um bosque de abetos dispersos. Reuni os ilhéus ao meu redor e perguntei — uma pergunta retórica — se eles sabiam de onde o navio celeste acima do castelo tinha vindo. E quando me garantiram que não sabiam, expliquei que sabia (e sabia, Dorcas me avisou sobre eles, embora eu nunca tivesse visto tal coisa antes), e que por causa de sua presença aqui seria melhor se eu fizesse um reconhecimento da situação antes de prosseguirmos com o ataque.

Ninguém falou, mas eu podia sentir o sentimento de desamparo deles. Eles tinham acreditado haver encontrado um herói para liderá-los, e agora iriam perdê-lo antes que a batalha começasse.

— Eu vou entrar se puder — informei a eles. — Voltarei para vocês se isso for possível, e deixarei as portas que puder abertas.

Llibio perguntou:

— Mas suponha que você não consiga voltar. Como saberemos quando chegar o momento de puxar nossas facas?

— Eu farei algum sinal — falei, e forcei meu tirocínio a fim de pensar sobre que sinal eu poderia fazer se estivesse preso naquela torre negra. — Eles devem ter fogo em uma noite como esta. Mostrarei uma tocha em uma janela, e a deixarei cair, se puder, para que vocês vejam o rastro de fogo. Se eu não fizer nenhum sinal e não puder retornar a vocês, podem presumir que me fizeram prisioneiro: ataquem quando a primeira luz tocar as montanhas.

†

Pouco tempo depois, eu estava no portão do castelo, batendo uma grande aldrava de ferro na forma (até onde pude determinar com meus dedos) da cabeça de um homem contra uma placa do mesmo metal fixada em carvalho.

Não houve resposta. Depois de esperar pelo espaço de uma vintena de respirações, bati novamente. Eu podia ouvir os ecos despertados lá dentro, uma reverberação vazia como o pulsar de um coração, mas nenhum som de vozes. Os rostos horríveis que vislumbrei no jardim do Autarca encheram minha mente e esperei, com medo pelo barulho de um tiro, embora eu soubesse que se os Hieródulos escolhessem atirar em mim — e todas as armas de energia, ao fim e ao cabo, vinham deles — eu provavelmente nunca ouviria. O ar estava tão parado que parecia que a atmosfera esperava junto comigo. Trovões rolavam ao leste.

Finalmente, houve passos, tão rápidos e leves que eu poderia ter pensado que eram os passos de uma criança. Uma voz vagamente familiar chamou:

— Quem está aí? O que você quer?

E eu respondi:

— Mestre Severian da Ordem dos Buscadores da Verdade e Penitência; venho como o braço do Autarca, cuja justiça é o pão de seus súditos.

— Mas não diga! — exclamou o Dr. Talos, com que abriu o portão.

Por um momento, tudo o que consegui fazer era encará-lo.

— Diga-me, o que o Autarca quer conosco? A última vez em que o vi, você estava a caminho da Cidade das Facas Tortas. Você chegou lá?

— O Autarca queria saber por que seus vassalos capturaram um de seus servos — respondi. — Ou seja, eu mesmo. Isso lança uma luz um pouco diferente sobre o assunto.

— Sim! Sim! Do nosso ponto de vista também, entenda. Eu não sabia que você era o visitante misterioso em Murene. E tenho certeza de que o velho Baldanders, coitado, também não sabia. Entre e conversaremos a respeito.

Atravessei o portão da muralha, e o médico empurrou o pesado portão para fechá-lo atrás de mim e encaixou uma barra de ferro no lugar. Eu disse:

— Realmente não há muito o que falar, mas podemos começar com uma joia valiosa que foi tirada de mim à força e, pelo que me informaram, enviada para você.

Mesmo enquanto eu falava, no entanto, minha atenção era atraída das palavras que pronunciei para a vasta massa da nave dos Hierodulos, que estava diretamente acima de minha cabeça agora que eu tinha passado pela muralha. Olhar para cima me deu a mesma sensação de deslocamento que às vezes tive ao olhar para baixo através da dupla curva de uma lente de aumento; a parte inferior convexa daquela nave tinha a aparência de algo estranho não apenas para o mundo dos seres humanos, mas para todo o mundo visível.

— Ah, sim — disse o Dr. Talos. — Baldanders tem sua bugiganga, acredito. Ou melhor, ele a tinha e a guardou em algum lugar. Tenho certeza de que a devolverá a você.

De dentro da torre redonda que parecia (embora ela não tivesse condições possíveis de fazer aquilo) sustentar a nave, veio um som solitário e terrível que era como se fosse o uivo de um lobo. Eu não tinha ouvido nada parecido desde que deixei nossa própria Torre Matachin; mas sabia o que era, e disse ao Dr. Talos:

— Você tem prisioneiros aqui.

Ele assentiu.

— Sim. Receio estar muito ocupado para alimentar as pobres criaturas hoje, com isso tudo. — Ele acenou vagamente em direção à nave acima. — Você não se opõe a conhecer cacogênios, espero, Severian? Se quiser entrar e pedir sua joia a Baldanders, temo que terá que fazê-lo. Ele está lá, falando com eles.

Eu disse que não tinha objeção, embora receie ter tremido internamente ao dizer isso.

O médico sorriu, mostrando acima de sua barba ruiva a linha de dentes afiados e brilhantes dos quais eu me lembrava tão bem.

— Isso é maravilhoso. Você sempre foi uma pessoa maravilhosamente imparcial. Se me permite dizer, suponho que seu treinamento lhe ensinou a aceitar cada ser como ele é.

XXXIII

Ossipago, Barbatus e Famulimus

Como é comum em tais torres de cascalho, não havia entrada ao nível do solo. Uma escadaria reta, estreita, íngreme e sem corrimões, levava a uma porta igualmente estreita a uns dez côvados acima do pavimento do pátio. Essa porta já estava aberta, e fiquei encantado ao ver que o Dr. Talos não a fechou atrás de nós. Atravessamos um corredor curto que, sem dúvida, não tinha mais que a espessura da parede da torre, e emergimos em uma sala que parecia (como todas as salas que vi dentro daquela torre) ocupar toda a área disponível em seu nível. Ela estava repleta de máquinas que pareciam ser pelo menos tão antigas quanto aquelas que tínhamos na Torre Matachin em casa, mas cujos usos estavam além da minha conjectura. Em um lado dessa sala, outra escada estreita subia para o andar de cima, e, no lado oposto, uma escadaria escura dava acesso a qualquer lugar em que o prisioneiro uivante estivesse confinado, pois ouvi sua voz flutuando daquela boca negra.

— Ele enlouqueceu — falei, e inclinei a cabeça em direção ao som.

O Dr. Talos assentiu.

— A maioria deles está assim. Pelo menos, a maioria dos que examinei. Administro decocções de heléboro, mas não posso dizer que elas pareçam fazer muito bem.

— Tínhamos clientes assim no terceiro andar do nosso ergástulo, porque éramos forçados a mantê-los pelas questiúnculas jurídicas; eles tinham sido entregues a nós, veja bem, e ninguém com autoridade autorizaria sua libertação.

O médico estava me levando em direção à escada ascendente.

— Simpatizo com sua situação.

— Com o tempo, eles morreram — continuei obstinado. — Fosse pelos efeitos colaterais de suas excruciações ou por outras causas. Nenhum propósito real foi atendido ao confiná-los.

— Suponho que não. Cuidado com aquele aparelhinho com o gancho. Ele está tentando pegar sua capa.

— Então por que você o mantém? Você não é um repositório legal no sentido em que nós éramos, certamente.

— Para obter peças, eu acho. É para isso que Baldanders tem a maior parte deste lixo.

Com um pé no primeiro degrau, o Dr. Talos se virou para olhar para mim.

— Você se lembre de se comportar bem agora. Eles não gostam de ser chamados de cacogênios, você sabe. Dirija-se a eles com os nomes que eles disserem que usam desta vez, e não faça nenhuma referência a lodo. Na verdade, não fale de nada desagradável. Baldanders, coitado, trabalhou tanto para consertar as coisas com eles depois que perdeu a cabeça na Casa Absoluta. Ele ficará arrasado se você estragar tudo antes de eles irem embora.

Prometi ser o mais diplomático possível.

Como a nave estava posicionada acima da torre, supus que Baldanders e seus comandantes estariam na sala mais alta. Eu estava errado. Ouvi o murmúrio de vozes enquanto subíamos para o próximo andar, depois os tons profundos do gigante, soando, como sempre acontecia quando eu viajava com ele, com o desabamento de alguma muralha em ruínas ao longe.

Essa sala também continha máquinas. Mas elas, embora pudessem ser tão antigas quanto as de baixo, davam a impressão de estarem funcionando; e, além do mais, de estarem em alguma relação lógica, porém, impenetrável umas com as outras, como os dispositivos no salão de Typhon. Baldanders e seus convidados estavam na extremidade mais distante da câmara, onde sua cabeça, três vezes maior que a de qualquer homem comum, despontava acima da bagunça de metal e cristal como a de um tiranossauro sobre as folhas mais altas de uma floresta. Enquanto eu caminhava em direção a eles, vi o que restava de uma jovem mulher que poderia ter sido irmã de Pia deitada sob uma redoma de vidro brilhante. Seu abdômen havia sido aberto com uma lâmina afiada e algumas de suas vísceras removidas e posicionadas ao redor de seu corpo. Parecia estar nos estágios iniciais de decomposição, embora os lábios dela se movessem. Seus olhos se abriram quando passei por ela, depois se fecharam novamente.

— Companhia! — gritou o Dr. Talos. — Você nunca vai adivinhar quem é.

A cabeça do gigante girou lentamente, mas ele me olhou, pensei, com tão pouca compreensão quanto a que tinha quando o Dr. Talos o acordou naquela primeira manhã em Nessus.

— Baldanders você já conhece — o médico continuou para mim —, mas devo apresentá-lo aos nossos convidados.

Três homens, ou o que pareciam ser homens, levantaram-se graciosamente. Um, se ele fosse verdadeiramente um ser humano, teria sido baixo e robusto. Os outros dois eram mais altos do que eu por uma boa cabeça, altos como exultantes. As máscaras que todos os três usavam lhes davam os rostos de homens refinados de meia-idade, pensativos e compostos; mas eu estava ciente de que os olhos que olhavam através das fendas nas máscaras das duas figuras mais altas eram maiores que os olhos humanos, e que a figura mais baixa absolutamente não tinha olhos, de modo que apenas a escuridão era visível ali. Todos os três estavam vestidos de branco.

— Vossas Mercês! Eis aqui um grande amigo nosso, Mestre Severian dos torturadores. Mestre Severian, deixe-me apresentar os honoráveis Hieródulos Ossipago, Barbatus e Famulimus. É o trabalho dessas nobres personagens inculcar sabedoria na raça humana: aqui representada por Baldanders, e agora, por você mesmo.

O ser que o Dr. Talos havia apresentado como Famulimus falou. Sua voz poderia ter sido totalmente humana, não fosse o fato de que era mais ressonante e mais musical do que qualquer voz verdadeiramente humana que já ouvi, de forma tal que senti que poderia estar ouvindo a fala de algum instrumento de cordas chamado à vida.

— Bem-vindo — cantou. — Não há maior alegria para nós do que cumprimentá-lo, Severian. Você se curva a nós em cortesia, mas nós dobraremos nossos joelhos a você. — E ele se ajoelhou brevemente, assim como os outros dois.

Nada que ele pudesse ter dito ou feito poderia ter me surpreendido mais, e eu estava muito surpreso para oferecer qualquer resposta.

O outro cacogênio alto, Barbatus, falou como um cortesão falaria para preencher o silêncio de uma lacuna na conversa que de outro modo teria sido embaraçosa. Sua voz era mais grave que a de Famulimus, e parecia ter algo de marcial nela.

— Você é bem-vindo aqui: muito bem-vindo, como meu querido amigo disse, e todos nós tentamos indicar. Mas seus próprios amigos devem permanecer do lado de fora enquanto estivermos aqui. Você sabe disso, é claro. Menciono isso apenas como uma questão de formalidade.

O terceiro cacogênio, em um tom tão grave que era mais sentido que ouvido, murmurou:

— Não importa. — E como se temesse que eu pudesse ver as fendas vazias de sua máscara, virou-se e fez uma demonstração de olhar pela janela estreita atrás dele.

— Talvez não importe mesmo — disse Barbatus. — Ossipago sabe mais, afinal.

— Você tem amigos aqui, então? — sussurrou o Dr. Talos. Era uma peculiaridade dele; raramente falava com um grupo como a maioria das pessoas faz, mas, ou se dirigia a um único indivíduo quase como se ele e o outro estivessem sozinhos, ou então orava como se fosse para uma assembleia de milhares.

— Alguns dos ilhéus me deram uma escolta — contei, tentando fazer a melhor cara possível para falar dessas coisas. — Você deve saber deles. Eles vivem nas massas flutuantes de juncos no lago.

— Eles estão se rebelando contra você! — Dr. Talos disse ao gigante. — Eu avisei que isso aconteceria. — Ele correu para a janela pela qual o ser chamado Ossipago parecia olhar, empurrando-o para um lado, e olhou para a noite. Então, virando-se para o cacogênio, ajoelhou-se, agarrou sua mão e a beijou. Esta mão era claramente uma luva de algum material flexível pintada para se assemelhar a carne, com algo nela que não era uma mão.

— Você vai nos ajudar, Mercê, não vai? Você tem fantassins a bordo de sua nave, certamente. Forre as paredes com horrores e estaremos seguros por um século.

Em sua voz lenta, Baldanders disse:

— Severian será o vencedor. Senão, por que eles se ajoelharam diante dele? Embora ele possa morrer, e nós não. Você conhece os costumes deles, Doutor. O saque pode disseminar conhecimento.

O Dr. Talos se virou para ele furiosamente.

— E isso já aconteceu antes? Eu pergunto!

— Quem é que sabe, Doutor?

— Você sabe que não. Eles são os mesmos brutamontes ignorantes e supersticiosos que sempre foram! — Ele se virou novamente. — Nobres Hieródulos, respondam-me. Se alguém sabe, são vocês que devem saber.

Famulimus gesticulou, e eu nunca estive mais ciente da verdade por trás de sua máscara do que naquele momento, pois nenhum braço humano poderia ter feito o movimento que o dele fez, e foi um movimento sem sentido, que não transmitia nem concordância nem discordância, nem irritação nem consolo.

— Não falarei de todas as coisas que você sabe — afirmou. — Que aqueles que você teme aprenderam a superá-lo. Pode ser verdade que eles ainda sejam simples; ainda assim, algo levado para casa pode torná-los sábios.

Ele estava se dirigindo ao doutor, mas eu não consegui mais me conter e indaguei:

— Posso perguntar do que está falando, sieur?

— Falo de você, de todos vocês, Severian. Que eu deva falar é algo que não pode lhe fazer mal agora.

Barbatus interrompeu:

— Só se você não fizer isso muito livremente.

— Há uma marca que eles usam em algum mundo, onde às vezes nosso navio desgastado encontra descanso finalmente. É uma cobra com cabeças em cada extremidade. Uma ponta está morta: a outra a rói.

Sem se virar da janela, Ossipago disse:

— É este mundo mesmo, acho eu.

— Sem dúvida que Camena poderia revelar seu lar. Mas então, não importa se você o conhece. Você me entenderá mais claramente. A cabeça viva representa a destruição. A que não vive, a construção. A primeira se alimenta da última; e a alimentação nutre sua comida. Um garoto pode pensar que se a primeira morresse, a coisa morta e construtiva triunfaria, tornando sua gêmea agora igual a ela. A verdade é que ambas logo se decomporiam.

Barbatus disse:

— Como ocorre com frequência, meu bom amigo não está sendo de muita clareza. Você o entende?

— Não entendo! — anunciou o Dr. Talos, com raiva. Ele se virou como se estivesse enojado e desceu as escadas correndo.

— Isso não importa — Barbatus me disse —, já que seu senhor entende.

Ele fez uma pausa como se esperasse que Baldanders o contradissesse, então continuou, ainda dirigindo-se a mim.

— Nosso desejo, veja bem, é fazer sua raça progredir, não doutriná-la.

— Fazer o povo da costa evoluir? — perguntei.

Durante todo esse tempo, as águas do lago murmuravam sua tristeza noturna pela janela. A voz de Ossipago parecia se misturar a ela quando ele disse:

— Todos vocês...

— É verdade, então! O que tantos sábios suspeitaram. Estamos sendo guiados. Vocês cuidam de nós, e nas eras da nossa história, que não devem parecer mais do que dias para vocês; vocês nos tiraram da selvageria. — Em meu entusiasmo, saquei o livro marrom, ainda um pouco úmido do tanto que eu o havia molhado mais cedo naquele dia, apesar de seu embrulho de seda oleada. — Aqui, deixe-me mostrar o que isso diz: "O homem, que não é sábio, ainda assim é objeto de sabedoria. Se a sabedoria encontra um objeto adequado para ele, é sábio da parte dele menosprezar sua loucura?" Algo assim.

— Você se engana — Barbatus me disse. — Eras são eons para nós. Meu amigo e eu lidamos com sua raça há menos tempo que sua própria vida.

Baldanders pontuou:

— Essas coisas vivem apenas uma vintena de anos, como cães. — Seu tom me disse mais do que está escrito aqui, pois cada palavra caiu como uma pedra jogada em alguma cisterna profunda.

Eu disse:

— Isso não pode ser.

— Vocês são a obra pela qual vivemos — explicou Famulimus. — Esse homem que vocês chamam de Baldanders vive para aprender. Vemos que ele acumula conhecimento do passado: fatos concretos como sementes para lhe dar poder. Com o tempo, ele morrerá por mãos que não armazenam, mas morrerá com algum pequeno ganho para todos vocês. Pense numa árvore que racha uma rocha. Ela reúne água, o calor do sol que traz vida... e todas as coisas da vida para seu próprio uso. Com o tempo, ela morre e apodrece para vestir a terra, que suas próprias raízes fizeram a partir da pedra. Sua sombra se foi, novas sementes brotam; com o tempo, uma floresta floresce onde ela antes esteve.

O Dr. Talos emergiu novamente da escadaria, batendo palmas lenta e ironicamente. Então perguntei:

— Vocês deixaram essas máquinas para eles, então? — Eu estava agudamente consciente enquanto falava, da mulher eviscerada resmungando sob seu vidro em algum lugar atrás de mim, algo que antes não teria incomodado o torturador Severian nem um pouco.

Barbatus respondeu:

— Não. Aquelas ele encontrou, ou construiu para si mesmo. Famulimus disse que desejava aprender, e que nós cuidamos para que ele aprendesse, não que nós o ensinamos. Não ensinamos nada a ninguém, e apenas comercializamos dispositivos que são complexos demais para seu povo duplicar.

O Dr. Talos disse:

— Esses monstros, esses horrores, não fazem nada por nós. Você os viu: você sabe o que eles são. Quando meu pobre paciente correu selvagemente na direção deles no teatro da Casa Absoluta, eles quase o mataram com suas pistolas.

O gigante se mexeu em sua grande cadeira.

— Não precisa fingir simpatia, Doutor. Não combina com você. Bancar o bobo enquanto eles olhavam... — Seus imensos ombros subiram e desceram. — Eu não deveria ter deixado isso me dominar. Eles concordaram agora em esquecer.

Barbatus disse:

— Nós poderíamos ter matado seu criador facilmente naquela noite, como você sabe. Nós o queimamos apenas o suficiente para impedir seu ataque.

Lembrei-me, então, do que o gigante me disse quando nos separamos na floresta além dos jardins do Autarca: que ele era o senhor do doutor. Agora, antes que eu tivesse tempo para considerar o que estava fazendo, agarrei a mão do doutor. Sua pele parecia tão quente e viva quanto a minha, embora curiosamente seca. Depois de um momento ele se afastou bruscamente.

— O que é você? — exigi saber, e como ele não respondeu, virei-me para os seres que se chamavam Famulimus e Barbatus. — Certa vez, sieurs, conheci um homem que era apenas parcialmente carne humana...

Eles olharam para o gigante em vez de responder, e embora eu soubesse que seus rostos eram apenas máscaras, senti a exigência daqueles olhares.

— Um homúnculo — Baldanders rugiu.

XXXIV

Máscaras

A chuva veio enquanto ele falava, uma chuva fria que atingiu as pedras rudes e cinzentas do castelo com um milhão de punhos gelados. Sentei-me, apertando *Terminus Est* entre meus joelhos para evitar que eles tremessem.

— Eu já tinha concluído — falei com o máximo de autocontrole que pude invocar — que quando os ilhéus me contaram sobre um homenzinho que pagou pela construção deste lugar, eles estavam falando do doutor. Mas eles disseram que você, o gigante, veio depois.

— Eu era o homenzinho. O doutor veio depois.

Um cacogênio mostrou um rosto gotejante de pesadelo na janela, então desapareceu. Possivelmente ele havia transmitido alguma mensagem para Ossipago, embora eu não tenha ouvido nada. Ossipago falou sem se virar.

— O crescimento tem suas desvantagens, embora para sua espécie seja o único método pelo qual a juventude pode ser restabelecida.

O Dr. Talos se levantou de um salto.

— Nós os venceremos! Ele se colocou nas minhas mãos.

Baldanders disse:

— Fui forçado a isso. Não havia mais ninguém. Criei meu próprio médico.

Eu ainda estava tentando recuperar meu equilíbrio mental enquanto olhava de um para o outro; não havia mudança na aparência ou nos modos de nenhum dos dois.

— Mas ele bate em você — lembrei. — Eu o vi.

— Uma vez eu ouvi você enquanto fazia confidências para a mulher pequena. Você destruiu outra mulher, a quem amava. No entanto, você era escravo dela.

O Dr. Talos disse:

— Preciso acordá-lo, sabe? Ele precisa se exercitar, e isso é parte do que faço por ele. Disseram-me que o Autarca, cuja saúde é a felicidade de seus súditos, tem um isocronon em seu quarto de dormir, um presente de outro autarca de além da borda do mundo. Talvez seja o senhor desses cavalheiros aqui. Não sei. De qualquer forma, ele teme uma adaga em sua garganta e não deixa ninguém chegar perto dele enquanto dorme, então esse dispositivo conta as vigílias de sua noite. Quando amanhece, ele o desperta. Como então ele, o senhor da Comunidade, permitiria que seu sono fosse perturbado por uma mera máquina? Baldanders me criou como seu médico, como ele lhe disse. Severian, você me conhece há algum tempo. Você diria que fui muito afetado pelo infame vício da falsa modéstia?

Consegui sorrir ao balançar a cabeça em negativa.

— Então devo lhe dizer que não sou responsável por minhas virtudes, tais como elas são. Baldanders sabiamente me fez tudo o que ele não é, para que eu pudesse contrabalançar suas deficiências. Não gosto de dinheiro, por exemplo. Esta é uma coisa excelente para o paciente, em um médico pessoal. E sou leal aos meus amigos, porque ele é o primeiro deles.

— Ainda assim — pontuei — sempre fiquei espantado que ele não tenha matado você. — Estava tão frio no quarto que eu puxei meu manto mais perto de mim, embora eu tivesse certeza de que a calma enganosa presente não duraria muito.

O gigante disse:

— Você deve saber por que mantenho meu temperamento sob controle. Você já me viu perdê-lo. Tê-los sentados ali, me observando, como se eu fosse um urso em uma corrente...

O Dr. Talos tocou sua mão; havia algo feminino no gesto.

— São suas glândulas, Severian. O sistema endócrino e a tireoide. Tudo deve ser gerenciado com muito cuidado, caso contrário ele cresceria rápido demais. E depois preciso cuidar para que seu peso não quebre os próprios ossos, e mil outras coisas.

— O cérebro — o gigante rugiu. — O cérebro é o pior de todos, e o melhor.

Indaguei, então:

— A Garra ajudou você? Se não, talvez ajude, em minhas mãos. Ela funcionou mais para mim em um curto espaço de tempo do que para as pelerinas em muitos anos.

Como o rosto de Baldanders não mostrou nenhum sinal de compreensão, o Dr. Talos disse:

— Ele quer dizer a gema que os pescadores enviaram. Ela supostamente realiza curas milagrosas.

Com isso, Ossipago se virou para nós finalmente.

— Que interessante. Você a tem aqui? Podemos vê-la?

O doutor olhou ansiosamente da máscara inexpressiva do cacogênio para o rosto de Baldanders e vice-versa enquanto dizia:

— Por favor, Vossas Excelências, não é nada. Um fragmento de coríndon.

Em todo o tempo desde que entrei naquele nível da torre, nenhum dos cacogênios havia mudado de lugar mais que um côvado; agora Ossipago atravessou o espaço até minha cadeira com passos curtos e gingados. Devo ter recuado assustado, pois ele disse:

— Não precisa ter medo de mim, embora façamos muito mal à sua espécie. Quero ouvir sobre esta Garra, que o homúnculo nos diz ser apenas um espécime mineral.

Quando o ouvi dizer isso, fiquei com medo de que ele e seus companheiros tomassem a Garra de Baldanders e a levassem para sua própria casa além do vazio, mas raciocinei que eles não poderiam fazer isso a menos que o obrigassem a apresentá-la, e que se fizessem isso, seria possível para mim obter posse dela, uma chance que poderia não acontecer em outra ocasião. Então contei a Ossipago todas as coisas que a Garra tinha realizado enquanto estava sob minha guarda: sobre o ulano na estrada, e os homens-macacos, e todos os outros exemplos de seu poder que já registrei aqui. Enquanto eu falava, o rosto do gigante ia ficando mais duro, e o do doutor, achei, mais ansioso.

Quando terminei, Ossipago disse:

— E agora precisamos ver a maravilha em si. Traga-a, por favor. — E Baldanders se levantou e caminhou pela ampla sala, fazendo todas as suas máquinas parecerem meros brinquedos pelo seu tamanho, e finalmente puxou a gaveta de uma mesinha de tampo branco e tirou a gema. Ela estava mais opaca em sua mão do que eu já tinha visto; era como se fosse um pedaço de vidro azul.

O cacogênio a tomou dele e a segurou em sua luva pintada, embora ele não tenha virado o rosto para olhá-la como um homem faria. Ali ela pareceu capturar a luz das lâmpadas amarelas que brotavam do alto, e naquela luz ela emitiu uma faísca azul-clara.

— Muito bonita — comentou ele. — E muito interessante, embora não possa ter realizado os feitos que lhe são atribuídos.

— Obviamente — Famulimus cantou, e fez outro daqueles gestos que tanto me lembravam das estátuas nos jardins do Autarca.

— É minha — avisei a eles. — O povo da costa a tirou de mim à força. Posso tê-la de volta?

— Se for sua — Barbatus disse. — Onde a conseguiu?

Comecei a tarefa de descrever meu encontro com Agia e a destruição do altar das pelerinas, mas ele me interrompeu.

— Tudo isso é especulação. Você não viu essa joia no altar, nem sentiu a mão da mulher quando ela a deu a você, se é que a deu mesmo. Onde a conseguiu?

— Eu a encontrei em um compartimento do meu sabretache. — Parecia que não havia mais nada a dizer.

Barbatus se virou como se estivesse desapontado.

— E você... — Ele olhou para Baldanders. — Ossipago tem a joia agora, e ele a conseguiu de você. De onde você a pegou?

Baldanders resmungou:

— Você viu. Da gaveta daquela mesa.

O cacogênio assentiu movendo sua máscara com as mãos.

— Você vê, então, Severian, que o argumento dele se tornou tão bom quanto o seu.

— Mas a gema é minha, e não dele.

— Não é nossa tarefa julgar entre vocês; devem resolver isso quando formos embora. Mas, por curiosidade, que atormenta até mesmo criaturas tão estranhas quanto acreditam que somos... Baldanders, você vai ficar com ela?

O gigante balançou a cabeça.

— Eu não teria tal monumento à superstição em meu laboratório.

— Então deve haver pouca dificuldade em efetuar um acordo — Barbatus declarou. — Severian, você gostaria de ver nosso veículo subir? Baldanders sempre vem nos ver partir, e embora ele não seja do tipo que se entusiasma com visões artificiais ou naturais, eu mesmo acho que deve valer a pena ver. — Ele se virou, ajustando suas vestes brancas.

— Veneráveis Hieródulos — bajulei —, eu gostaria muito, mas quero perguntar algo antes de partirem. Quando cheguei, você disse que não havia maior alegria do que me ver, e todos se ajoelharam. Você quis dizer o que disse, ou algo parecido? Estava me confundindo com outra pessoa?

Baldanders e Dr. Talos se levantaram quando o cacogênio mencionou sua partida pela primeira vez. Agora, embora Famulimus permanecesse para ouvir minhas perguntas, os outros já tinham começado a se afastar; Barbatus estava subindo a escada que levava ao nível acima, com Ossipago, ainda carregando a Garra, não muito atrás dele.

Comecei a andar também, porque temia me separar dela, e Famulimus caminhou comigo.

— Embora você não tenha passado no nosso teste, eu não quis dizer nada menos do que o que eu disse a você. — Sua voz era como a música de um pássaro maravilhoso, transpondo o abismo de uma floresta inatingível. — Quantas vezes nos aconselhamos, Suserano. Quantas vezes fizemos a vontade um do outro. Você conhece as mulheres da água, creio eu. Ossipago, o bravo Barbatus, eu, seremos tão menos sábios que elas?

Respirei fundo.

— Eu não sei o que você quer dizer. Mas de alguma forma sinto que embora você e sua espécie sejam pavorosos, você é bom. E que as ondinas não são, embora sejam tão adoráveis, assim como tão monstruosas, que mal consigo olhar para elas.

— O mundo todo é uma guerra do bem e do mal? Você não pensou que poderia ser algo mais?

Eu não, e só conseguia encará-lo.

— E você gentilmente tolera meus olhares. Sem ofensa, posso remover esta máscara? Nós dois sabemos o que ela é, e está abafada. Baldanders está à frente e não verá.

— Se quiser, Adoração — eu disse. — Mas você não vai contar...

Com um rápido movimento de uma das mãos, como se estivesse aliviado, Famulimus tirou o disfarce. O rosto revelado não era rosto, apenas olhos em uma camada de putrescência. Então a mão se moveu novamente como antes, e esta também caiu. Por baixo dela estava a estranha e calma beleza que eu tinha visto esculpida nos rostos das estátuas em movimento nos jardins da Casa Absoluta, mas diferindo delas como o rosto de uma mulher viva difere de sua própria máscara de vida.

— Você nunca pensou, Severian — ela disse —, que aquele que usava uma máscara poderia usar outra? Mas eu que usei as duas não uso três. Mais nenhuma mentira nos separa agora, eu juro. Toque, Suserano: seus dedos no meu rosto.

Eu estava com medo, mas ela pegou minha mão e a levou até sua bochecha. Parecia fria e, no entanto, viva, o oposto do calor seco da pele do doutor.

— Todas as máscaras monstruosas que você nos viu usar são apenas seus concidadãos de Urth. Um inseto, uma lampreia, agora um leproso moribundo. Todos são seus irmãos, embora você possa recuar enojado.

Já estávamos perto do nível mais alto da torre, pisando em madeira carbonizada em alguns pontos: a ruína deixada pela conflagração que havia expulsado Baldanders e seu médico. Quando tirei minha mão, Famulimus colocou sua máscara novamente.

— Por que vocês fazem isso? — perguntei.

— Para que seu povo odeie e tema a todos nós. Por quanto tempo, Severian, se não o fizéssemos, os homens comuns suportariam um reinado que não é nosso? Não roubaríamos sua raça de seu próprio governo; ao proteger sua espécie de nós, seu Autarca não mantém o Trono da Fênix?

Eu me senti como às vezes me sentira nas montanhas ao acordar de um sonho, quando me sentava surpreso, olhava ao redor e via a lua verde espetada ao céu com um pinheiro, e os rostos carrancudos e solenes das montanhas sob seus diademas quebrados em vez das paredes sonhadas do estúdio do Mestre Palaemon, ou nosso refeitório, ou o corredor de celas onde eu estava sentado na mesa da guarda do lado de fora da porta de Thecla. Consegui dizer:

— Então por que você me mostrou?

E ela respondeu:

— Embora você nos veja, nós não o veremos mais. Nossa amizade aqui começa e termina, receio. Chame isso de um presente de boas-vindas de amigos que partem.

Então o doutor, à nossa frente, abriu uma porta, e o tamborilar da chuva se tornou um rugido, e eu senti o ar frio e mortal da torre invadido pelo ar gélido, porém vivo de fora. Baldanders teve que se abaixar e virar os ombros para passar pela porta, e eu fiquei impressionado com a percepção de que com o tempo ele seria incapaz de fazê-lo, não importando o cuidado que recebesse do Dr. Talos: a porta teria que ser alargada, e as escadas também, talvez, pois se ele caísse, certamente pereceria. Então entendi o que me havia intrigado antes: a razão para os enormes quartos e tetos altos desta, sua torre. E me perguntei como eram as abóbadas na rocha, onde ele confinava seus prisioneiros famintos.

XXXV

O Sinal

A nave, que de baixo havia parecido repousar sobre a estrutura da própria torre, não repousava. Parecia antes flutuar meia corrente ou mais acima de nós: alto demais para fornecer muito abrigo da chuva forte que fazia a curva suave de seu casco brilhar como madrepérola preta. Ao olhar para ela, não pude deixar de especular sobre as velas que tal embarcação poderia abrir para pegar os ventos que sopram entre os mundos; e então, enquanto eu me perguntava se a tripulação nunca olhava para baixo para nos ver, os tritões, os seres estranhos e rudes que por um tempo caminharam no fundo abaixo de seu casco, um deles de fato desceu de cabeça, para a frente, como um esquilo, envolto em luz laranja e agarrado ao casco com mãos e pés, embora o casco estivesse molhado como qualquer pedra em um rio e polido como a lâmina de *Terminus Est*. Ele usava uma máscara como a que eu descrevi muitas vezes, mas eu agora sabia de fato que era uma. Quando ele viu Ossipago, Barbatus e Famulimus abaixo, parou de descer, e um instante depois uma linha fina, brilhando laranja também, de modo que parecia um fio de luz, foi lançada de algum lugar acima.

— Agora precisamos ir — Ossipago disse a Baldanders, e lhe entregou a Garra. — Pense bem em todas as coisas que não lhe dissemos, e lembre-se do que não lhe foi mostrado.

— Eu o farei — disse Baldanders, a voz sombria, como eu nunca mais ouviria dele.

Então Ossipago pegou a linha e deslizou para cima até que ela se curvasse em torno da curva do casco, e desapareceu de vista. Mas, de alguma forma, foi como se não tivesse realmente deslizado para cima, mas para baixo, como se aquela nave fosse um mundo em si e atraísse tudo que lhe pertence para si com uma fome cega, como Urth faz; ou talvez ele tenha tão somente se tornado mais leve que o nosso ar, como um marinheiro que mergulha de seu navio no mar, e se levantou como eu havia me levantado depois que saltei do barco do hetman.

Fosse como fosse, Barbatus e Famulimus o seguiram. Famulimus acenou no instante em que a ondulação do casco a bloqueou de vista; sem dúvida o doutor e Baldanders pensaram que ela estava se despedindo deles; mas eu sabia que havia acenado para mim. Uma lâmina de chuva atingiu meu rosto, cegando meus olhos apesar do capuz.

Lentamente a princípio, depois cada vez mais rápido, a nave se ergueu e recuou, desaparecendo não para cima nem para o norte, sul, leste ou oeste, mas diminuindo em uma direção para a qual eu não conseguia mais apontar quando ela se foi.

Baldanders se virou para mim.

— Você os ouviu.

Não entendi e disse:

— Eu falei com eles, sim. O Dr. Talos me convidou quando abriu a porta da muralha para mim.

— Eles não me disseram nada. Não me mostraram nada.

— Ter visto a nave deles — comentei — e ter falado com eles: certamente essas coisas estão longe de ser nada.

— Eles estão me levando para frente. Sempre para frente. Eles me levam como um boi para o abate.

Ele foi até a ameia e olhou para a vasta extensão do lago, cujas águas agitadas pela chuva o faziam parecer um mar de leite. As ameias eram vários palmos mais altas que minha cabeça, mas ele colocou as mãos sobre elas como se estivesse em um corrimão, e eu vi o brilho azul da Garra em um punho fechado. O Dr. Talos puxou minha capa, murmurando que seria melhor se fôssemos para dentro ao abrigo da tempestade, mas eu não queria ir embora.

— Começou muito antes de você nascer. No começo, eles me ajudaram, embora fosse apenas sugerindo pensamentos, fazendo perguntas. Agora, apenas dão pistas. Agora, só deixam escapar o suficiente para me dizer que uma certa coisa pode ser feita. Esta noite, não houve nem isso.

Querendo insistir para que ele não levasse mais os ilhéus para seus experimentos, mas sem saber como fazer isso, eu disse que tinha visto suas balas explosivas, que eram certamente muito maravilhosas, uma grande conquista.

— Natrium — falou, e se virou para mim, sua enorme cabeça erguida para o céu escuro. — Você não sabe de nada. Natrium é uma mera substância elementar gerada pelo mar em profusão infinita. Você acha que eu teria dado isso aos pescadores se fosse mais que um brinquedo? Não, eu sou minha própria grande obra. E eu sou minha única grande obra!

O Dr. Talos sussurrou:

— Olhe ao seu redor: não reconhece isso? É exatamente como ele diz!

— O que quer dizer? — sussurrei em resposta.

— O castelo? O monstro? O homem de conhecimento? Acabei de pensar nisso. Certamente você sabe que, assim como os eventos importantes do passado lançam suas sombras ao longo das eras, agora, quando o sol está se aproximando da escuridão, nossas próprias sombras correm para o passado para perturbar os sonhos da humanidade.

— Você está louco — insultei o gigante. — Ou brincando.

— Louco? — Baldanders rugiu. — *Você* é louco. Você com suas fantasias de teurgia. Como eles devem estar rindo de nós. Eles acham que todos nós somos bárbaros... Eu, que trabalhei por três vidas.

Ele estendeu o braço e abriu a mão. A Garra ardia para ele agora. Eu estendi a mão para pegá-la, e com um movimento repentino, ele a jogou. Como ela faiscou na escuridão varrida pela chuva! Foi como se a própria Skuld brilhante tivesse caído do céu noturno.

Ouvi o grito, então, do povo do lago que esperava do lado de fora do muro. Eu não tinha dado nenhum sinal; ainda assim, o sinal tinha sido dado pelo único ato, exceto talvez por um ataque à minha pessoa, que poderia ter me induzido a dá-lo. *Terminus Est* deixou sua bainha enquanto o vento ainda carregava seu grito de guerra. Eu a levantei para atacar, mas antes que eu pudesse me aproximar do gigante, o Dr. Talos saltou entre nós. Achei que a arma que ele levantou para aparar fosse apenas sua bengala; se meu coração não tivesse sido dilacerado pela perda da Garra, eu teria rido ao cortá-la. Minha lâmina ressoou no aço, e embora ela tenha empurrado as costas dele contra si mesmo, ele foi capaz de conter o golpe. Baldanders passou correndo por mim antes que eu pudesse me recuperar e me jogou contra o parapeito.

Não consegui me esquivar do golpe do doutor, mas ele foi enganado, eu acho, pela minha capa fuligem, e embora sua ponta tenha roçado minhas costelas, ela chacoalhou na pedra. Eu o golpeei com o punho e o fiz cambalear.

Baldanders não estava em parte alguma. Depois de um momento, percebi que sua corrida precipitada devia ter sido para a porta atrás de mim, e o golpe que ele havia me dado não passara de uma reflexão tardia, como um homem concentrado em outras coisas pode apagar uma vela antes de sair do quarto.

O doutor estava esparramado no pavimento de pedra que era o teto da torre: pedras que eram, talvez, meramente cinzas à luz do sol, mas agora pareciam de um preto afogado pela chuva. Seu cabelo e barba ruivos ainda eram visíveis, o que permitiu ver que ele estava deitado de bruços, sua cabeça torcida para um lado. Não me pareceu que eu o tivesse golpeado com tanta força, embora talvez eu possa ser mais forte do que penso, como outros já me disseram por vezes. Ainda assim, senti que por baixo de toda sua postura arrogante o Dr. Talos era mais fraco que qualquer um de nós teria imaginado, exceto Baldanders. Eu poderia tê-lo matado facilmente então, balançando *Terminus Est* para que o canto de sua lâmina se enterrasse em seu crânio.

Em vez disso, peguei sua arma, a tênue linha de prata que havia caído de sua mão. Era uma lâmina de um único gume, tão larga quanto meu dedo indicador, muito afiada... como convinha à espada de um cirurgião. Depois de um momento, percebi que o punho era apenas o cabo de sua bengala, que eu tinha visto tantas vezes; era uma bengala-espada, como a espada que Vodalus havia desembainhado em nossa necrópole certa vez, e eu sorri ali na chuva ao pensar no médico carregando sua espada assim por tantas léguas, sem que eu soubesse que tinha trabalhado junto com a minha pendurada nas costas. A ponta tinha se quebrado nas pedras quando ele me empurrou; eu joguei a lâmina quebrada sobre o parapeito, como Baldanders tinha jogado a Garra, e desci para sua torre a fim de matá-lo.

†

Quando subimos a escada, eu estava muito envolvido em uma conversa com Famulimus para prestar muita atenção aos cômodos pelos quais passamos. O mais alto, eu lembrava apenas como um lugar onde parecia que tudo estava envolto em tecido escarlate. Agora eu via globos vermelhos, lâmpadas que queimavam sem chama como as flores prateadas que brotavam do teto da ampla sala onde eu havia conhecido os três seres que não podia mais chamar de cacogênios. Esses globos estavam sobre pedestais de marfim que pareciam tão leves e finos quanto os ossos de pássaros, erguendo-se de um chão que não era chão, mas apenas um mar de tecidos, todos vermelhos, mas de variados tons e texturas. Sobre esta sala se estendia um dossel sustentado por atlantes. Era escarlate, mas costurado com mil placas de prata, tão bem polidas que eram espelhos quase tão perfeitos quanto a armadura dos pretorianos do Autarca.

Eu tinha quase descido a altura da escada antes de entender que o que vi não era nada mais do que o quarto do gigante, a cama em si, cinco vezes a extensão de uma cama normal, afundada no nível do chão, e suas cobertas cereja e carmim espalhadas sobre o tapete carmesim. Naquele momento, vi um rosto entre essas roupas de cama retorcidas. Levantei minha espada e o rosto desapareceu, mas deixei a escada para arrastar um dos panos felpudos. O catamita embaixo dele (se é que era um catamita) se levantou e me encarou com a ousadia que crianças pequenas às vezes demonstram. De fato, ele era uma criança pequena, embora fosse quase tão alto quanto eu, um garoto nu tão gordo que sua barriga distendida obscurecia seus minúsculos órgãos generativos. Seus braços eram como travesseiros cor-de-rosa com cordões de ouro amarrados, e suas orelhas tinham sido furadas para argolas douradas amarradas com pequenos sinos. Seu cabelo também era dourado e cacheado; sob esse cabelo, ele olhou para mim com os grandes olhos azuis de uma criança.

Por maior que fosse, nunca consegui acreditar que Baldanders praticasse a pederastia como esse termo é geralmente entendido, embora possa muito bem ser que ele tivesse esperado fazê-lo quando o menino crescesse ainda mais. Certamente deve ter sido que, assim como ele controlava o próprio crescimento, permitindo apenas o necessário para salvar seu corpo montanhoso dos estragos dos anos, ele tivesse acelerado o crescimento daquele pobre garoto na medida em que era possível ao seu conhecimento antroposófico. Digo isso porque parecia certo que ele não o tinha sob seu controle até algum tempo depois que ele e o Dr. Talos se separaram de Dorcas e de mim.

(Deixei esse garoto onde o encontrei, e até hoje não tenho ideia do que possa ter acontecido com ele. É bem provável que ele tenha perecido; mas é possível também que os homens do lago o tenham preservado e nutrido, ou que o hetman e seu povo, encontrando-o um pouco mais tarde, o tenham feito.)

Eu mal tinha descido ao andar de baixo quando o que vi lá apagou todo o pensamento sobre o garoto da minha mente. Este quarto estava tão envolto em névoa (que tenho certeza de que não estava presente quando passei por ele antes) quanto o outro estava em tecido vermelho; era um vapor vivo que fervia como eu poderia ter imaginado o logos contorcendo-se ao sair da boca do Pancriador. Diante dos meus olhos, um homem de neblina, branco como um verme de sepultura, surgiu diante de mim brandindo uma lança farpada. Antes que eu percebesse que ele era um mero fantasma, a lâmina da minha espada atravessou seu pulso como se tivesse penetrado uma coluna de fumaça. Imediatamente ele começou a encolher, a névoa parecendo cair sobre si mesma, até que ele ficou pouco mais alto que minha cintura.

Fui em frente, desci mais degraus, até que fiquei ali parado na fria e turbulenta brancura. Então surgiu saltando sobre sua superfície uma criatura hedionda formada, assim como o homem, da própria névoa. Nos anões que vi, a cabeça e o tronco são de tamanhos normais ou maiores, mas os membros, por mais musculosos que sejam, permanecem infantis; este era o inverso de tal anão, com braços e pernas maiores que os meus saindo de um corpo retorcido e atrofiado.

O anti-anão brandiu um estoque e, abrindo a boca num grito silencioso, enfiou sua arma no pescoço do homem, totalmente desatento à lança dele, que foi cravada em seu próprio peito.

Ouvi uma risada, então, e embora raramente o ouvisse alegre, percebi de quem era a risada.

— Baldanders! — gritei.

Sua cabeça se ergueu da névoa da mesma forma que vi os topos das montanhas se erguerem acima dela ao amanhecer.

XXXVI

A Luta no Pátio Externo

— Eis aqui um inimigo de verdade — reconheci. — Com uma arma de verdade. — Desci para a neblina, tateando à minha frente com a lâmina da espada.

— Você vê na minha câmara de nuvens inimigos de verdade também. — Baldanders rugiu, sua voz bastante tranquila. — Só que eles estão lá fora, no pátio externo. O primeiro era um dos seus amigos; o segundo, um dos meus inimigos.

Enquanto ele falava, a névoa se dispersava e eu o vi perto do centro da sala, sentado em uma cadeira enorme. Quando me virei para ele, Baldanders se levantou e, agarrando-a pelas costas, atirou-a em minha direção tão facilmente quanto poderia ter jogado uma cesta. Ela não me acertou por pouco menos que um palmo.

— Agora você vai tentar me matar — disse ele. — E tudo por um amuleto imbecil. Eu deveria ter matado você, naquela noite em que dormiu na minha cama.

Eu poderia ter dito a mesma coisa, mas não me dei ao trabalho de responder. Estava claro que ao fingir desamparo ele esperava me atrair para um ataque descuidado, e embora parecesse estar sem uma arma, ainda tinha o dobro da minha altura e, como eu tinha razão para acreditar, quatro vezes ou mais a minha força. Então também eu estava consciente, conforme me aproximava dele, de que estávamos reencenando ali a performance das marionetes que eu tinha visto em um sonho na noite da qual ele tinha me lembrado, e naquele sonho, o gigante de madeira estava armado com um porrete. Ele recuou de mim passo a passo enquanto eu avançava; ainda assim, ele parecia sempre pronto para me agarrar.

De repente, quando estávamos talvez a três quartos de distância da escada, ele se virou e correu. Foi surpreendente, como ver uma árvore correr.

Também foi muito rápido. Embora desajeitado, ele cobria dois passos com cada passada, e chegou à parede — onde havia exatamente uma fenda de janela como aquela pela qual Ossipago tinha espiado — muito antes de mim.

Por um instante, não consegui imaginar o que ele pretendia fazer. A janela era estreita demais para ele escalar. Enfiou as duas mãos grandes nela, e eu ouvi o ranger de pedra sobre pedra.

Bem a tempo, adivinhei, e consegui dar alguns passos para trás. Um instante depois, ele segurava um bloco de pedra arrancado da própria parede. Ele o levantou acima da cabeça e o atirou em cima de mim.

Quando pulei para o lado, ele arrancou outra, e depois mais outra. Na terceira, tive que rolar desesperadamente, ainda segurando minha espada, para evitar a quarta, as pedras vindo cada vez mais rápido, pois a falta daquelas já arrancadas enfraquecia a estrutura da parede. Por pura sorte, aquele rolamento me levou para perto de uma urna, uma coisa não maior do que uma modesta dona de casa poderia ter para guardar seus anéis, caída no chão.

Era ornamentado com pequenos botões, e algo em sua forma me lembrou aqueles que Mestre Gurloes havia ajustado na excruciação de Thecla. Antes que Baldanders pudesse arrancar outra pedra, peguei a urna e torci um de seus botões. Imediatamente a névoa desaparecida saiu fervendo do chão novamente, rapidamente alcançando o nível da minha cabeça, de modo que fiquei cego em seu mar de branco.

— Você a encontrou — Baldanders disse em seu tom grave e lento. — Eu deveria tê-lo desligado. Agora não posso vê-lo, mas você também não pode me ver.

Fiquei em silêncio porque sabia que ele estava parado com um bloco de pedra pronto para atirar, esperando o som da minha voz. Depois de talvez duas dezenas de inspirações e expirações, comecei a me aproximar dele o mais silenciosamente que pude. Eu tinha certeza de que, apesar de toda a sua astúcia, ele não conseguiria andar sem que eu o ouvisse. Quando eu tinha dado quatro passos, a pedra caiu no chão atrás de mim, e houve o barulho de outra sendo arrancada da parede.

Era a pedra que faltava; houve um rugido ensurdecedor, e percebi que uma seção inteira da parede acima da janela devia ter desabado. Por um breve instante, ousei esperar que isso o tivesse matado; mas a névoa começou a diminuir imediatamente, derramando-se através do rasgão na parede e saindo para a noite e a chuva lá fora, e eu o vi ainda parado ao lado do buraco aberto.

Ele deve ter deixado cair a pedra que havia arrancado quando a parede caiu; estava de mãos vazias. Corri em sua direção, esperando atacá-lo antes que ele percebesse que eu estava em cima dele. Mais uma vez, ele foi rápido demais. Eu o vi agarrar a parede que restava e se balançar para fora, e quando cheguei à abertura, ele estava a alguma distância abaixo. O que ele tinha feito parecia impossível; mas quando olhei mais cuidadosamente para aquela parte da torre iluminada pelas luzes da sala em que eu estava, vi que as pedras foram cortadas grosseiramente e colocadas sem argamassa, então muitas vezes havia fendas consideráveis entre elas, e que a parede se inclinava para dentro conforme subia.

Fiquei tentado a embainhar *Terminus Est* e ir atrás dele, mas eu teria ficado completamente vulnerável se tivesse feito isso, já que Baldanders certamente chegaria ao chão antes de mim. Joguei a urna em cima dele e logo o perdi de vista na chuva. Sem outra escolha, tateei meu caminho de volta até a escada e desci para o nível que eu tinha visto quando entrei no castelo pela primeira vez.

†

Ele estava silencioso, então, desabitado a não ser por seus mecanismos antigos. Agora era um pandemônio. Acima, abaixo e através das máquinas enxameavam dezenas de seres hediondos semelhantes à coisa fantasmagórica cujo fantasma eu tinha visto na sala que Baldanders chamava de sua câmara de nuvens. Como Typhon, alguns usavam duas cabeças; outros tinham quatro braços; muitos eram amaldiçoados com membros desproporcionais: pernas duas vezes o comprimento de seus corpos, braços mais grossos que suas coxas. Todos tinham armas e, até onde pude julgar, eram loucos, pois atacavam uns aos outros tão livremente quanto aos ilhéus que os combatiam. Lembrei-me, então, do que Baldanders me dissera: que o pátio abaixo estava cheio de meus amigos e seus inimigos. Ele sem dúvida tinha razão; essas criaturas o teriam atacado à primeira vista, assim como atacavam umas às outras.

Abati três antes de chegar à porta, e consegui reunir a mim os homens do lago que tinham entrado na torre enquanto seguia em frente, dizendo a eles que o inimigo que procurávamos estava lá fora. Quando vi o quanto eles temiam os monstros lunáticos que ainda saltavam da escada escura (e que eles não conseguiam reconhecer pelo que indubitavelmente eram: as ruínas de seus irmãos e filhos), fiquei surpreso que eles tivessem se atrevido a entrar no castelo. Foi maravilhoso, entretanto, ver como minha presença os deixou rígidos; eles me deixaram assumir a liderança, mas pela expressão de seus olhos, eu sabia que aonde quer que eu os levasse, eles seguiriam. Essa foi a primeira vez, acho, que eu realmente entendi o prazer que sua posição deve ter dado ao Mestre Gurloes, que até então supus que deveria ter consistido meramente em uma celebração de sua habilidade de impor sua vontade aos outros. Eu entendi também por que tantos jovens na corte abandonaram suas noivas, minhas amigas na vida que tive como Thecla, para aceitar comissões em obscuros regimentos.

A chuva tinha diminuído, embora ainda caísse em lençóis prateados. Homens mortos, e muitas outras criaturas do gigante, jaziam nos degraus: eu era compelido a chutar vários para o lado com medo de cair se tentasse passar por cima deles. Abaixo, no pátio externo, ainda havia muita luta, mas nenhuma das criaturas de lá veio para nos atacar, e os homens do lago protegiam a escada contra aqueles que tínhamos deixado para trás na torre. Não vi sinal de Baldanders.

Lutar, eu descobri, embora seja emocionante no sentido de que tira a gente de si mesmo, é algo difícil de descrever. E quando acaba, o que melhor alguém consegue se recordar — pois a mente está muito cheia na hora da luta para registrar as coisas — não são os cortes e defesas, mas os hiatos entre os combates. No pátio do castelo de Baldanders, troquei golpes frenéticos com quatro dos monstros que ele havia forjado, mas agora não posso dizer quando lutei bem e quando mal.

A escuridão e a chuva favoreceram o estilo de combate selvagem imposto a mim pelo desenho de *Terminus Est*. Não apenas a esgrima formal, mas qualquer jogo de espada ou lança que se assemelhe a ela requer uma boa iluminação, já que cada antagonista precisa ver a arma do outro. Aqui quase não havia luz. Além disso, as criaturas de Baldanders possuíam uma coragem suicida que as servia mal. Elas tentavam pular ou se abaixar sob os cortes que eu fazia nelas, e na maioria das vezes elas eram pegas pelo golpe de revés que se seguiu. Em cada uma dessas lutas fragmentadas, os guerreiros das ilhas tomaram parte, e em um dos casos chegaram a despachar meu oponente para mim. Nos outros, eles o distraíram, ou o feriram antes de eu enfrentá-lo. Nenhum desses encontros foi satisfatório no sentido de uma execução bem-feita.

Depois do quarto não havia mais, embora seus mortos e moribundos estivessem por toda parte. Reuni os ilhéus ao meu redor. Estávamos todos naquele estado eufórico que acompanha a vitória, e eles estavam bastante dispostos a atacar qualquer gigante, não importava quão grande; mas mesmo aqueles que estavam no pátio externo quando as pedras caíram juraram que não tinham visto nenhuma. Assim que eu estava começando a pensar que eles eram cegos, e eles sem dúvida estavam prontos para acreditar que eu era louco, fomos salvos pela lua.

Como é estranho. Todos buscam conhecimento no céu, seja estudando a influência das constelações sobre os eventos, ou como Baldanders em buscar arrancá-lo daqueles que os ignorantes chamam de cacogênios, ou apenas, no caso de fazendeiros, pescadores e semelhantes, em busca de sinais meteorológicos; no entanto, ninguém procura ajuda imediata lá, embora frequentemente a recebamos, como eu fiz naquela noite.

Não foi mais que uma brecha entre as nuvens. A chuva, que já tinha se tornado irregular, não cessou verdadeiramente; mas por um tempo muito curto a luz da lua minguante (bem alta e, embora pouco mais do que a metade cheia, muito brilhante) caiu sobre o pátio do gigante, assim como a luz de uma das maiores luminárias no odeum no nível onírico da Casa Absoluta costumava cair sobre o palco. Abaixo dela, as pedras lisas e molhadas do pavimento reluziam como poças de água parada e escura; e nelas eu vi refletida uma visão tão fantástica que me pergunto agora se eu seria capaz de fazer mais do que encará-la até que eu perecesse: o que não teria sido muito demorado.

Pois Baldanders estava caindo em cima de nós; mas estava caindo lentamente.

XXXVII

Terminus Est

Há imagens no livro marrom de anjos descendo sobre Urth exatamente nessa postura, a cabeça jogada para trás, o corpo inclinado de modo que o rosto e a parte superior do peito estejam no mesmo nível. Posso imaginar a maravilha e o horror de contemplar aquele grande ser que vislumbrei no livro na Segunda Casa descendo dessa forma; mas não acho que poderia ser mais assustador. Quando me lembro de Baldanders agora, é assim que penso nele primeiro. Seu rosto estava rígido, e ele segurava erguida uma maça com uma esfera fosforescente na ponta.

Nós nos dispersamos como os pardais fazem quando uma coruja cai entre eles no crepúsculo. Senti o vento de seu golpe nas minhas costas e me virei a tempo de vê-lo pousar, segurando-se com a mão livre e saltando dela ereto como já observei acrobatas de rua fazerem; ele usava um cinto que eu não tinha notado antes, um grosso acessório de prismas de metal interligados. Nunca descobri, no entanto, como ele tinha conseguido entrar novamente em sua torre para pegar a maça e o cinto enquanto eu pensava que o gigante descia a muralha; talvez houvesse uma janela em algum lugar maior do que aquelas que vi, ou mesmo uma porta que tivesse dado acesso a alguma estrutura que a queima do castelo pelo povo da costa tivesse destruído. É até possível que ele apenas tivesse metido o braço por alguma janela.

Mas, ah, o silêncio quando ele veio flutuando, a graça quando ele, que era grande como as cabanas de tanta gente pobre, segurou-se naquela mão e girou para ficar com os pés para baixo. A melhor maneira de descrever o silêncio é não dizer nada: mas quanta graça!

Então rodopiei com minha capa chicoteada pelo vento atrás de mim e minha espada, como eu a havia segurado tantas vezes, erguida para o golpe; e então percebi o que eu nunca antes me dera ao trabalho de pensar: por que meu destino me fez vagar por meio continente, enfrentando perigos do fogo e das profundezas de Urth, da água e agora do ar, armado com esta arma, tão grande, tão pesada que lutar com qualquer homem comum com ela era como cortar lírios com um machado. Baldanders me viu e levantou sua maça, sua cabeça brilhando em um tom amarelo-esbranquiçado; acho que foi uma espécie de saudação.

Cinco ou seis homens do lago o cercaram com lanças e porretes dentados, mas não se aproximaram dele. Era como se ele fosse o centro de um círculo hermético. Quando nos aproximamos, nós dois, descobri o motivo: um terror que eu não conseguia entender nem controlar tomou conta de mim. Não era que eu estivesse com medo dele ou da morte, mas simplesmente que eu estava com *medo*. Senti os cabelos de minha cabeça se moverem como se estivessem sob a mão de um fantasma, algo que eu tinha ouvido falar, mas sempre descartei como um exagero, uma figura de linguagem transformada em mentira. Meus joelhos estavam fracos e tremiam: tanto que fiquei feliz com a escuridão porque eles não podiam ser vistos. Mas nos aproximamos.

Eu sabia muito bem pelo tamanho daquela maça e pelo tamanho do braço atrás dela que eu nunca sobreviveria a um golpe dela; eu só podia me esquivar e pular para trás. Baldanders, igualmente, não conseguiria suportar um golpe de *Terminus Est*, pois embora ele fosse grande e forte o suficiente para usar uma armadura tão grossa quanto as blindagens de um destrier, ele não tinha nenhuma, e uma lâmina tão pesada, com um fio tão fino, facilmente capaz de cortar um homem comum até a cintura, poderia lhe dar seu ferimento mortal com um único corte.

Ele sabia disso, e então nós esgrimimos da mesma forma que atores fazem num palco, com golpes rasantes mas que na verdade não chegavam a encostar. Por todo esse tempo o terror me conteve, de modo que parecia que se eu não corresse meu coração explodiria. Havia um canto em meus ouvidos, e enquanto eu observava a cabeça da maça, cujo nimbo pálido tornava isso, de fato, muito fácil de assistir, fui me dando conta de que era de lá que o canto vinha. A própria arma zumbia com aquela nota alta e imutável, como uma taça de vinho atingida por uma faca e imobilizada em tempo cristalino.

Sem dúvida, a descoberta me distraiu, embora tenha sido apenas por um momento. Em vez de um golpe para esquartejar, a maça desceu como um martelo martelando uma estaca de tenda. Eu me movi de lado bem a tempo, e a cabeça cantante e tremeluzente passou rápida pelo meu rosto e bateu na pedra aos meus pés, que rachou e voou em pedaços como um pote de barro. Um de seus cacos abriu um canto da minha testa, e senti meu sangue escorrendo.

Baldanders viu isso, e seus olhos opacos brilharam de triunfo. Daquele momento em diante, ele batia em uma pedra a cada golpe, e a cada golpe a pedra se estilhaçava. Eu precisei recuar, e recuar novamente, e logo me vi com a muralha cortina às minhas costas. Enquanto eu recuava ao longo dela, o gigante usava sua arma com maior vantagem do que nunca, balançando-a horizontalmente e batendo na parede repetidas vezes. Frequentemente os cacos de pedra, afiados como sílex, erravam; mas muitas vezes também não acertavam, e logo o sangue estava escorrendo para meus olhos, e meu peito e braços estavam rubros.

Enquanto eu saltava para longe da maça pela centésima vez, algo atingiu meu calcanhar e quase caí. Era o degrau mais baixo de um lance que subia pela parede. Eu subi, ganhando um pouco de vantagem da altura, mas não o suficiente para me deixar parar minha retirada. Havia uma passagem estreita ao longo do topo da parede. Fui empurrado para trás ao longo dela passo a passo. Agora, de fato, eu teria me virado para correr se tivesse ousado, mas me lembrei da rapidez com que o gigante se moveu quando o surpreendi na câmara das nuvens, e eu sabia que ele estaria em cima de mim num salto, assim como eu, quando menino, alcancei os ratos no ergástulo abaixo da nossa torre, quebrando suas espinhas com um pedaço de pau.

Mas nem todas as circunstâncias favoreciam Baldanders. Algo branco faiscou entre nós, então surgiu uma lança com ponta de osso enfiada em um braço enorme, como uma pena de ylespil no pescoço de um touro. Os homens do lago estavam agora longe o bastante da maça cantante que o terror que ela despertava não os impedia mais de atirar suas armas. Baldanders hesitou por um momento, recuando para arrancar a lança. Outra o atingiu, roçando seu rosto.

Então conheci a esperança e pulei para frente, e ao pular perdi o equilíbrio numa pedra quebrada e escorregadia da chuva. Quase caí pela beirada, mas no último instante agarrei o parapeito... a tempo de ver a cabeça luminosa da maça do gigante descendo. Instintivamente, levantei *Terminus Est* para afastar o golpe.

Ouviu-se um grito como poderia ter sido dado se todos os espectros de todos os homens e mulheres que ela havia matado estivessem reunidos sobre a muralha: e então uma explosão ensurdecedora.

Fiquei atordoado por um momento. Mas Baldanders também ficou, e os homens do lago, com o feitiço da maça quebrado, enxameavam ao longo da passarela em direção a ele de ambos os lados. Talvez o aço de sua lâmina, que tinha sua própria frequência natural e, como eu havia observado muitas vezes, ressoava com doçura milagrosa se tocada por um dedo, fosse demais para qualquer mecanismo que emprestava seus estranhos poderes à maça do gigante. Talvez fosse apenas que seu fio, mais afiado que uma faca de cirurgião e duro como obsidiana, havia penetrado a cabeça da maça. O que quer que tivesse ocorrido, a maça havia sumido, e eu segurava em minhas mãos apenas o punho da espada, do qual se projetava menos de um côvado de metal estilhaçado. O hydrargyrum que havia trabalhado tanto tempo na escuridão ali dentro agora corria dele em lágrimas prateadas.

Antes que eu conseguisse me levantar, os homens do lago estavam saltando sobre mim. Uma lança mergulhou no peito do gigante, e uma clava arremessada o atingiu no rosto. Com um movimento de seu braço, dois dos guerreiros do lago caíram gritando da muralha. Outros caíram em cima dele imediatamente, mas ele os sacudiu fora. Esforcei-me para ficar de pé, ainda apenas compreendendo pela metade o que havia acontecido.

Por um instante, Baldanders ficou parado no parapeito; então saltou. Sem dúvida, ele recebeu grande ajuda do cinto que usava, mas a força de suas pernas deve ter sido enorme. Lenta e pesadamente, ele se arqueou para fora e para fora, para baixo e para baixo. Três que se agarraram a ele por muito tempo caíram para a morte nas rochas do promontório.

Por fim, ele caiu também, enormemente, como se fosse — sozinho e em si mesmo — alguma espécie de navio voador fora de controle. Branco como leite, o lago entrou em erupção, então fechou-se sobre ele. Algo que se contorcia como uma serpente e às vezes capturava a luz subiu da água para o céu, até que finalmente desapareceu entre as nuvens sombrias; sem dúvida era o cinto. Mas embora os ilhéus estivessem com suas lanças em riste, a cabeça dele nunca apareceu acima das ondas.

XXXVIII

A Garra

Naquela noite, os homens do lago saquearam o castelo; não me juntei a eles, nem dormi dentro das muralhas. No centro do bosque de pinheiros onde tínhamos realizado nosso conselho, encontrei um lugar tão protegido pelos galhos que seu tapete de agulhas caídas ainda estava seco. Ali, depois que meus ferimentos foram lavados e enfaixados, eu me deitei. O punho da espada que tinha sido minha, e do Mestre Palaemon antes de mim, estava ao meu lado, de modo que senti que dormia com uma coisa morta, mas isso não me trouxe nenhum sonho.

Acordei com a fragrância dos pinheiros em minhas narinas. Urth tinha virado seu rosto quase todo para o sol. Meu corpo estava dolorido, e os cortes que recebi dos estilhaços de pedra voadores doíam e queimavam, mas foi o dia mais quente que eu tinha experimentado desde que deixei Thrax e subi para as terras altas. Saí do bosque e vi o Lago Diuturna brilhando ao sol e a grama fresca crescendo entre as pedras.

Sentei-me em uma rocha saliente, com a muralha do castelo de Baldanders erguendo-se atrás de mim e o lago azul espalhando-se aos meus pés, e, pela última vez, removi o fio da lâmina arruinada que tinha sido *Terminus Est* do adorável punho de prata e ônix. É a lâmina que é a espada, e *Terminus Est* não existe mais; mas carreguei aquele punho comigo pelo resto da minha jornada, embora eu tenha queimado a bainha de pele de zibelina. O punho segurará outra lâmina algum dia, mesmo que ela não possa ser tão perfeita e não seja minha.

O que restou da minha lâmina, eu beijei e joguei na água.

Então comecei minha busca por entre as rochas. Eu tinha apenas uma vaga ideia da direção em que Baldanders havia arremessado a Garra, mas sabia que seu arremesso tinha sido em direção ao lago, e embora tivesse visto a gema passar pelo topo da muralha, eu senti que mesmo um braço como o dele poderia não ter conseguido enviar um objeto tão pequeno para muito longe da margem.

Logo descobri, no entanto, que se ela tivesse entrado no lago, estaria perdida completamente, pois a água tinha muitas varas de profundidade em todos os lugares. No entanto, ainda parecia possível que não tivesse alcançado o lago e estivesse alojada numa fenda onde seu brilho era invisível.

E então procurei, com medo de pedir ajuda aos homens do lago, e com medo também de desistir da busca para descansar ou comer por medo de que outra pessoa a pegasse. A noite chegou e o grito do mergulhão ao morrer da luz, e os homens do lago se ofereceram para me levar para suas ilhas, mas recusei. Eles temiam que as pessoas da costa viessem, ou que já estivessem organizando um ataque que vingaria Baldanders (não ousei dizer a eles que eu suspeitava que ele não estava morto, mas permanecia vivo sob as águas do lago), e então, finalmente, a meu pedido, eles me deixaram sozinho, ainda rastejando entre as rochas pontiagudas do promontório.

Por fim, fiquei cansado demais para caçar mais no escuro e me acomodei sobre uma laje em forma de prateleira para esperar o dia. De vez em quando, parecia que eu via um azul brilhante de alguma fenda perto de onde estava deitado ou das águas abaixo; mas sempre que eu estendia minha mão para agarrá-lo ou tentava ficar de pé para caminhar até a beira da laje para olhar para baixo, acordava assustado e percebia que estava sonhando.

Mil vezes me perguntei se outra pessoa não haveria encontrado a joia enquanto eu dormia sob o pinheiro, o que me amaldiçoei por fazer. Mil vezes também lembrei a mim mesmo o quanto seria melhor que ela fosse encontrada por qualquer pessoa do que se perdesse para sempre.

Assim como a carne morta no verão atrai moscas, a corte atrai sábios, filósofos e acosmistas espúrios que permanecem lá enquanto suas bolsas e seu tirocínio os mantiverem, na esperança (a princípio) de uma audiência com o Autarca e (mais tarde) de obter uma posição de tutor em alguma família exaltada. Aos dezesseis anos ou mais, Thecla foi atraída, como acho que as jovens costumam ser, para suas palestras sobre teogonia, teodiceia e coisas do tipo, e eu me lembro de uma em particular na qual uma phoebad apresentou como verdade suprema o antigo sofisma da existência de três Adonai, o da cidade (ou do povo), o dos poetas e o dos filósofos. Seu raciocínio era que desde o início da consciência humana (se tal início um dia existiu) houve um vasto número de pessoas nas três categorias que se esforçaram para penetrar o segredo do divino. Se não existe, eles deveriam ter descoberto isso muito antes; se existe, não é possível que a própria Verdade os engane. No entanto, as crenças da população, a perspicácia dos rapsodistas e as teorias dos metafísicos divergiram tanto que poucos deles conseguem compreender o que os outros dizem, e alguém que não soubesse nada sobre nenhuma de suas ideias poderia muito bem acreditar que não havia nenhuma conexão entre elas.

Não poderia ser, ela perguntou (e mesmo agora não tenho certeza se consigo responder), que em vez de viajar, como sempre se supôs, por três estradas para o mesmo destino, eles estão na verdade viajando em direção a três bem diferentes? Afinal, quando na vida comum contemplamos três estradas saindo do mesmo cruzamento, não presumimos que todas elas prossigam em direção ao mesmo objetivo.

Achei (e acho) essa sugestão tão racional quanto repulsiva, e ela representa para mim todo aquele tecido monomaníaco de argumentação, tão firmemente tecido que nem mesmo a menor objeção ou centelha de luz pode escapar de sua rede, na qual mentes humanas se enredam sempre que o assunto é aquele em que nenhum apelo ao fato é possível.

De fato, a Garra era, portanto, incomensurável. Nenhuma quantidade de dinheiro, nenhum acúmulo de arquipélagos ou impérios poderia se aproximar dela em valor, assim como a multiplicação indefinida da distância horizontal não pode ser usada para se igualar à distância vertical. Se fosse, como eu acreditava, algo de fora do universo, então sua luz, que eu tinha visto brilhar fracamente tantas vezes, e algumas vezes intensamente, era em certo sentido a única luz que tínhamos. Se fosse destruída, ficaríamos tateando desajeitados no escuro.

Pensei que a tinha valorizado muito em todos os dias em que a carreguei, mas sentado ali naquela pedra de prateleira com vista para as águas escuras do Lago Diuturna, percebi que tolo eu tinha sido em carregá-la, através de todos os meus ferimentos selvagens e aventuras insanas, até finalmente a perder. Pouco antes do nascer do sol, jurei tirar minha própria vida se não a encontrasse antes que a escuridão voltasse.

†

Se eu conseguiria ou não ter mantido esse voto, não posso dizer. Eu amei a vida desde que consigo me lembrar. (Foi, eu acredito, esse amor pela vida que me deu qualquer habilidade que eu possuía em minha arte, porque eu não suportava ver a chama que estimava extinta de outra forma que não fosse com perfeição.) Certamente eu amava minha própria vida, agora misturada com a de Thecla, tanto quanto os outros. Se eu tivesse quebrado esse voto, não teria sido o primeiro.

Não havia necessidade. Por volta do meio da manhã de um dos dias mais agradáveis que já experimentei, quando a luz do sol era uma carícia quente e o bater da água abaixo uma música suave, encontrei a gema... ou o que restava dela.

Ela havia se estilhaçado nas rochas; havia pedaços grandes o suficiente para adornar um anel tetrárquico e manchas não maiores que as manchas brilhantes que vemos na mica, mas nada além. Chorando, juntei os fragmentos pouco a pouco, e quando percebi que eles estavam tão sem vida quanto as joias que os mineradores escavam todos os dias, as joias saqueadas dos mortos há muito tempo, levei-os até o lago e os joguei.

Fiz três dessas escaladas até a beira da água com um pequeno monte de lascas azuladas seguradas na palma de uma das mãos, sempre retornando ao lugar onde havia encontrado a gema quebrada para procurar mais; e depois da terceira, encontrei, encravada profundamente entre duas pedras de modo que tive, no final, que retornar ao bosque de pinheiros para quebrar galhos com os quais a libertaria e a pescaria, algo que não era nem azul nem uma gema, mas que brilhava com uma luz branca intensa, como uma estrela.

Foi com curiosidade em vez de reverência que eu a retirei. Era tão diferente do tesouro que eu havia procurado — ou pelo menos, diferente dos pedaços quebrados que eu estava encontrando — que dificilmente me ocorreu até que eu a segurei que os dois poderiam estar relacionados. Não posso dizer como é possível que um objeto em si mesmo preto emita luz, mas aquele ali emitia. Poderia ter sido esculpido em azeviche, tão escuro que era e tão altamente polido; e, no entanto, brilhava, uma garra tão longa quanto a última articulação do meu dedo mínimo, cruelmente curvada e pontiaguda, a realidade daquele núcleo escuro no coração da gema, que não devia ser nada mais que um recipiente para ela, uma lipsanoteca ou píxide.

Por um longo tempo, fiquei ajoelhado de costas para o castelo, olhando desse estranho e tesouro brilhante para as ondas e vice-versa, enquanto tentava compreender seu significado. Ao vê-lo assim, sem sua caixa de safira, senti profundamente um efeito que nunca havia notado durante os dias antes que ele fosse tirado de mim na casa do hetman. Sempre que olhava para ele, parecia apagar o pensamento. Não como o vinho e certas drogas fazem, tornando a mente inadequada para ele, mas substituindo-o por um estado superior para o qual não conheço nome. Repetidamente, senti-me entrar nesse estado, subindo sempre mais alto até temer nunca retornar ao modo de consciência que chamo de normalidade; e repetidamente eu saía dele à força. Cada vez que emergia, sentia que havia adquirido algum insight inexprimível sobre imensas realidades.

Por fim, depois de uma longa série desses avanços ousados e recuos temerosos, vim a entender que eu jamais alcançaria qualquer conhecimento real da pequena coisa que segurava, e com esse pensamento (pois era um pensamento) veio um terceiro estado, um de feliz obediência a não sei o quê, uma obediência sem reflexão, porque não havia mais nada para refletir, e sem o menor traço de rebelião. Esse estado durou todo aquele dia e uma grande parte do seguinte, quando eu já estava bem fundo nas colinas.

†

Aqui faço uma pausa, tendo levado você, leitor, de fortaleza em fortaleza: da cidade murada de Thrax, dominando o alto Ácis, ao castelo do gigante, dominando a costa norte do remoto Lago Diuturna. Thrax era, para mim, a porta de entrada para as montanhas selvagens. Assim também, esta torre solitária deveria provar ser uma porta de entrada: o próprio limiar da guerra, da qual uma única escaramuça distante aconteceu aqui. Daquela época até hoje, aquela guerra ocupou minha atenção quase sem cessar.

Aqui faço uma pausa. Se você não tem desejo de mergulhar na luta ao meu lado, leitor, não o condeno. Não é fácil.

APÊNDICE

Uma Nota Sobre Administração Provincial

Uma das tarefas mais difíceis do tradutor é a expressão precisa da matéria concernente a casta e posição em termos inteligíveis para sua própria sociedade. No caso do *Livro do Novo Sol*, a falta de material de apoio a torna duplamente difícil, e nada mais que um esboço é apresentado aqui.

O breve registro de Severian sobre sua carreira em Thrax é a melhor (embora não a única) evidência que temos sobre os negócios do governo na era da Comunidade, como é realizado além dos corredores reluzentes da Casa Absoluta e das ruas movimentadas de Nessus. Claramente, nossas próprias distinções entre os poderes legislativo, executivo e judiciário não se aplicam: sem dúvida, administradores como Abdiesus ririam de nossa ideia de que as leis deveriam ser feitas por um conjunto de pessoas, colocadas em prática por um segundo e julgadas por um terceiro. Eles considerariam tal sistema impraticável, como de fato está provando ser.

No período dos manuscritos, arcontes e tetrarcas são nomeados pelo Autarca, que, como representante do povo, tem todo o poder em suas mãos. (Veja, no entanto, a observação de Famulimus sobre este tópico para Severian.) Espera-se que esses oficiais façam cumprir os comandos do Autarca e administrem a justiça de acordo com os usos recebidos das populações que governam. Eles também têm o poder de fazer leis locais — válidas apenas sobre a área governada pelo legislador e apenas durante seu mandato — e aplicá-las com a ameaça de morte. Em Thrax, assim como na Casa Absoluta e na Cidadela, a prisão por um período fixo — nossa punição mais comum — parece desconhecida.

Prisioneiros na Víncula são mantidos aguardando tortura ou execução, ou como reféns pelo bom comportamento de seus amigos e parentes.

Como o manuscrito mostra claramente, a supervisão da Víncula ("a casa das correntes") é apenas um dos deveres do lictor ("aquele que amarra"). Esse oficial é o principal subordinado do arconte envolvido com a administração da justiça criminal. Em certas ocasiões cerimoniais, ele anda diante de seu mestre portando uma espada nua, um lembrete potente da autoridade do arconte. Durante as sessões da corte do arconte (como Severian reclama), ele é obrigado a ficar à esquerda do banco. Execuções e outros atos importantes de punição judicial são realizados pessoalmente por ele, e ele supervisiona as atividades dos clavígeros ("aqueles que portam chaves").

Esses clavígeros não são apenas os guardas da Víncula; eles também agem como policiais detetives, uma função facilitada por suas oportunidades de extorquir informações de seus prisioneiros. As chaves que carregam parecem suficientemente grandes para serem usadas como porretes, e são, portanto, suas armas, bem como suas ferramentas e seus emblemas de autoridade.

Os dimarchi ("aqueles que lutam de duas maneiras") são a polícia uniformizada do arconte, bem como seus soldados. No entanto, seu título não parece se referir a essa dupla função, mas ao equipamento e treinamento que lhes permite atuar como cavalaria ou infantaria conforme a necessidade. Suas fileiras parecem ser preenchidas por soldados profissionais, veteranos das campanhas no norte e não nativos da área.

A própria Thrax é claramente uma cidade fortaleza. Dificilmente se poderia esperar que tal lugar pudesse resistir por mais de um dia no máximo contra o inimigo asciano:

em vez disso, parece projetado para afastar ataques de bandoleiros e rebeliões dos exultantes e armígeros locais. (O marido de Ciríaca, que não teria sido uma pessoa muito digna de nota na Casa Absoluta, é claramente de alguma importância, e até mesmo algum perigo, na vizinhança de Thrax.) Embora os exultantes e armígeros pareçam ser exércitos privados proibidos, parece haver pouca dúvida de que muitos de seus seguidores, embora chamados de caçadores, administradores e semelhantes, são fundamentalmente homens de luta. Eles são presumivelmente essenciais para proteger as vilas de saqueadores e coletar aluguéis, mas no caso de agitação civil seriam uma fonte potente de perigo para pessoas como Abdiesus. A cidade fortificada que atravessa as nascentes do rio lhe daria uma vantagem quase irresistível em qualquer conflito desse tipo.

A rota escolhida por Severian para sua fuga indica o quão perto a saída da cidade poderia ser controlada. A própria fortaleza do arconte, o Castelo de Acies ("o acampamento armado da ponta"), guarda a extremidade norte do vale. Ela parece ser totalmente separada de seu palácio na cidade propriamente dita. A extremidade sul é fechada pelo Capulus ("o cabo da espada"), aparentemente uma elaborada muralha fortificada, uma imitação em escala reduzida da Muralha de Nessus. Até os topos dos penhascos são protegidos por fortes ligados por muros. Possuindo, como possui, um suprimento inesgotável de água doce, a cidade parece capaz de resistir a um cerco prolongado por qualquer força não provida de armamento pesado.

G.W.

Sobre o autor

Gene Wolfe nasceu na cidade de Nova York e foi criado em Houston, Texas. Passou dois anos e meio na Universidade A&M do Texas, depois desistiu e foi convocado para o serviço militar. Foi premiado com o Distintivo de Infantaria de Combate durante a Guerra da Coreia; na sequência, frequentou a Universidade de Houston com a GI Bill, obtendo um diploma em Engenharia Mecânica. Sua carreira de engenheiro culminou no cargo de editor da revista acadêmica *Plant Engineering*, que manteve até sua aposentadoria, em 1984.

Wolfe ganhou destaque como escritor de ficção científica pela primeira vez ao escrever *The Fifth Head of Cerberus* (1972); em 1973, *The Death of Doctor Island* ganhou o prêmio Nebula de melhor novela. Seu romance *Peace* conquistou o Chicago Foundation for Literature Award em 1977; e em 1978, seu poema "The Computer Iterates the Greater Trumps" recebeu o prêmio Rhysling de poesia longa na categoria de ficção científica.

Sua obra em quatro volumes *O Livro do Novo Sol* rapidamente o estabeleceu como um clássico na área. O primeiro volume, *A sombra do torturador* (1980), ganhou o World Fantasy Award e o British SF Association Award; o segundo, *A garra do conciliador* (1981), ganhou o prêmio Nebula; o terceiro, *A espada do Lictor* (1982), ganhou o prêmio Locus; o quarto, *A Cidadela do Autarca* (1983), ganhou o John W. Campbell Memorial Award e o Prix Apollo. Um encerramento da série, *The Urth of the New Sun*, foi lançado em 1987.

Entre outros romances, publicou *Operation Ares* (1970); *The Devil in a Forest* (1976); *Free Live Free* (1984); *Soldier in the Mist* (1986) e *Soldier of Arete* (1989); *There Are Doors*

(1988); *Pandora by Holly Hollander* (1990); e *Castleview* (1990). Gene Wolfe continuou o chamado Ciclo Solar com a série de quatro volumes *The Book of the Long Sun*, que compreende *Nightside the Long Sun* (1993), *Lake of the Long Sun* (1994), *Caldé of the Long Sun* (1994) e *Exodus from the Long Sun* (1996), além da trilogia *The Book of the Short Sun*, composta pelos volumes *On Blue's Waters* (1999), *In Green's Jungles* (2000) e *Return to the Whorl* (2001).

Além do Ciclo Solar, Gene Wolfe publicou a duologia *The Wizard Knight* (2004) e os romances *Pirate Freedom* (2007), *An Evil Guest* (2008), *The Sorcerer's House* (2010), *Home Fires* (2011), *The Land Across* (2013) e *A Borrowed Man* (2015).

Sua coleção de contos de 1988 *Storeys from the Old Hotel* ganhou o World Fantasy Award; outras coleções incluem *The Island of Doctor Death and Other Stories* (1980), *Endangered Species* (1989), *Castle of Days* (1995, que também inclui ensaios), *Strange Travelers* (2001), *Innocents Abroad* (2005) e *Starwater Strains* (2006).

Gene Wolfe morreu de doença cardiovascular em sua casa em Peoria, Illinois, em 14 de abril de 2019, aos 87 anos. Até o momento desta publicação, mais três livros foram lançados postumamente: *Interlibrary Loan* (2020, continuação de *A Borrowed Man*), *The Dead Man and Other Horror Stories* (2023) e *The Wolfe at the Door* (2023).

Este livro foi impresso nas oficinas gráficas da Editora Vozes Ltda.,
Rua Frei Luís, 100 – Petrópolis, RJ.